Misericordia

Sección: Literatura

Benito Pérez Galdós:
Misericordia

El Libro de Bolsillo
Alianza Editorial
Madrid

Primera edición en «El Libro de Bolsillo»: 1985
Segunda reimpresión en «El Libro de Bolsillo»: 1988

© Alianza Editorial, S. A., Madrid, 1985, 1987, 1988
   Calle Milán, 38, 28043 Madrid; teléf. 200 00 45
   ISBN: 84-206-0097-0
   Depósito legal: M. 33.753-1988
   Papel fabricado por Sniace, S. A.
   Impreso en Closas-Orcoyen, S. L. Polígono Igarsa
   Paracuellos de Jarama (Madrid)
   Printed in Spain

Dos caras, como algunas personas, tiene la parroquia de San Sebastián..., mejor será decir la iglesia..., dos caras que seguramente son más graciosas que bonitas: con la una mira a los barrios bajos, enfilándolos por la calle de Cañizares; con la otra al señorío mercantil de la plaza del Angel. Habréis notado en ambos rostros una fealdad risueña, del más puro Madrid, en quien el carácter arquitectónico y el moral se aúnan maravillosamente. En la cara del Sur campea, sobre una puerta chabacana, la imagen barroca del santo mártir, retorcida, en actitud más bien danzante que religiosa; en la del Norte, desnuda de ornatos, pobre y vulgar, se alza la torre, de la cual podría creerse que se pone en jarras, soltándole cuatro frescas a la plaza del Angel. Por una y otra banda, las caras o fachadas tienen anchuras, quiere decirse, patios cercados de verjas mohosas, y en ellos tiestos con lindos arbustos, y un mercadillo de flores que recrea la vista. En ninguna parte como aquí advertiréis el encanto, la simpatía, el *ángel*, dicho sea en andaluz, que despiden de sí, como tenue fragancia, las cosas vulgares, o alguna de las infinitas cosas vulgares que hay en el mundo. Feo y pedestre como un pliego de aleluyas o como los romances del ciego, el edificio bifronte, con su torre *barbiana*, el cupulín de la capilla de la Novena, los irregulares techos y cortados muros, con su afeite barato de ocre, sus patios floridos, sus hierros mohosos en la calle y en el alto campanario, ofrece un conjunto gracioso, picante, *majo*, por decirlo de una vez. Es un rinconcito de Madrid que debemos conservar cariñosamente, como anticuarios coleccionistas, porque la caricatura monumental también es un arte. Admiremos en este San Sebastián, heredado de los tiempos viejos, la estampa ridícula y tosca, y guardémosle como un lindo mamarracho.

Con tener honores de puerta principal, la del Sur es la menos favorecida de fieles en días ordinarios, mañana y tarde. Casi todo el señorío entra por la del Norte, que más parece puerta excusada o familiar. Y no necesitaremos hacer estadística de los feligreses que acuden al sagrado culto por una parte y otra, porque tenemos un *contador* infalible: los pobres. Mucho más numerosa y formidable que por el Sur es por el Norte la cuadrilla de miseria, que acecha el paso de la caridad, al moho de guardia de alcabaleros que cobra humanamente el portazgo en la frontera de lo divino, o la contribución impuesta a las conciencias impuras que van adonde lavan.

Los que hacen la guardia por el Norte ocupan distintos puestos en el patinillo y en las dos entradas de este por las calles de las Huertas y San Sebastián, y es tan estratégica su colocación, que no puede escaparse ningún feligrés como no entre en la iglesia por el tejado. En rigurosos días de invierno, la lluvia o el frío glacial no permiten a los intrépidos soldados de la miseria destacarse al aire libre (aunque los hay constituidos milagrosamente para aguantar a pie firme las inclemencias de la atmósfera), y se repliegan con buen orden al túnel o pasadizo que sirve de ingreso al templo parroquial, formando en dos alas a derecha e izquierda. Bien se comprende que con esta formidable ocupación del terreno y táctica exquisita no se escapa un cristiano, y forzar el túnel no es menos difícil y glorioso que el memorable paso de las Termópilas. Entre ala derecha y ala izquierda no baja de docena y media el aguerrido contingente, que componen ancianos audaces, indómitas viejas, ciegos machacones, reforzados por niños de una acometividad irresistible (entiéndase que se aplican estos términos al arte de la postulación), y allí se están desde que Dios amanece hasta la hora de comer, pues también aquel ejército se raciona metódicamente, para volver con nuevos bríos a la campaña de la tarde. Al caer de la noche, si no hay novena con sermón, santo rosario con meditación y plática, o adoración nocturna, se retira el ejército, marchándose cada combatiente a su olivo con tardo paso. Ya le seguiremos en su interesante regreso al escondrijo donde malvive. Por de pronto, observémosle en su rudo luchar por la pícara existencia y en el terrible campo de batalla, en el cual no hemos de encontrar charcos de sangre ni militares despojos, sino pulgas y otras feroces alimañas.

Una mañana de marzo, ventosa y glacial, en que se helaban las palabras en la boca y azotaba el rostro de los transeúntes un polvo que por lo frío parecía nieve molida, se replegó el ejército al interior del pasadizo, quedando solo en la puerta de hierro de la calle de San Sebastián un ciego entrado en años, de nombre Pulido, que debía de tener cuerpo de bronce y por sangre alcohol o mercurio, según resistía las temperaturas extremas, siempre fuerte, sano y con unos colores que daban envidia a las flores del cercano puesto. La florista se replegó también en el interior de su garita, y, metiendo consigo los tiestos y manojos de siemprevivas, se puso a tejer coronas para niños muertos. En el patio, que fue *Zementerio de S. Sebastián*, como declara el azulejo empotrado en la pared sobre la puerta, no se veían más seres vivientes que las poquísimas señoras que a la carrera lo atravesaban para entrar en la iglesia o salir de ella, tapándose la boca con la misma mano en que llevaban el libro de oraciones, o algún clérigo que se encaminaba a la sacristía, con el manteo arrebatado del viento, como pájaro negro que ahueca las plumas y estira las alas, asegurando con su mano crispada la teja, que también quería ser pájaro y darse una vuelta por encima de la torre.

Ninguno de los entrantes o salientes hacía caso del pobre Pulido, porque ya tenían costumbre de verle impávido en su guardia, tan insensible a la nieve como al calor sofocante, con su mano extendida, mal envuelto en raída capita de paño pardo, modulando sin cesar palabras tristes, que salían congeladas de sus labios. Aquel día, el viento jugaba con los pelos blancos de su barba, metiéndoselos por la nariz y pegándoselos al rostro, húmedo por el lagrimeo que el intenso frío producía en sus muertos ojos. Eran las nueve y aún no se había estrenado el hombre. Día más *perro* que aquel no se había visto en todo el año, que desde Reyes venía siendo un año fulastre, pues el día del santo patrono (20 de enero) solo *se habían hecho* doce *chicas,* la mitad aproximadamente que el año anterior; y la Candelaria y la novena del bendito San Blas, que otros años fueron tan de provecho, vinieron en aquel con diarios de siete *chicas,* de cinco *chicas:* ¡Valiente puñado! «Y me *paice* a mí—decía para sus andrajos el buen Pulido, bebiéndose las lágrimas y escupiendo los pelos de su barba—que el amigo San José también nos vendrá con mala pata... ¡Quién se acuerda del San José del primer año de Amadeo!... Pero ya ni los santos del cielo son como es debido. Todo se acaba, Señor, hasta *el fruto de la festividá,* o como quien dice, la *pobreza honrada.* Todo es, por tanto pillo como hay en la política *pulpitante,* y el aquel de las suscripciones para las *vítimas.* Yo que Dios, mandaría a los ángeles que reventaran a todos esos que en los papeles andan siempre inventando *vítimas,* al cuento de jorobarnos a los pobres *de tanda.* Limosnas hay, buenas almas hay; pero liberales, por un lado, el *Congrieso* dichoso, y, por otro, las *congriogaciones,* los *metingos* y *discursiones* y tantas cosas de imprenta, quitan la voluntad a los más cristianos... Lo que digo: quieren que no *haiga* pobres, y se saldrán con la suya. Pero *pa* entonces yo quiero saber quién es el guapo que saca las ánimas del Purgatorio... Ya, ya se pudrirán allá las señoras almas, sin que la cristiandad se acuerde de ellas, porque..., a mí que no

me digan: el rezo de los ricos, con la barriga bien
llena y las carnes bien abrigadas, no vale..., por Dios
vivo, que no vale.»

Al llegar aquí en su meditación acercósele un sujeto de baja estatura, con luenga capa que casi le
arrastraba, rechoncho, como de sesenta años, de dulce mirar, la barba cana y recortada, vestido con
desaliño, y poniéndole en la mano una perra grande,
que sacó de un cartucho que, sin duda, destinaba a
las limosnas del día, le dijo:

—No te la esperabas hoy: di la verdad. ¡Con este
día!...

—Sí que la esperaba, mi señor don Carlos—replicó el ciego besando la moneda—, porque hoy es el
universario, y usted no había de faltar, aunque se
helara el cero de los *terremotos* (sin duda quería
decir *termómetros*).

—Es verdad. Yo no falto. Gracias a Dios, me voy
defendiendo, que no es flojo milagro con estas hela-
das y este pícaro viento Norte, capaz de encajarle
una pulmonía al caballo de la plaza Mayor. Y tú, Pulido, ten cuidado. ¿Por qué no te vas adentro?

—Yo soy de bronce, señor don Carlos, y a mí ni
la muerte me quiere. Mejor se está aquí con la ven-
tisca que en los interiores, alternando con esas viejas
charlatanas, que no tienen educación... Lo que yo
digo: la educación es lo primero, y sin educación,
·¿cómo quieren que *haiga* caridad?... Don Carlos, que
el Señor se lo aumente y se lo dé de gloria...

Antes de que concluyera la frase, el don Carlos
voló, y lo digo así porque el terrible huracán hizo
presa en su desmedida capa, y allá veríais al hombre,
con todo el paño arremolinado en la cabeza, dando

tumbos y giros, como un rollo de tela o un pedazo
de alfombra arrebatados por el viento, hasta que fue
a dar de golpe contra la puerta, y entró ruidosa y
atropelladamente, desembarazando su cabeza del trapo que la envolvía.

—¡Qué día..., vaya con el día de porra!—exclamaba el buen señor, rodeado del enjambre de pobres, que con chillidos plañideros le saludaron—; y
las flacas manos de las viejas le ayudaban a componer y estirar sobre sus hombros la capa. Acto continuo repartió las perras, que iba sacando del cartucho
una a una, sobándolas un poquito antes de entregar-
las, para que no se le escurriesen dos pegadas; y despidiéndose al fin de la pobretería con un sermoncillo
gangoso, exhortándoles a la paciencia y humildad,
guardó el cartucho, que aún tenía monedas para los
de la puerta del frontis de Atocha, y se metió en la
iglesia.

Capítulo 2

Tomada el agua bendita, don Carlos Moreno Trujillo se dirigió a la capilla de Nuestra Señora de la Blanca. Era hombre tan extremadamente metódico que su vida entera encajaba dentro de un programa irreducible, determinante de sus actos todos, así morales como físicos, de las graves resoluciones, así como de los pasatiempos insignificantes, y hasta del moverse y del respirar. Con un solo ejemplo se demuestra el poder de la rutinaria costumbre en aquel santo varón, y es que, viviendo en aquellos días de su ancianidad en la calle de Atocha, entraba siempre por la verja de la calle de San Sebastián y puerta del Norte, sin que hubiera para ello otra razón que la de haber usado dicha entrada en los treinta y siete años que vivió en su renombrada casa de comercio de la plazuela del Angel. Salía invariablemente por la calle de Atocha, aunque a la salida tuviera que visitar a su hija, habitante en la calle de la Cruz.

Humillado ante el altar de los Dolores, y después ante la imagen de San Lesmes, permanecía buen rato en abstracción mística; despacito recorría todas las capillas y retablos, guardando un orden que en ninguna ocasión se alteraba: oía luego dos misitas, siempre dos, ni una más ni una menos; hacía otro recorrido de altares, terminando infaliblemente en la capilla del Cristo de la Fe; pasaba un ratito a la sacristía, donde con el coadjutor o el sacristán se permitía una breve charla, tratando del tiempo, o de *lo malo que está todo,* o bien de comentar el cómo y el porqué de que viniera turbia el agua de Lozoya, y se marchaba por la puerta que da a la calle de Atocha, donde repartía las últimas monedas del cartucho. Tal era su previsión que rara vez dejaba de llevar cantidad necesaria para los pobres de uno y otro costado. Como aconteciera el caso inaudito de faltarle una pieza, ya sabía el mendigo que la tenía segura al día siguiente, y si sobraba, se corría el buen señor al oratorio de la calle del Olivar en busca de una mano desdichada en que ponerla.

Pues, señor, entró don Carlos en la iglesia, como he dicho, por la puerta que llamaremos del Cementerio de San Sebastián, y las ancianas y ciegos de ambos sexos que acababan de recibir de él la limosna se pusieron a picotear, pues, mientras no entrara o saliera alguien a quien acometer, ¿qué habían de hacer aquellos infelices más que engañar su inanición y sus tristes horas regalándose con la comidilla que nada les cuesta y que, picante o desabrida, siempre tienen a mano para con ella saciarse? En esto son iguales a los ricos; quizá les llevan ventaja, porque cuando tocan a charlar, no se ven cohibidos por las conveniencias usuales de la conversación, que, poniendo entre el pensamiento y la palabra gruesa costra etiquetera y gramatical, embotan el gusto inefable del dime y direte.

—¿No *vus* dije que don Carlos no faltaba hoy? Ya lo habéis visto. Decir ahora si yo me equivoco y no estoy al tanto.

—Yo también lo dije... Toma..., como que es el *aniversario del mes,* día 24; quiere decir que cumple

mes la defunción de su esposa, y don Carlos bendito
no falta este día, aunque lluevan ruedas de molino,
porque otro más cristiano, sin agraviar, no lo hay
en Madrid.

—Pues yo me temía que no viniera, motivado al
frío que hace, y pensé que por ser día de perra gorda,
el buen señor suprimía la *festividá*.

—Hubiéralo dado mañana, bien lo sabes, Crescencia, que don Carlos sabe cumplir y paga lo que debe.

—Hubiéranos dado mañana la gorda de hoy, eso
sí; pero quitándonos la chica de mañana. Pues ¿qué
crees tú, que aquí no sabemos de cuentas? Sin agraviar, yo sé ajustarlas como la misma luz, y sé que
el don Carlos, cuando se le hace mucho lo que nos
da, se pone malo por ahorrarse algunos días, lo cual
que ha de saberle mal a la difunta.

—Cállate, mala lengua.

—Mala lengua tú, y... ¿quieres que te lo diga?...
¡Adulona!

—¡Lenguaza!

Eran tres las que así chismorreaban, sentaditas a
la derecha, según se entra, formando un grupo sepa-
rado de los demás pobres; una de ellas ciega, o por
lo menos cegata; las otras dos con buena vista, todas
vestidas de andrajos y abrigadas con pañolones negros o grises. La *señá* Casiana, alta y huesuda, hablaba con cierta arrogancia, como quien tiene o cree
tener autoridad; y no es inverosímil que la tuviese,
pues en dondequiera que para cualquier fin se reúnen
media docena de seres humanos, siempre hay uno
que pretende imponer su voluntad a los demás, y,
en efecto, la impone. Crescencia se llamaba la ciega
o cegata, siempre hecha un ovillo, mostrando su ros-

tro diminuto, y sacando del envoltorio que con su
arrollado cuerpo formaba la flaca y rugosa mano de
largas uñas. La que en el anterior coloquio pronun-
ciara frases altaneras y descorteses tenía por nombre
Flora y por apodo *la Burlada,* cuyo origen y sentido
se ignora, parlanchina, que revolvía y alborotaba el
miserable cotarro, indisponiendo a unos con otros,
pues siempre tenía que decir algo picante y malévo-
lo cuando los demás *repartijaban,* y nunca distinguía
de pobres y ricos en sus críticas acerbas. Sus ojuelos
sagaces, lacrimosos, gatunos, irradiaban la desconfianza y la malicia. Su nariz estaba reducida a una
bolita roja, que bajaba y subía al mover de labios y
lengua en su charla vertiginosa. Los dos dientes que
en sus encías quedaban parecían correr de un lado
a otro de la boca, asomándose tan pronto por aquí,
tan pronto por allá, y cuando terminaba su perorata
con un gesto de desdén supremo o de terrible sarcas-
mo, cerrábase de golpe la boca, los labios se metían
uno dentro de otro, y la barbilla roja, mientras callaba la lengua, seguía expresando las ideas con un
temblor insultante.

Tipo contrario al de *la Burlada* era el de la *señá*
Casiana: alta, huesuda, flaca, si bien no se apreciaba
fácilmente su delgadez por llevar, según dicho de la
gente maliciosa, mucha y buena ropa debajo de los
pingajos. Su cara larguísima, como si por máquina
se la estiraran todos los días, oprimiéndole los carrillos, era de lo más desapacible y feo que puede imaginarse, con los ojos reventones, espantados, sin brillo ni expresión, ojos que parecían ciegos sin serlo;
la nariz de gancho, desairada; a gran distancia de la

nariz, la boca, de labios delgadísimos, y, por fin, el
maxilar largo y huesudo. Si vale comparar rostros
de personas con rostros de animales, y si para conocer a *la Burlada* podríamos imaginarla como un gato
que hubiera perdido el pelo en una riña, seguida de
un chapuzón, digamos que era la Casiana como un
caballo viejo, y perfecta su semejanza con los de la
plaza de toros, cuando se tapaba con venda oblicua
uno de los ojos, quedándose con el otro libre para
el fisgoneo y vigilancia de sus cofrades. Como en
toda región del mundo hay clases, sin que se excep-
túen de esta división capital las más ínfimas jerar-
quías, allí no eran todos los pobres lo mismo. Las
viejas, principalmente, no permitían que se alterase
el principio de distinción capital. Las *antiguas*, o sea,
las que llevaban ya veinte o más años de pedir en
aquella iglesia, disfrutaban de preeminencias que por
todos eran respetadas, y las *nuevas* no tenían más
remedio que conformarse. Las *antiguas* disfrutaban
de los mejores puestos, y a ellas solas se concedía el
derecho de pedir dentro, junto a la pila del agua
bendita. Como el sacristán o el coadjutor alterasen
esta jurisprudencia en beneficio de alguna *nueva*, ya
les había caído que hacer. Armábase tal tumulto que
en muchas ocasiones era forzoso acudir a la ronda
o a la pareja de vigilancia. En las limosnas colectivas
y en los repartos de bonos llevaban preferencia las
antiguas; y cuando algún parroquiano daba una cantidad cualquiera para que fuese distribuida entre
todos, la antigüedad reclamaba el derecho a la repar-
tición, apropiándose la cifra mayor, si la cantidad no
era fácilmente divisible en partes iguales. Fuera de
esto, existían la preponderancia moral, la autoridad

tácita adquirida por el largo dominio, la fuerza invisible de la autoridad. Siempre es fuerte el antiguo, como el novato siempre es débil, con las excepciones que pueden determinar en algunos casos los caracteres. La Casiana, carácter duro, dominante, de un egoísmo elemental, era la más antigua de las antiguas; *la Burlada*, levantisca, revoltosilla, picotera y maleante, era la más nueva de las nuevas; y con esto queda dicho que cualquier suceso trivial o palabra baladí eran el fulminante que hacía brotar entre ellas la chispa de la discordia.

La disputilla referida anteriormente fue cortada por la entrada o salida de fieles. Pero *la Burlada* no podía refrenar su reconcomio, y en la primera ocasión, viendo que la Casiana y el ciego Almudena (de quien se hablará después) recibían aquel día más limosnas que los demás, se deslenguó nuevamente con la *antigua*, diciéndole:

—Adulona, más que adulona, ¿crees que no sé que estás rica y que en Cuatro Caminos tienes casa con muchas gallinas, y muchas palomas, y conejos muchos? Todo se sabe.

—Cállate la boca, si no quieres que dé parte a don Senén para que te enseñe la educación.

—¡A ver!...

—No vociferes, que ya oyes la campanilla de alzar la Majestad.

—Pero señoras, por Dios—dijo un lisiado que en pie ocupaba el sitio más próximo a la iglesia—. Arreparen que están alzando el Santísimo Sacramento.

—Es esta habladora, escorpionaza.

—Es esta dominanta... ¡A ver!... Pues, hija, ya que eres *caporala*, no tires tanto de la cuerda y deja que las *nuevas* alcancemos algo de la limosna, que todas *semos* hijas de Dios... ¡A ver!

—¡Silencio, digo!

—¡Ay, hija..., ni que *fuás* Cánovas!

Capítulo 3

Más adentro, como a la mitad del pasadizo, a la izquierda, había otro grupo, compuesto de un ciego, sentado; una mujer, también sentada, con dos niñas pequeñuelas, y junto a ella, en pie, silenciosa y rígida, una vieja con traje y manto negros. Algunos pasos más allá, a corta distancia de la iglesia, se apoyaba en la pared, cargando el cuerpo sobre las muletas, el cojo y manco Eliseo Martínez, que gozaba el privilegio de vender en aquel sitio *La Semana Católica*. Era, después de Casiana, la persona de más autoridad y mangoneo en la cuadrilla y como su lugarteniente o mayor general.

Total: siete reverendos mendigos, que espero han de quedar bien registrados aquí, con las convenientes distinciones de figura, palabra y carácter. Vamos con ellos.

La mujer de negro vestida, más que vieja, envejecida prematuramente, era, además de *nueva*, temporera, porque acudía a la mendicidad por espacios de tiempo más o menos largos, y a lo mejor desaparecía, sin duda, por encontrar un buen acomodo o almas caritativas que la socorrieran. Respondía al nombre de la *señá Benina* (de lo cual se infiere que Benigna se llamaba), y era la más callada y humilde de la comunidad, si así puede decirse; bien criada, modosa y con todas las trazas de perfecta sumisión a la divina voluntad. Jamás importunaba a los *parro-*

quianos que entraban o salían; en los *repartos*, aun
siendo leoninos, nunca formuló protesta, ni se la vio
siguiendo de cerca ni de lejos la bandera turbulenta
y demagógica de *la Burlada*. Con todas y con todos
hablaba el mismo lenguaje afable y comedido; trataba con miramiento a la Casiana, con respeto al
cojo, y únicamente se permitía trato confianzudo,
aunque sin salirse de los términos de la decencia,
con el ciego Almudena, del cual, por el pronto, no
diré más sino que es árabe, del Sus, tres días de
jornada más allá de Marrakesh. Fijarse bien.

Tenía *la Benina* voz dulce, modos hasta cierto punto finos y de buena educación, y su rostro moreno
no carecía de cierta gracia interesante que, manoseada ya por la vejez, era una gracia borrosa y apenas perceptible. Más de la mitad de la dentadura
conservaba. Sus ojos, grandes y oscuros, apenas tenían el ribete rojo que imponen la edad y los fríos
matinales. Su nariz destilaba menos que las de sus
compañeras de oficio, y sus dedos, rugosos y de abultadas coyunturas, no terminaban en uñas de cernícalo. Eran sus manos como de lavandera y aún conservaban hábitos de aseo. Usaba una venda negra
bien ceñida en la frente; sobre ella, pañuelo negro,
y negros el manto y vestido, algo mejor apañaditos
que los de las otras ancianas. Con este pergenio y
la expresión sentimental y dulce de su rostro, todavía bien compuesto de líneas, parecía una Santa
Rita de Casia que andaba por el mundo en penitencia. Faltábanle solo el crucifijo y la llaga en la frente,
si bien podía creerse que hacía las veces de esta
el lobanillo del tamaño de un garbanzo, redondo,

cárdeno, situado como a media pulgada más arriba del entrecejo.

A eso de las diez, la Casiana salió al patio para ir a la sacristía (donde tenía gran metimiento como *antigua*), para tratar con don Senén de alguna incumbencia desconocida para los compañeros y por lo mismo muy comentada. Lo mismo fue salir la *caporala* que correrse *la Burlada* hacia el otro grupo, como un envoltorio que se echara a rodar por el pasadizo, y sentándose entre la mujer que pedía con dos niñas, llamada Demetria, y el ciego marroquí, dio suelta a la lengua, más cortante y afilada que las diez uñas lagartijeras de sus dedos negros y rapantes.

—¿Pero qué, no creéis lo que *vos* dije? La *caporala* es rica, mismamente rica, tal como lo estáis oyendo, y todo lo que coge aquí nos lo quita a las que *semos* de verdadera *solenidá*, porque no tenemos más que el día y la noche.

—Vive por allá arriba—indicó la Crescencia—, *orilla en cá los Paúles.*

—¡Quiá, no, señora! Eso era antes. Yo lo sé todo —prosiguió *la Burlada*, haciendo presa en el aire con sus uñas—. A mí no me la da esa, y he tomado lenguas. Vive en Cuatro Caminos, donde tiene corral, y en él cría, con perdón, un cerdo; sin agraviar a nadie, el mejor cerdo de Cuatro Caminos.

—¿Ha visto usted la jorobada que viene por ella?

—¿Que si la he visto? Esa cree que *semos* bobas. La corcovada es su hija, y por más señas costurera, ¿sabes?, y con achaques de la joroba pide también. Pero es modista, gana dinero para casa... Total, que allí son ricos, el Señor me perdone, ricos sinvergonzonazos, que engañan a nosotras y a la santa Iglesia católica, apostólica. Y como no gasta nada de comer, porque tiene dos o tres casas donde le traen todos los días los cazolones de cocido, que es la gloria de Dios..., ¡a ver!

—Ayer—dijo Demetria quitándole la teta a la niña—bien lo *vide*, le trajeron...

—¿Qué?

—Pues un arroz con almejas que lo menos había para siete personas.

—¡A ver!... ¿Estás segura de que era con almejas? ¿Y qué, *golía* bien?

—¡Vaya si *golía*!... Los cazolones los tiene en *cá* el sacristán. Allí vienen y se los llenan, y hala, con todo para Cuatro Caminos.

—El marido...—añadió *la Burlada* echando lumbre por los ojos—es uno que vende teas y perejil... Ha sido *melitar*, y tiene siete cruces sencillas y una con cinco *riales*... Ya ves qué familia. Y aquí me tienes, que hoy no he comido más que un corrusco de pan; y si esta noche no me da cobijo la Ricarda en el cajón de Chamberí, tendré que quedarme al santo raso. ¿Tú qué dices, Almudena?

El ciego murmuraba. Preguntado por segunda vez, dijo con áspera y dificultosa lengua:

—¿Hablar vos del *Piche?* Conocierle mí. No ser marido la Casiana con casarmiento, por la luz bendita, no. Ser quirido, por la bendita luz, quirido.

—¿Conócesle tú?

—Conocierle mí, comprarmi dos rosarios él... de mi tierra, dos rosarios y una pieldra imán. Diniero él, mucho diniero... Ser capatazo de la sopa en el Sagriado Corazón de allá... y en toda la probieza de allá mandando él, con garrota él..., barrio Salaman-

ca... capatazo... Malo, mu malo, y no deja comer...
Ser un criado del Goberno, del Goberno malo de
Ispania, y de los del Banco, aonde estar tuda el diniero en cajas soterradas... Guardar él, matarnos de
hambre él...

—Es lo que faltaba—dijo *la Burlada* con aspavientos de oficiosa ira—, que también tuvieran dinero en
las arcas del Banco esos hormigonazos.

—¡Tanto como eso!... Vaya usted a saber—indicó
la Demetria, volviendo a dar la teta a la criatura,
que había empezado a chillar—. ¡Calla, tragona!

—¡A ver!..., con tanto *chupío*, no sé cómo vives,
hija... Y usted, *señá Benina*, ¿qué cree?

—¿Yo?... ¿De qué?

—De si *tien* o no *tien* dinero en el Banco.

—¿Y a mí qué? Con su pan se lo coman.

—Con el nuestro, ¡ja, ja!..., y encima codillo de
jamón.

—¡A callar se ha dicho!—gritó el cojo, vendedor de
La Semana—. Aquí se viene a lo que se viene, y a
guardar la *circuspición*.

—Ya callamos, hombre, ya callamos. ¡A ver!..., ¡ni
que *fuás* Vítor Manuel, el que puso preso al Papa!

—Callar, digo, y tengan más religión.

—Religión tengo, aunque no como con la Iglesia
como tú, pues yo vivo en compañía del hambre, y
mi negocio es mirarlos tragar y ver los *papelaos* de
cosas ricas que vos traen de las casas. Pero no tenemos envidia, ¿sabes, Eliseo?, y nos alegramos de
ser pobres y de morirnos de flato para irnos en globo
al cielo, mientras que tú...

—Yo, ¿qué?

—¡A ver!... Pues que estás rico, Eliseo; no niegues
que estás rico... Con *La Semana* y lo que te dan don
Senén y el señor cura... Ya sabemos: el que parte y
reparte... No es por murmurar: Dios me libre. Bendita sea nuestra santa miseria... El Señor te lo aumente. Dígolo porque te estoy agradecida, Eliseo. Cuando
me cogió el coche en la calle de la Luna... fue el día
que llevaron a ese señor de Zorrilla..., pues, como
digo, mes y medio estuve en el *hespital*, y cuando
salí, tú, viéndome sola y desamparada, me dijiste:
«*Señá* Flora, ¿por qué no se pone a pedir en un templo, quitándose de la *santimperie* y arrimándose al
cisco de la religión? Véngase conmigo y verá cómo
puede sacar un diario sin rodar por las calles y tratando con pobres decentes.» Eso me dijiste, Eliseo,
y yo me eché a llorar y me vine acá contigo. De lo
cual vino el estar yo aquí, y muy agradecida a tu
conduta fina y de caballero. Sabes que rezo un padrenuestro por ti todos los días, y le pido al Señor
que te haga más rico de lo que eres; que vendas *sin
finidá* de *Semanas*, y que te traigan buen bodrio del
café y de la casa de los señores condes para que te
hartes tú y la *carreterona* de tu mujer. ¿Qué importa
que Crescencia y yo, y este pobre Almudena, nos des-
ayunemos a las *doce del mediodía* con un mendrugo
que serviría para empedrar las santas calles? Yo le
pido al Señor que no te falte para el aguardentazo.
Tú lo necesitas para vivir; yo me moriría si lo cata-
ra... ¡Y ojalá que tus dos hijos lleguen a duques! Al
uno le tienes de aprendiz de tornero, y te mete en
casa seis reales cada semana; al otro le tienes en una
taberna de las Maldonadas, y saca buenas propinillas
de las golfas, con perdón... El Señor te los conserve

y te los aumente cada año; y véate yo vestido de terciopelo y con una pata nueva de palo santo, y a tu
tarasca véala yo con sombrero de plumas. Soy agradecida: se me ha olvidado el comer de las hambres
que paso; pero no tengo malos quereres, Eliseo de
mi alma, y lo que a mí me falta tenlo tú, y come y
bebe, y emborráchate; y ten casa de balcón con mesas de *de noche*, y camas de hierro con sus colchas
rameadas, tan limpias como las del Rey; y ten hijos
que lleven boina nueva y alpargatas de suela, y niña
que gaste toquilla rosa y zapatito de charol los do-
mingos, y ten un buen anafre, y buenos felpudos
para delante de las camas, y cocina de *co*, con papeles nuevos, y una batería que da gloria con *tantismas
cazoletas;* y buenas láminas del Cristo de la Caña y
Santa Bárbara bendita, y una cómoda llena de ropa
blanca; y pantallas con flores, y hasta máquina de
coser que no sirve, pero encima de ella pones la pila
de *Semanas;* ten también muchos amigos y vecinos
buenos, y las grandes casas de acá, con señores que
por verte inválido te den barreduras del almacén de
azúcar, y *papelaos* del café de la *moca*, y de arroz de
tres pasadas; ten también metimiento con las señoras de la Conferencia para que te paguen la casa o
la cédula, y den plancha de fino a tu mujer...; ten eso
y más, Eliseo...

Cortó los despotriques vertiginosos de *la Burlada*,
produciendo un silencio terrorífico en el pasadizo la
repentina aparición de la *señá* Casiana por la puerta
de la iglesia.

—Ya salen de misa mayor—dijo.

Y, encarándose después con la habladora, echó sobre ella toda su autoridad con estas despóticas palabras:

—*Burlada*, pronto a tu puesto. Y cerrar el pico,
que estamos en la casa de Dios.

Empezaba a salir gente y caían algunas limosnas,
pocas. Los casos de ronda total, dando igual cantidad
a todos, eran muy raros, y aquel día las escasas mo-
neditas de cinco y dos céntimos iban a parar a las
manos diligentes de Eliseo o de la *caporala*, y algo
le tocó también a la Demetria y a la *señá Benina*.
Los demás poco o nada lograron, y la ciega Crescencia se lamentó de no haberse estrenado. Mientras
Casiana hablaba en voz baja con Demetria, *la Burlada*
pegó la hebra con Crescencia en el rincón próximo a
la puerta del patio.

—¡Qué le estará diciendo a la Demetria!

—A saber... Cosas de ellas.

—Me ha *golido* a bonos por el funeral *de presencia*
que tenemos mañana. A Demetria le dan más por ser
arrecomendada de ese que celebra la primera misa,
el don Rodriguito de las medias moradas, que dicen
es secretario del Papa.

—Le darán toda la carne, y a nosotras los huesos.

—¡A ver!... Siempre lo mismo. No hay como andar
con dos o tres criaturas a cuestas para sacar tajada.
Y no miran la decencia, porque estas holgazanotas,
como Demetria, sobre ser unas grandísimas pendo-
nazas, hacen luego del vicio su comercio. Ya ves:
cada año te trae una lechigada, y criando a uno, ya
tiene en el buche los huesos del del año que viene.

—¿Y es casada?

—Como tú y como yo. De mí nada dirán, pues en San Andrés bendito me casé con mi Roque, que está en gloria de la consecuencia de una caída del andamio. Esta dice que tiene el marido en *Celipinas*, y será que desde allá le hace los chiquillos... por carta... ¡Ay, qué mundo! Te digo que sin criaturas no se saca nada: los señores no miran a la *dinidá* de una, sino a si da el pecho o no da el pecho. Les da lástima de las criaturas, sin reparar en que más *honrás* somos las que no las tenemos, las que estamos en la *senetú*, hartas de trabajos y sin poder valernos. Pero vete tú ahora a *golver* del revés el mundo, y a gobernar la compasión de los señores. Por eso se dice que todo anda trastornado y al revés, hasta los cielos benditos, y lleva razón Pulido cuando habla de la *rigolución mu* gorda, *mu* gorda, que ha de venir para meter en cintura a ricos miserables y a pobres *ensalzaos*.

Concluía la charlatana vieja su perorata cuando ocurrió un suceso tan extraño, fenomenal e inaudito, que no podría ser comparado sino a la súbita caída de un rayo en medio de la comunidad mendicante o a la explosión de una bomba: tales fueron el estupor y azoramiento que en toda la caterva mísera produjo. Los más antiguos no recordaban nada semejante; los nuevos no sabían lo que les pasaba. Quedáronse todos mudos, perplejos, espantados. ¿Y qué fue en suma? Pues nada: que don Carlos Moreno Trujillo, que toda la vida, desde que *el mundo era mundo*, salía infaliblemente por la puerta de la calle de Atocha, no alteró aquel día su inveterada costumbre; pero a los pocos pasos volvió adentro, para salir por la calle de las Huertas, hecho singularísimo, absurdo, equivalente a un retroceso del sol en su carrera.

Pero no fue principal causa de la sorpresa y confusión la desusada salida por aquella parte, sino que don Carlos se paró en medio de los pobres (que se agruparon en torno a él, creyendo que les iba a repartir otra perra por barba), les miró como pasándoles revista, y dijo:

—Eh, señoras ancianas, ¿quién de vosotras es la que se llama la *señá Benina*?

—Yo, señor, yo soy—dijo la que así se llamaba, adelantándose temerosa de que alguna de sus compañeras le quitase el nombre y el estado civil.

—Esa es—añadió la Casiana con sequedad oficiosa, como si creyese que hacía falta su *exequatur* de caporala para conocimiento o certificación de la personalidad de sus inferiores.

—Pues, *señá Benina*—agregó don Carlos embozándose hasta los ojos para afrontar el frío de la calle—, mañana, a las ocho y media, se pasa usted por casa; tenemos que hablar. ¿Sabe usted dónde vivo?

—Yo la acompañaré—dijo Eliseo echándoselas de servicial y diligente en obsequio del señor y de la mendiga.

—Bueno. La espero a usted, *señá Benina*.

—Descuide el señor.

—A las ocho y media en punto. Fíjese bien—añadió don Carlos a gritos, que resultaron apagados porque le tapaban la boca las felpas húmedas del embozo raído—. Si va usted antes tendrá que esperarse, y si va después no me encuentra... Ea, con Dios. Mañana es 25: me toca en Montserrat, y después, al cementerio. Conque...

Capítulo 4

¡María Santísima, San José bendito, qué comentarios, qué febril curiosidad, qué ansias de investigar y sorprender los propósitos del buen don Carlos! En los primeros momentos, la misma intensidad de la sorpresa privó a todos de la palabra. Por los rincones del cerebro de cada cual andaba la procesión...; dudas, temores, envidia, curiosidad ardiente. La *señá Benina*, queriendo sin duda librarse de un fastidioso hurgoneo, se despidió afectuosamente, como siempre lo hacía, y se fue. Siguióla con minutos de diferencia el ciego Almudena. Entre los restantes empezaron a saltar, como chispas, las frasecillas primeras de su sorpresa y confusión:

—Ya lo sabremos mañana... Será por desempeñarla... Tiene más de cuarenta papeletas.

—Aquí todas nacen de pie—dijo *la Burlada* a Crescencia—menos nosotras, que hemos caído en el mundo como talegos.

Y la Casiana, afilando más su cara caballuna, hasta darle proporciones monstruosas, dijo con acento de compasión lúgubre:

—¡Pobre don Carlos! Está más loco que una cabra.

A la mañana siguiente, aprovechando la comunidad el hecho feliz de no haber ido a la parroquia ni la *señá Benina* ni el ciego Almudena, menudearon los comentarios del extraño suceso. La Demetria expuso tímidamente la opinión de que don Carlos quería

llevar a *la Benina* a su servicio, pues gozaba ésta
fama de gran cocinera, a lo que agregó Eliseo que,
en efecto, la tal había sido maestra de cocina, pero
ya no la querían en ninguna parte por vieja.

—Y por sisona—afirmó la Casiana, recalcando con
saña el término—. Habéis de saber que ha sido una
sisona tremenda, y por ese vicio se ve ahora como
se ve, teniendo que pedir para una rosca. De todas
las casas en que estuvo la echaron por ser tan larga
de uñas, y si ella *hubiá* tenido *conduta* no le faltarían
casas buenas en que acabar tranquila...

—Pues yo—declaró *la Burlada* con negro escepti-
cismo—*vos* digo que si ha venido a pedir es porque
fue honrada; que las muy sisonas juntan dinero para
su vejez y se hacen ricas..., que las hay, vaya si las
hay. Hasta con coche las he conocido yo.

—Aquí no se habla mal de *naide*.

—No es hablar mal. ¡A ver!... La que habla pestes
es *bueycencia*, señora presidenta de ministros.

—¿Yo?

—Sí... Vuestra eminencia ilustrísima es la que ha
dicho que *la Benina* sisaba; lo cual que no es verdad,
porque si sisara, tuviera, y si tuviera no vendría a
pedir. Tómate esa.

—Por *bocona* te has de condenar tú.

—No se condena una por bocona, sino por rica,
mayormente cuando quita la limosna a los pobres
de buena ley, a los que tienen hambre y duermen al
raso.

—Ea, que estamos en la casa de Dios, *señoras*
—dijo Eliseo dando golpes en el suelo con su pata de
palo—. Guarden respeto y decencia unas para otras
como manda la santísima *dotrina.*

Con esto se produjo el recogimiento y tranquilidad que la vehemencia de algunos alteraba tan a menudo, y entre pedir gimiendo y rezar bostezando se les pasaban las tristes horas.

Ahora conviene decir que la ausencia de la *señá Benina* y del ciego Almudena no era casual aquel día, por lo cual allá van las explicaciones de un suceso que merece mención en esta verídica historia. Salieron ambos, como se ha dicho, uno tras otro, con diferencia de algunos minutos; pero como la anciana se detuvo un ratito en la verja hablando con Pulido, el ciego marroquí se le juntó y ambos emprendieron juntos el camino por las calles de San Sebastián y Atocha.

—Me detuve a charlar con Pulido por esperarte, amigo Almudena. Tengo que hablar contigo.

Y agarrándole por el brazo con solicitud cariñosa, le pasó de una acera a otra. Pronto ganaron la calle de las Urosas, y parados en la esquina, a resguardo de coches y transeúntes, volvió a decirle:

—Tengo que hablar contigo, porque tú sólo puedes sacarme de un gran compromiso; tú sólo, porque los demás *conocimientos* de la parroquia para nada me sirven. ¿Te enteras tú? Son unos egoístas, corazones de pedernal... El que tiene, porque tiene; el que no tiene, porque no tiene. Total, que la dejarán a una morirse de vergüenza, y si a mano viene se gozarán en ver a una pobre mendicante por los suelos.

Almudena volvió hacia ella su rostro, y hasta podría decirse que la miró, si mirar es dirigir los ojos hacia un objeto, poniendo en ellos, ya que no la vista,

la intención, y en cierto modo la atención, tan soste-
nida como ineficaz. Apretándole la mano, le dijo:

—*Amri*, saber tú que sirvirte Almudena él, él, Almudena mí, como *pierro*. *Amri*, *dicermi* cosas tú...
de cosas *tigo*.

—Sigamos para abajo, y hablaremos por·el camino.
¿Vas a tu casa?

—Voy a do *quierer* tú.

—Paréceme que te cansas. Vamos muy aprisa. ¿Te
parece bien que nos sentemos un rato en la plazuela
del Progreso para poder hablar con tranquilidad?

Sin duda respondió el ciego afirmativamente, porque cinco minutos después se les veía sentados, uno
junto a otro, en el zócalo de la verja que rodea la
estatua de Mendizábal. El rostro de Almudena, de
una fealdad expresiva, moreno cetrino, con barba
rala, negra como el ala del cuervo, se caracterizaba
principalmente por el desmedido grandor de la boca,
que, cuando sonreía, afectaba una curva cuyos extremos, replegando la floja piel de los carrillos, se
ponían muy cerca de las orejas. Los ojos eran como
llagas ya secas e insensibles, rodeados de manchas
sanguinosas; la talla mediana; torcidas las piernas.
Su cuerpo había perdido la conformación airosa por
la costumbre de andar a ciegas y de pasar largas horas sentado en el suelo con las piernas dobladas a la
morisca. Vestía con relativa decencia, pues su ropa,
aunque vieja y llena de mugre, no tenía desgarrón ni
avería que no estuvieran enmendados por zurcidos
inteligentes, o por aplicaciones de parches y retazos.
Calzaba·zapatos negros, muy rozados, pero perfectamente defendidos con costurones y remiendos habi-
lísimos. El sombrero hongo revelaba servicios dilata-

dos en diferentes cabezas, hasta venir a prestarlos
en aquella, que quizá no sería la última, pues las
abolladuras del fieltro no eran tales que impidieran
la defensa material del cráneo que cubría. El palo
era duro y lustroso; la mano con que lo empuñaba,
nerviosa, por fuera de color morenísimo, tirando a
etiópico, la palma blanquecina, con tono y blanduras
que la asemejaban a una rueda de merluza cruda;
las uñas bien cortadas; el cuello de la camisa lo menos sucio que es posible imaginar en la mísera condición y vida vagabunda del desgraciado hijo del
Sus.

—Pues, a lo que íbamos, Almudena—dijo la *señá
Benina*, quitándose el pañuelo para volver a ponér-
selo, como persona desasosegada y nerviosa que quiere ventilarse la cabeza—. Tengo un grave compromiso, y tú, nada más que tú, puedes sacarme de él.

—*Dicermi* ella, tú...

—¿Qué pensabas hacer esta tarde?

—En casa mí, *mocha* que jacer mí: lavar ropa mí,
coser *mocha*, remendar *mocha*.

—Eres el hombre más apañado que hay en el mundo. No he visto otro como tú. Ciego y pobre, te
arreglas tú mismo tu ropita; enhebras una aguja con
la lengua más pronto que yo con mis dedos; coses
a la perfección; eres tu sastre, tu zapatero, tu lavandera... Y después de pedir en la parroquia por
la mañana y por las tardes en la calle, te sobra tiempo para ir un ratito al café... Eres de lo que no hay;
y si en el mundo hubiera justicia y las cosas estuvieran dispuestas con razón, debieran darte un premio... Bueno, hijo, pues lo que es esta tarde no te

dejo trabajar, porque tienes que hacerme un servicio. Para las ocasiones son los amigos.

—¿Qué *sucieder* ti?

—Una cosa tremenda. Estoy que no vivo. Soy tan desgraciada, que si tú no me amparas me tiro por el Viaducto... Como lo oyes.

—*Amri...* tirar no.

—Es que hay compromisos tan grandes, tan grandes, que parece imposible que se pueda salir de ellos. Te lo diré de una vez para que te hagas cargo: necesito un duro...

—¡Un *durro!* —exclamó Almudena, expresando con la súbita gravedad del rostro y la energía del acento el espanto que le causaba la magnitud de la cantidad.

—Sí, hijo, sí... un duro, y no puedo ir a casa si antes no lo consigo. Es preciso que yo tenga ese duro. Discurre tú, pues hay que sacarlo de debajo de las piedras, buscarlo como quiera que sea.

—Es *mocha... mocha...*—murmuraba el ciego, volviendo su rostro hacia el suelo.

—No es tanto—observó la otra, queriendo engañar su pena con ideas optimistas—. ¿Quién no tiene un duro? Un duro, amigo Almudena, lo tiene cualquiera... Conque ¿puedes buscármelo tú, sí o no?

Algo dijo el ciego en su extraña lengua que *Benina* tradujo por la palabra «imposible», y lanzando un suspiro profundo, al cual contestó Almudena con otro no menos hondo y lastimero, quedóse un rato en meditación dolorosa, mirando al suelo y después al cielo y a la estatua de Mendizábal, aquel verdadero señor de bronce que ella no sabía quién era ni por qué lo habían puesto allí. Con ese mirar vago y dis-

traído que es, en los momentos de intensa amargura,
como un giro angustioso del alma sobre sí misma,
veía pasar por una y otra banda del jardín gentes
presurosas o indolentes. Unos llevaban un duro, otros
iban a buscarlo. Pasaban cobradores del banco con
el taleguillo al hombro; carricoches con botellas de
cerveza y gaseosa; carrós fúnebres, en el cual era
conducido al cementerio alguno a quien nada impor-
taban ya los duros. En las tiendas entraban com-
pradores que salían con paquetes. Mendigos harapo-
sos importunaban a los señores. Con rápida visión,
Benina pasó revista a los cajones de tanta trastienda,
a los distintos cuartos de todas las casas, a los bolsillos de todos los transeúntes bien vestidos, adqui-
riendo la certidumbre de que en ninguno de aquellos repliegues de la vida faltaba un duro. Después
pensó que sería un paso muy salado que se presen-
tase ella en la cercana casa de Céspedes diciendo que
hicieran el favor de darle un duro, siquiera que se lo
diesen a préstamo. Seguramente se reirían de tan absurda pretensión, y la pondrían bonitamente en la
calle. Y, no obstante, natural y justo parecía que en
cualquier parte donde un duro no representaba más
que un valor insignificante, se lo diesen a ella, para
quien la tal suma era... como un *átomo inmenso*.
Y si la ansiada moneda pasara de las manos que
con otras muchas la poseían a las suyas, no se nota-
ría ninguna alteración sensible en la distribución de
la riqueza, y todo seguiría lo mismo: los ricos, ricos;
pobre ella y pobres los demás de su condición. Pues
siendo esto así, ¿por qué no venía a sus manos el
duro? ¿Qué razón había para que veinte personas de
ias que pasaban no se privasen de un real, y para que

estos veinte reales no pasaran por natural trasiego
a sus manos? ¡Vaya con las cosas de este desarregla-
do mundo! La pobre *Benina* se contentaba con una
gota de agua, y delante del estanque del Retiro no
podía tenerla. Vamos a cuentas, cielo y tierra: ¿per-
dería algo el estanque del Retiro porque se sacara de
él una gota de agua?

Capítulo 5

Esto pensaba, cuando Almudena, volviendo de una meditación calculista, que debía de ser muy triste por la cara que ponía, le dijo:

—¿No tenier tú cosa que *peinar?*

—No, hijo; todo empeñado ya, hasta las papeletas.

—¿No haber persona que *priestar ti?*

—No hay nadie que me fíe ya. No doy un paso sin encontrar una mala cara.

—Señor Carlos llamar ti mañana.

—Mañana está muy lejos y yo necesito el duro hoy, y pronto, Almudena, pronto. Cada minuto que pasa es una mano que me aprieta más el dogal que tengo en la garganta.

—No llorar, *Amri.* Tú ser buena *migo;* yo arremediando ti... Veslo ahora.

—¿Qué se te ocurre? Dímelo pronto.

—Yo *peinar* ropa.

—¿El traje que compraste en el Rastro? ¿Y cuánto crees que te darán?

—Dos *piesetas* y media.

—Yo haré por sacar tres. ¿Y lo demás?

—Vamos a casa *migo*—dijo Almudena levantándose con resolución.

—Prontito, hijo, que no hay tiempo que perder. Es muy tarde. ¡Pues no hay poquito que andar de aquí a la posada de Santa Casilda!

Emprendieron su camino presurosos por la calle del Mesón de Paredes, hablando poco. *Benina*, más sofocada por la ansiedad que por la viveza del paso, echaba lumbre de su rostro, y cada vez que oía campanadas de relojes hacía una mueca de desesperación. El viento frío del Norte les empujaba por la calle abajo, hinchando sus ropas como velas de un barco. Las manos de uno y otro eran de hielo; sus narices rojas destilaban. Enronquecían sus voces; las palabras sonaban con oquedad fría y triste.

No lejos del punto en que Mesón de Paredes desemboca en la Ronda de Toledo hallaron el parador de Santa Casilda, vasta colmena de viviendas baratas alineadas en corredores sobrepuestos. Entrase a ella por un patio o corralón largo y estrecho, lleno de montones de basura, residuos, despojos y desperdicios de todo lo humano. El cuarto que habitaba Almudena era el último del piso bajo al ras del suelo, y no había que franquear un solo escalón para penetrar en él. Componíase la vivienda de dos piezas separadas por una estera pendiente del techo: a un lado, la cocina, a otro, la sala, que también era alcoba o gabinete, con piso de tierra bien apisonado, paredes blancas, no tan sucias como otras del mismo caserón o humana madriguera. Una silla era el único mueble, pues la cama consistía en un jergón y mantas pardas, arrimado todo a un ángulo. La cocinilla no estaba desprovista de pucheros, cacerolas, botellas ni tampoco de víveres. En el centro de la habitación vio *Benina* un bulto negro, algo como un lío de ropa, o un costal abandonado. A la escasa luz que entraba después de cerrada la puerta pudo observar que

aquel bulto tenía vida. Por el tacto, más que por la
vista, comprendió que era una persona.

—Ya estar aquí la *Pedra* borracha.

—¡Ah! ¡Qué cosas! Es esa que te ayuda a pagar el
cuarto... Borrachona, sinvergüenzona... Pero no perdamos tiempo, hijo; dame el traje, que yo lo llevaré...
y con la ayuda de Dios sacaré siquiera dos ochenta.
Ve pensando en buscarme lo que falta. La Virgen
Santísima te lo dará, y yo he de rezarle para que te
lo dé doblado, que a mí seguro es que no quiere
darme cosa ninguna.

Haciéndose cargo de la impaciencia de su amiga,
el ciego descolgó de un clavo el traje que él llamaba
nuevo, por un convencionalismo muy corriente en las
combinaciones mercantiles, y lo entregó a su amiga,
que en cuatro zancajos se puso en el patio y en la
Ronda, tirando luego hacia el llamado Campillo de
Manuela. El mendigo, en tanto, pronunciando palabras coléricas, que no es fácil al narrador reproducir,
por ser en lengua arábiga, palpaba el bulto de la
mujer embriagada, que como cuerpo muerto en mitad del cuartucho yacía. A las expresiones airadas del
ciego sólo contestó con ásperos gruñidos, y dio media vuelta, espatarrándose y estirando los brazos para
caer de nuevo en sopor más hondo y en más brutal
inercia.

Almudena metía mano por entre las ropas negras, cuyos pliegues, revueltos con los del mantón,
formaban un lío inextricable, y acompañando su registro de exclamaciones furibundas, exploró también
el flácido busto, como si amasara pellejos con trapos.
Tan nervioso estaba el hombre, que descubría lo que
debe estar cubierto y tapaba lo que gusta de ver la

luz del día. Allí sacó rosarios, escapularios, un fajo
de papeletas de empeño envuelto en un pedazo de
periódico, trozos de herradura recogidos en las calles, muelas de animales o de personas y otras baratijas. Terminado el registro entró *la Benina*, de vuelta
ya de su diligencia, la cual había despachado con
tanta presteza como si la hubieran llevado y traído
en volandas los angelitos del cielo. Venía la pobre
mujer sofocadísima del veloz correr por las calles;
apenas podía respirar, y su rostro sudoroso despedía
fuego, sus ojos alegría.

—Me han dado tres—dijo mostrando las monedas—, una en cuartos. No he tenido poca suerte en
que estuviera allí Valeriano; que a llegar a estar el
ama, la Raimunda, trabajo me costara sacarle dos y
pico.

Respondiendo al contento de la anciana, Almudena,
con cara de regocijo y triunfo, le mostró entre los
dedos una peseta.

—*Encuentrarla* aquí, en el *piecho* de esta... Cogerla *tigo*.

—¡Oh, qué suerte! ¿Y no tendrá más? Busca bien,
hijo.

—No *tenier* más. Mi *regolver* cosas piecho.

Benina sacudía las ropas de la borracha esperando
ver saltar una moneda. Pero no saltaron más que dos
horquillas y algunos pedacitos de carbón.

—No *tenier* más.

Siguió parloteando el ciego, y por las explicaciones
que le dio del carácter y costumbres de la mujerona,
pudo comprender que si se hubieran encontrado a
esta en estado de normal despejo, les habría dado la
peseta con solo pedirla. Con una breve frase sintetizó

Almudena a su compañera de hospedaje: «Ser *güena*, ser mala... Coger ella *tudo*, dar ella *tudo*.

Acto continuo levantó el colchón y, escarbando en la tierra, sacó una petaca vieja y sucia, que cuidadosamente escondía entre trapos y cartones, y metiendo los dedos en ella, como quien saca un cigarro, extrajo un papelejo, que desenvuelto mostró una monedita de dos reales, nueva y reluciente. La cogió *Benina*, mientras Almudena sacaba de su bolsillo, donde tenía multitud de herramientas, tijeras, canuto de agujas, navaja, etc., otro envoltorio con dos perras gordas. Añadió a ellas la que había recibido de don Carlos y lo dio todo a la pobre anciana, diciéndole:

—*Amri, arriglar* así *tigo*.

—Sí, sí... Pongo lo mío de hoy, y ya falta tan poco, que no quiero molestarte más. ¡Gracias a Dios! Me parece mentira. ¡Ay, hijo, qué bueno eres! Mereces que te caiga la lotería, y si no te cae es porque no hay justicia en la tierra ni en el cielo... Adiós, hijo, no puedo detenerme ni un momento más... Dios te lo pague... Estoy en ascuas. Me voy volando a casa... Quédate en la tuya... Y a esta pobre desgraciada, cuando despierte, no la pegues, hijo, ¡pobrecita! Cada uno, por el aquel de no sufrir, se emborracha con lo que puede: esta con el aguardientazo, otros con otra cosa. Yo también las cojo; pero no así: las mías son de cosa de más adentro... Ya te contaré, ya te contaré.

Y salió disparada, las monedas metidas en el seno, temerosa de que alguien se las quitara por el camino o de que se le escaparan volando, arrastradas de sus tumultuosos pensamientos. Al quedarse solo, Almudena fue a la cocina, donde, entre otros cachivaches,

tenía una palanganita de estaño y un cántaro de agua.
Se lavó las manos y los ojos; después cogió un cazuelo en que había cenizas y carbones apagados y,
pasando a una de las casas vecinas, volvió al poco
rato con lumbre, sobre la cual derramó un puñadito
de cierta sustancia que en un envoltorio de papel tenía junto a la cama. Levantóse del fuego humareda
muy densa y un olor penetrante. Era el sahumerio de
benjuí, única remembranza material de la tierra na-
tiva que Almudena se permitía en su destierro vagabundo. El aroma especial, característico de casa
mora, era su consuelo, su placer más vivo, práctica
juntamente casera y religiosa, pues envuelto en aquel
humo se puso a rezar cosas que ningún cristiano podía entender.

Con el humazo, la borracha gruñía más, y carras-
peaba y tosía, como queriendo dar acuerdo de sí. El
ciego no le hacía más caso que a un perro, atento
solo a sus rezos en lengua que no sabemos si era
arábiga o hebrea, tapándose un ojo con cada mano y
bajándoselas después sobre la boca para besárselas.
Mediano rato empleó en sus meditaciones, y al termi-
narlas vio sentada ante sí a la mujerzuela, que con
ojos esquivos y lloricones, a causa del picor producido por el espeso sahumerio, le miraba. Presentán-
dole gravemente las palmas de las manos, Almudena
le soltó estas palabras:

—Gran *púa*, no haber más que un Dios... *b'rracha,
b'rrachona*, no haber más que un Dios...; un Dios,
un Dios sólo, sólo.

Soltó la otra sonora carcajada, y llevándose la
mano al pecho, quería arreglar el desorden que la
mano inquieta de su compañero de vivienda había

causado en aquella parte interesantísima de su persona. Tan torpe salía del sueño alcohólico, que no acertaba a poner cada cosa en su sitio, ni a cubrir las que la honestidad quiere y ha querido siempre que se cubran.

—*Jai*, tú me has *arregistrao*.

—Sí... No haber más que un Dios, un Dios sólo.

—¿Y a mí qué? Por mí, que *haigan* dos o cuarenta; todos los que ellos *mesmos* quieran haberse... Pero di, gorrón, me has quitado la peseta. No me importa. *Pa* ti era.

—¡Un Dios sólo!

Y viéndole coger el palo, se puso la mujer en guardia, diciéndole:

—Ea, no pegues, *Jai*. Basta ya de sahumerio y ponte a hacer la cena. ¿Cuanto dinero tienes? ¿Qué quieres que te traiga?...

—¡*B'rrachona*! No haber *diniero*... Llevarlo los *embaixos*, tú dormida.

—¿Qué te traigo?—murmuró la mujer negra, tambaleándose y cerrando los ojos—. Aguárdate un poquitín. Tengo sueño, *Jai*.

Cayó nuevamente en profundo sopor, y Almudena, que había requerido el palo con intenciones de usarlo como infalible remedio de la embriaguez, tuvo lástima y suspiró fuerte, mascullando estas o parecidas palabras:

—Pegar ti otro día.

Capítulo 6

Casi no es hipérbole decir que la *señá Benina*, al salir de Santa Casilda, poseyendo el incompleto duro que colmaba sus mortales angustias, iba por rondas, travesías y calles como una flecha. Con sesenta años a la espalda conservaba su agilidad y viveza, unidas a una perseverancia inagotable. Se había pasado lo mejor de la vida en un ajetreo afanoso, que exigía tanta actividad como travesura, esfuerzos locos de la mente y de los músculos, y en tal enseñanza se había fortificado de cuerpo y espíritu, formándose en ella el temple extraordinario de mujer que irán conociendo los que lean esta puntual historia de su vida. Con ligereza entró en una botica de la calle de Toledo; recogió medicinas que había encargado muy de mañana; después hizo parada en la carnicería y en la tienda de ultramarinos, llevando su compra en distintos envoltorios de papel, y, por fin, entró en una casa de la calle Imperial, próxima a la rinconada en que está el Almotacén y Fiel Contraste. Deslizóse a lo largo del portal angosto, obstruido y casi intransitable por los colgajos de un comercio de cordelería que en él existe; subió la escalera, con rápidos andares hasta el principal, con moderado paso hasta el segundo; llegó jadeante al tercero, que era el último, con honores de sotabanco. Dio vuelta a un patio grande, por galería de emplomados cristales, de suelo desigual, a causa de los hundimientos y desniveles

de la vieja fábrica, y al fin llegó a una puerta de cuarterones, despintada; llamó... Era su casa, la casa de
su señora, la cual, en persona, tentando las paredes,
salió al ruido de la campanilla, o más bien afónico
cencerro, y abrió, no sin la precaución de preguntar
por la mirilla, cuadrada, defendida por una cruz de
hierro.

—Gracias a Dios, mujer...—le dijo en la misma
puerta—. ¡Vaya unas horas! Creí que te había cogido un coche o que te había dado un accidente.

Sin chistar siguió *Benina* a su señora hasta un
gabinetillo próximo, y ambas se sentaron. Excusó la
criada las explicaciones de su tardanza por el miedo
que sentía de darlas, y se puso a la defensiva, esperando, a ver por dónde salía doña Paca y qué posiciones tomaba en su irascible genio. Algo la tranquilizó el tono de las primeras palabras con que fue recibida; esperaba ella una fuerte reprimenda, vocablos
displicentes. Pero la señora parecía estar de buenas,
domado, sin duda, el áspero carácter por la intensidad del sufrimiento. *Benina* se proponía, como siempre, acomodarse al son que le tocara la otra, y a poco
de estar junto a ella, cambiadas las primeras frases,
se tranquilizó:

—¡Ay, señora, qué día! Yo estaba deshecha; pero
no me dejaban, no me dejaban salir de aquella bendita casa.

—No me lo expliques—dijo la señora, cuyo acentillo andaluz persistía, aunque muy atenuado, después
de cuarenta años de residencia en Madrid—. Ya estoy
al tanto. Al oír las doce, la una, las dos, me decía yo:
«Pero, Señor, ¿por qué tarda tanto la Nina?» Hasta
que me acordé...

—Justo.

—Me acordé..., como tengo en mi cabeza todo el almanaque..., de que hoy es San Romualdo, confesor y obispo de Farsalia...

—Cabal.

—Y son los días del señor sacerdote en cuya casa estás de asistenta.

—Si yo pensara que usted lo habría de adivinar, habría estado más tranquila—afirmó la criada, que en su extraordinaria capacidad para forjar y exponer mentiras supo aprovechar el sólido cable que su ama le arrojaba—. ¡Y que no ha sido floja la tarea!

—Habrás tenido que dar un almuerzo. Ya me lo figuro. ¡Y que no serán cortos de tragaderas los curánganos de San Sebastián, compañeros y amigos de tu don Romualdo!

—Todo lo que le diga es poco.

—Cuéntame: ¿qué les has puesto?—preguntó ansiosa la señora, que gustaba de saber lo que se comía en las casas ajenas—. Ya estoy al tanto. Les harías una mayonesa.

—Lo primero un arroz, que me quedó muy a punto. ¡Ay, Señor, cuánto lo alabaron! Que si era yo la primera cocinera de toda la Europa..., que si por vergüenza no se chupaban los dedos...

—¿Y después?

—Una pepitoria que ya la quisieran para sí los ángeles del cielo. Luego, calamares en su tinta..., luego...

—Pues aunque te tenga dicho que no me traigas sobras de ninguna casa, pues prefiero la miseria que me ha enviado Dios a chupar huesos de otras mesas..., como te conozco, no dudo que habrás traído algo. ¿Dónde tienes la cesta?

Viéndose cogida, *Benina* vaciló un instante; mas no era mujer que se arredraba ante ningún peligro, y su maestría para el embuste le surgió pronto el hábil quite:

—Pues, señora, dejé la cesta con lo que traje en casa de la señorita Obdulia, que lo necesita más que nosotras.

—Has hecho bien. Te alabo la idea, Nina. Cuéntame más. ¿Y un buen solomillo, no pusiste?

—¡Anda, anda! Dos kilos y medio, señora. Sotero Rico me lo dio de lo superior.

—¿Y postres, bebidas?...

—Hasta *champaña de la Viuda.* Son el diantre los curas, y de nada se privan... Pero vámonos adentro, que es muy tarde y estará la señora desfallecida.

—Lo estaba; pero..., no sé; parece que me he comido todo eso de que has hablado... En fin, dame de almorzar.

—¿Qué ha tomado? ¿El poquito de cocido que le aparté anoche?

—Hija, no puedo pasarlo. Aquí me tienes con media onza de chocolate crudo.

—Vamos, vamos allá. Lo peor es que hay que encender lumbre. Pero pronto despacho... ¡Ah!, también le traigo las medicinas. Eso lo primero.

—¿Hiciste todo lo que te mandé?—preguntó la señora, en marcha las dos hacia la cocina—. ¿Empeñaste mis dos enaguas?

—¿Cómo no? Con las dos pesetas que saqué y otras dos que me dio don Romualdo por ser su santo, he podido atender a todo.

—¿Pagaste el aceite de ayer?

—¡Pues no!

—¿Y la tila y la sanguinaria?

—Todo, todo... Y aún me ha sobrado, después de la compra, para mañana.

—¿Querrá Dios traernos mañana un buen día? —dijo con honda tristeza la señora, sentándose en la cocina, mientras la criada, con nerviosa prontitud, reunía astillas y carbones.

—¡Ay!, sí, señora: téngalo por cierto.

—¿Por qué me lo aseguras, Nina?

—Porque lo sé. Me lo dice el corazón. Mañana tendremos un buen día, estoy por decir que un gran día.

—Cuando lo veamos te diré si aciertas... No me fío de tus corazonadas. Siempre estás con que mañana, que mañana...

—Dios es bueno.

—Conmigo no lo parece. No se cansa de darme golpes; me apalea, no me deja respirar. Tras un día malo viene otro peor. Pasan años aguardando el remedio, y no hay ilusión que no se me convierta en desengaño. Me canso de sufrir, me canso también de esperar. Mi esperanza es traidora, y como me engaña siempre, ya no quiero esperar cosas buenas, y las espero malas para que vengan... siquiera regulares.

—Pues yo que la señora—dijo *Benina* dándole al fuelle—tendría confianza en Dios, y estaría contenta... Ya ve que yo lo estoy... ¿No me ve? Yo siempre creo que cuando menos lo pensemos nos vendrá el golpe de suerte, y estaremos tan ricamente, acordándonos de estos días de apuros y desquitándonos de ellos con la gran vida que nos vamos a dar.

—Ya no aspiro a la buena vida, Nina—declaró casi llorando la señora—. Solo aspiro al descanso.

—¿Quién piensa en la muerte? Eso, no; yo me encuentro muy a gusto en este mundo fandanguero, y hasta le tengo ley a los trabajillos que paso. Morirse, no.

—¿Te conformas con esta vida?

—Me conformo, porque no está en mi mano el darme otra. Venga todo antes que la muerte, y padezcamos con tal que no falte un pedazo de pan, y pueda uno comerse con dos salsas muy buenas: el hambre y la esperanza.

—¿Y soportas, además de la miseria, la vergüenza, tanta humillación, deber a todo el mundo, no pagar a nadie, vivir de mil enredos, trampas y embustes, no encontrar quien te fíe valor de dos reales, vernos perseguidos de tenderos y vendedores?

—¡Vaya si lo soporto!... Cada cual, en esta vida se defiende como puede. ¡Estaría bueno que nos dejáramos morir de hambre, estando las tiendas tan llenas de sustancia! Eso, no. Dios no quiere que a nadie se le enfríe el cielo de la boca por no comer, y cuando no nos da dinero, un suponer, nos da la sutileza del caletre para inventar modos de allegar lo que hace falta sin robarlo... Eso no. Porque yo prometo pagar, y pagaré cuando lo tengamos. Ya saben que somos pobres... que hay formalidad en casa, ya que no *haigan* otras cosas. ¡Estaría bueno que nos afligiéramos porque los tenderos no cobran estas miserias, sabiendo como sabemos que están ricos!...

—Es que tú no tienes vergüenza, Nina; quiero decir decoro, quiero decir dignidad.

—Yo no sé si tengo eso; pero tengo boca y estómago natural, y sé también que Dios me ha puesto en el mundo para que viva y no para que me deje morir

de hambre. Los gorriones, un suponer, ¿tienen vergüenza? ¡Quiá!... Lo que tienen es pico... Y mirando
las cosas como deben mirarse, yo digo que Dios no
tan solo ha criado la tierra y el mar, sino que son
obra suya mismamente las tiendas de ultramarinos,
el Banco de España, las casas donde vivimos y, pongo por caso los puestos de verdura... Todo es de
Dios.

—Y la moneda, la indecente moneda, ¿de quién es?
—preguntó con lastimero acento la señora—. Contés-
tame.

—También es de Dios, porque Dios hizo el oro y
la plata... Los billetes, no sé... Pero también, también.

—Lo que yo digo, Nina, es que las cosas son del
que las tiene..., y las tiene todo el mundo menos nosotras... ¡Ea!, date prisa, que siento debilidad. ¿En
dónde me pusiste las medicinas?... Ya; están sobre
la cómoda. Tomaré una papeleta de salicilato antes
de comer... ¡Ay, qué trabajo me dan estas piernas!
En vez de llevarme ellas a mí, tengo yo que tirar de
ellas. *(Levantándose con gran esfuerzo.)* Mejor anda-
ría yo con muletas. ¿Pero has visto lo que hace Dios
conmigo? ¡Si eso parece burla! Me ha enfermado de
la vista, de las piernas, de la cabeza, de los riñones,
de todo menos del estómago. Privándome de recursos, dispone que yo digiera como un buitre.

—Lo mismo hace conmigo. Pero yo no lo llevo a
mal, señora. ¡Bendito sea el Señor, que nos da el
bien más grande de nuestros cuerpos: el hambre santísima!

Capítulo 7

Ya pasaba de los sesenta la por tantos títulos infeliz doña Francisquita Juárez de Zapata, conocida en los años de aquella su decadencia lastimosa por doña Paca, a secas, con lacónica y plebeya familiaridad. Ved aquí en qué paran las glorias y altezas de este mundo, y qué pendiente hubo de recorrer la tal señora, rodando hacia la profunda miseria, desde que ataban los perros con longaniza, por los años 59 y 60, hasta que la encontramos viviendo inconscientemente de limosna, entre agonías, dolores y vergüenzas mil. Ejemplos sin número de estas caídas nos ofrecen las poblaciones grandes, más que ninguna esta de Madrid, en que apenas existen hábitos de orden; pero a todos los ejemplos supera el de doña Francisca Juárez, tristísimo juguete del destino. Bien miradas estas cosas y el subir y bajar de las personas en la vida social, resulta gran tontería echar al destino la culpa de lo que es obra exclusiva de los propios caracteres y temperamentos, y buena muestra de ello es doña Paca, que en su propio ser desde el nacimiento llevaba el desbarajuste de todas las cosas materiales. Nacida en Ronda, su vista se acostumbró desde la niñez a las vertiginosas depresiones del terreno; y cuando tenía pesadillas, soñaba que se caía a la profundísima hondura de aquella grieta que llaman *Tajo*. Los nacidos en Ronda deben de tener la cabeza muy firme y no padecer de vértigos, ni cosa tal, hecha a contemplar abismos espantosos. Pero doña Paca no sabía mantenerse firme en las alturas; instintivamente se despeñaba; su cabeza no era buena para esto ni para el gobierno de la vida, que es la seguridad de vista en el orden moral.

El vértigo de Paquita Juárez fue un estado crónico desde que la casaron, muy joven, con don Antonio María Zapata, que le doblaba la edad, intendente de ejército, excelente persona, de holgada posición por su casa, como la novia, que también poseía bienes raíces de mucha cuenta. Sirvió Zapata en el ejército de Africa, división de Echagüe, y después de Wad-Ras pasó a la dirección del ramo. Estableció el matrimonio en Madrid, le faltó tiempo a la señora para poner su casa en un pie de vida frívola y aparatosa que, si empezó ajustando las vanidades al marco de las rentas y sueldos, pronto se salió de todo límite de prudencia, y no tardaron en aparecer los atrasos, las irregularidades, las deudas. Hombre ordenadísimo era Zapata; pero de tal modo le dominaba su esposa, que hasta le hizo perder sus cualidades eminentes; y el que tan bien supo administrar los caudales del ejército veía perderse los suyos, olvidado del arte para conservarlos. Paquita no se ponía tasa en el vestir elegante, ni el lujo de mesa, ni en el continuo zarandeo de bailes y reuniones, ni en los dispendiosos caprichos. Tan notorio fue ya el desorden, que Zapata, aterrado, viendo venir el trueno gordo, hubo de vencer la modorra en que su cara mitad le tenía, y se puso a hacer números y a querer establecer método y razón en el gobierno de su hacienda; pero, ¡oh triste sino de la familia!, cuando más engolfado estaba el hombre en su aritmética, de la que esperaba su salvación, cogió una pulmonía y pasó a mejor vida el Viernes Santo por la tarde, dejando dos hijos de corta edad: Antonio y Obdulia.

Administradora y dueña del caudal activo y pasivo, Francisca no tardó en demostrar su ineptitud para el manejo de aquellas enredosas materias, y a su lado surgieron, como los gusanos en cuerpo corrupto, infinitas personas que se la comían por dentro y por fuera, devorándola sin compasión. En esta época desastrosa entró a su servicio Benigna, que si desde el primer día se acreditó de cocinera excelente, a las pocas semanas hubo de revelarse como la más intrépida sisona de 'Madrid. Qué tal sería la moza en este terreno que la misma doña Francisca, de una miopía radical para la inspección de sus intereses, pudo apreciar la rapacidad minuciosa de la sirviente, y aún se determinó a corregirla. En justicia, debo decir que Benigna (entre los suyos llamada *Benina* y *Nina* simplemente por la señora) tenía cualidades muy buenas que, en cierto modo, compensaban, en los desequilibrios de su carácter, aquel defecto grave de la sisa. Era muy limpia radical para la inspección de sus intereses, milagro de agrandar las horas y los días. Además de esto, doña Francisca estimaba en ella el amor intenso a los niños de la casa; amor sincero, y, si se quiere, positivo, que se revelaba en la vigilancia constante, en los exquisitos cuidados con que sanos o enfermos les atendía. Pero las cualidades no fueron bastante eficaces para impedir que el defecto promoviera cuestiones agrias entre ama y sirviente, y en una de estas *Benina* fue despedida. Los niños la echaron muy de menos y lloraban por su *Nina* graciosa y soboncita.

A los tres meses se presentó de visita en la casa.
No podía olvidar a la señora ni a los nenes. Estos
eran su amor, y la casa, todo lo material de ella, la
encariñaba y atraía. Paquita Juárez también tenía especial gusto de charlar con ella, pues algo (no sabían qué) existía entre las dos que secretamente las
enlazaba, algo común en la extraordinaria diversidad
de sus caracteres. Menudearon la visitas. ¡Ay!, la *Benina* no se encontraba a gusto en la casa donde a la
sazón servía. En fin, que ya la tenemos otra vez en la
domesticidad de doña Francisca; y tan contenta ella
y satisfecha la señora, y los pequeñuelos locos de
alegría. Sobrevino en aquel tiempo un aumento de
las dificultades y ahogos de la familia en el orden administrativo: las deudas roían con diente voraz el
patrimonio de la casa; se perdían fincas valiosas, pasando sin saber cómo, por artes de usura infame, a
las manos de los prestamistas. Como carga preciosa que se arroja de la embarcación al mar en los
apuros del naufragio, salían de la casa los mejores
muebles, cuadros, alfombras riquísimas; las alhajas
habían salido ya... Pero por más que se aligeraba
el buque, la familia continuaba en peligro de zozobra
y de sumergirse en los negros abismos sociales.

Para mayor desdicha, en aquel funesto período del
70 al 80 los dos niños padecieron gravísimas enfermedades: tifoideas el uno; eclampsia y epilepsia la otra.
Benina les asistió con tal esmero y solicitud tan amo-
rosa, que se pudo creer que les arrancaba de las uñas
de la muerte. Ellos le pagaban, es verdad, estos cuidados con un afecto ardiente. Por amor de *Benina*,
más que por el de su madre, se prestaban a tomar
las medicinas, a callar y estarse quietecitos, a sudar

sin ganas y a no comer antes de tiempo; todo lo cual
no impidió que entre ama y criada surgieran cuestiones y desavenencias que trajeron una segunda despedida. En un arrebato de ira o de amor propio, *Benina* salió disparada, jurando y perjurando que no
volvería a poner los pies en aquella casa, y que al
partir sacudía sus zapatos para no llevarse pegado en
ellos el polvo de las esteras..., pues lo que es alfombras, ya no las había.

En efecto; antes del año aparecióse *Benina* en la
casa. Entró anegado en lágrimas el rostro, diciendo:

—Yo no sé qué tiene la señora; yo no sé qué tiene
esta casa, y estos niños, y estas paredes, y todas las
cosas que aquí hay; yo no sé más sino que no me
hallo en ninguna parte. En casa rica estoy, con buenos amos que no reparan en dos reales más o menos;
seis duros de salario... Pues no me hallo, señora, y
paso la noche y el día acordándome de esta familia,
y pensando si estarán bien o no estarán bien. Me ven
suspirar, y creen que tengo hijos. Yo no tengo a nadie en el mundo más que a la señora, y sus hijos son
mis hijos, pues como a tales les quiero...

Otra vez *Benina* al servicio de doña Francisca Juárez, como criada única y para todo, pues la familia
había dado un bajón tremendo en aquel año siendo
tan notorias las señales de ruina, que la criada no podía verlas sin sentir aflicción profunda. Llegó la ocasión ineludible de cambiar el cuarto en que vivían
por otro más modesto y barato. Doña Francisca, ape-
gada a las rutinas y sin determinación para nada, va-
cilaba. La criada, quitándole en momentos tan críticos las riendas del gobierno, decidió la mudanza, y
desde la calle de Claudio Coello saltaron a la del

Olmo. Por cierto que hubo no pocas dificultades para
evitar un desahucio vergonzoso; todo se arregló con
la generosa ayuda de *Benina,* que sacó del Monte sus
economías, importantes tres mil y pico de reales, y
las entregó a la señora, estableciéndose desde entonces comunidad de intereses en la adversa como en la
próspera fortuna. Pero ni aun en aquel rasgo de ca-
ridad· hermosa desmintió la pobre mujer sus hábitos
de sisa, y descontó un pico para guardarlo cuidadosamente en su baúl, como base de un nuevo montepío,
que era para ella necesidad de su temperamento y
placer de su alma.

Como se ve, tenía el vicio del descuento, que en
cierto modo, por otro lado, era la virtud del ahorro.
Difícil expresar dónde se empalmaban y confundían
la virtud y el vicio. La costumbre de escatimar una
parte grande o chica de lo que se le daba para la compra, el gusto de guardarla, de ver cómo crecía lentamente su caudal de perras, se sobreponían en su espíritu a todas las demás costumbres, hábitos y placeres. Había llegado a ser el sisar y el reunir como
cosa instintiva, y los actos de este linaje se diferen-
ciaban poco de las rapiñas y escondrijos de la urraca.
En aquella tercera época del 80 al 85 sisaba como
antes, aunque guardando medida proporcional con
los mezquinos haberes de doña Francisca. Sucedié-
ronse en aquellos días grandes desventuras y calamidades. La pensión de la señora, como viuda de intendente, había sido retenida en dos tercios por los
prestamistas; los empeños sucedían a los empeños,
y por librarse de un ahogo caía pronto en mayores
apreturas. Su vida llegó a ser un continuo afán: las
angustias de una semana engendraban las de la se-

mana siguiente; raros eran los días de relativo descanso. Para atenuar las horas tristes, sacaban fuerzas
de flaqueza, alegrando con afectadas fantasmagorías
los ratos de la noche, cuando se veían libres de acreedores molestos y de reclamaciones enfadosas. Fue
preciso hacer nuevas mudanzas, buscando la baratura, y del *Olmo* pasaron al *Saúco*, y del *Saúco* al *Almendro*. Por esta fatalidad de los nombres de árboles
en las calles donde vivieron, parecían pájaros que
volaban de rama en rama, dispersados por las escope-
tas de los cazadores o las pedradas de los chicos.

En una de las tremendas crisis de aquel tiempo
tuvo *Benina* que acudir nuevamente al fondo de su
cofre, donde escondía el *gato* o montepío, producto
de sus descuentos y sisas. Ascendía el montón a diecisiete duros. No pudiendo decir a su señora la verdad,
salió con el cuento de que una prima suya, la Rosau-
ra, que comerciaba en miel alcarreña, le había dado
unos duros para que se los guardara.

—Dame, dame todo lo que tengas, *Benina*, así Dios
te conceda la gloria eterna, que yo te lo devolveré
doblado cuando los primos de Ronda me paguen lo
del pejugar...; ya sabes..., es cosa de días..., ya viste
la carta.

Y revolviendo en el fondo del baúl, entre mil baratijas y líos de trapos, sacó la sisona doce duros
y medio y los dio a su ama diciéndole:

—Es todo lo que tengo. No hay más; puede creerlo: es tan verdad como que nos hemos de morir.

No podía remediarlo. Descontaba su propia caridad y sisaba en su limosna.

Capítulo 8

Tantas desdichas, parecerá mentira, no eran más que el preámbulo del infortunio grande, aterrador, en que el infeliz linaje de los Juárez y Zapatas había de caer, la boca del abismo en que sumergido le hallamos al referir su historia. Desde que vivían en la calle del Olmo, doña Francisca fue abandonada de la sociedad que la ayudó a dar al viento su fortuna, y en las calles del Saúco y Almendro desaparecieron las pocas amistades que le restaban. Por entonces la gente de la vecindad, los tenderos chasqueados y las personas que de ella tenían lástima empezaron a llamarla doña Paca, y ya no hubo forma de designarla con otro nombre. Gentezuelas desconsideradas y groseras solían añadir al nombre familiar algún mote infamante: doña Paca *la tramposa*, la *Marquesa del Infundio*.

Está visto que Dios quería probar a la dama rondeña, porque a las calamidades del orden económico añadió la grande amargura de que sus hijos, en vez de consolarla, despuntando por buenos y sumisos, agobiaran su espíritu con mayores mortificaciones y clavaran en su corazón espinas muy punzantes. Antoñito, defraudando las esperanzas de su mamá y esterilizando los sacrificios que se habían hecho para encarrilarle en los estudios, salió de la piel del diablo. En vano su madre y *Benina*, sus dos madres más bien, se desvivían por quitarle de la cabeza las malas ideas: ni el rigor ni las blanduras daban resultado. Se repetía el caso de que, cuando ellas creían tenerle conquistado con carantoñas y mimos, él las engañaba con fingida sumisión, y escamoteándoles la voluntad, se alzaba con el santo y la limosna. Era muy listo para el mal y hallábase dotado de seducciones raras para hacerse perdonar sus travesuras. Sabía esconder su astuta malicia bajo apariencias agradables; a los dieciséis años engañaba a *sus madres* como si fueran niñas; traía falsos certificados de exámenes; estudiaba por apuntes de los compañeros, porque vendía los libros que se le habían comprado. A los diecinueve años, las malas compañías dieron ya carácter grave a sus diabluras; desaparecía de la casa por dos o tres días, se embriagaba, se quedó en los huesos. Uno de los principales cuidados de las *dos madres* era esconder en las entrañas de la tierra la poca moneda que tenían, porque con él no había dinero seguro. Lo sacaba con arte exquisito del seno de doña Paca, o del bolso mugriento de *Benina*. Arramblaba por todo, fuera poco, fuera mucho. Las dos mujeres no sabían qué escondrijos inventar ni en qué profundidades de la cocina o de la despensa esconder sus mezquinos tesoros.

Y a pesar de esto, su madre le quería entrañablemente, y *Benina* le adoraba, porque no había otro con más arte y más refinado histrionismo para fingir el arrepentimiento. A sus delirios seguían comúnmente días de recogimiento solitario en la casa, derroche de lágrimas y suspiros, protestas de enmienda, acompañadas de un febril besuqueo de las caras de las *dos madres* burladas... El blando corazón de estas, engañado por tan bonitas demostraciones, se dejaba adormecer en la confianza cómoda y fácil, hasta que, de improviso, del fondo de aquellas zalamerías, verdaderas o falsas, saltaba el ladronzuelo, como diablillo de trampa en el centro de una caja de dulces, y... otra vez el muchacho a sus correrías infames y las pobres mujeres a su desesperación.

Por desgracia o por fortuna (y vaya usted a saber si era fortuna o desgracia), ya no había en la casa cubiertos de plata ni objeto alguno de metal valioso. El demonio del chico hacía presa en cuanto encontraba, sin despreciar las cosas de valor ínfimo; y después de arramblar por los paraguas y sombrillas, la emprendió con la ropa interior, y un día, al levantarse de la mesa, aprovechando un momento de descuido de *sus madres* y hermana, escamoteó el mantel y dos servilletas. De su propia ropa no se diga: en pleno invierno andaba por la calle sin abrigo ni capa, respetado de las pulmonías, protegido sin duda contra ellas por el fuego interior de su perversidad. Ya no sabían doña Paca y *Benina* dónde esconder las cosas, pues temían que les arrebatara hasta la camisa que llevaban puesta. Baste decir que desaparecieron en una noche las vinajeras, y un estuchito de costura de Obdulia; otra noche, dos planchas y unas tenacillas, y sucesivamente elásticas usadas, retazos de tela y multitud de cosas útiles, aunque de valor insignificante. Libros no había ya en la casa, y doña Paca no se atrevía ni a pedirlos prestados, temerosa de no poder devolverlos. Hasta los de misa habían volado, y tras ellos, o antes que ellos, gemelos de teatro, guantes en buen uso y una jaula sin pájaro.

Por otro estilo, y con organismo totalmente distinto del de su hermano, la niña daba también mucha guerra. Desde los doce años se desarrolló en ella el neurosismo en un grado tal, que las *dos madres* no sabían cómo templar aquella gaita. Si la trataban con rigor, malo; si con mimos, peor. Ya mujer, pasaba sin transición de las inquietudes epilépticas a una languidez mortecina. Sus melancolías intensas aburrían a las pobres mujeres tanto como sus excitaciones, determinantes de una gran actividad muscular y mental. La alimentación de Obdulia llegó a ser el problema capital de la casa, y entre las desganas y los caprichos famélicos de la niña, las *madres* perdían su tiempo y la paciencia, que Dios les había concedido al por mayor. Un día le daban, a costa de grandes sacrificios, manjares ricos y sustanciosos, y la niña los tiraba por la ventana; otro, se hartaba de bazofias, que le producían horroroso flato. Por temporadas se pasaba días y noches llorando, sin que pudiera averiguarse la causa de su duelo; otras veces se salía con un geniecillo displicente y quisquilloso, que era el mayor suplicio de las dos mujeres. Según opinión de un médico que por lástima las visitaba y de otros que tenían consulta gratuita, todo el desorden nervioso y psicológico de la niña era cuestión de anemia, y contra esto no había más terapéutica que el tratamiento ferruginoso, los buenos filetes y los baños fríos.

Era Obdulia bonita, de facciones delicadas, tez opalina, cabello castaño, talle sutil y esbelto, ojos dulces, habla modosita y dengosa cuando no estaba de morros. No puede imaginarse ambiente menos adecuado a semejante criatura, mañosa y enfermiza, que

la miseria en que había crecido y vivía. Por interva-
los se notaban en ella síntomas de presunción, anhelos de agradar, preferencias por estas o las otras
personas, algo que indicaba las inquietudes o anuncios del cambio de vida, de lo cual se alegraba doña
Paca, porque tenía sus proyectos referentes a la niña.
La buena señora se habría desvivido por realizarlos
si Obdulia se equilibrara, si atendiera al comple-
mento de su educación, bastante descuidada, pues
escribía muy mal e ignoraba los rudimentos del saber
que poseen casi todas las niñas de la clase media.
La ilusión de doña Paca era casarla con uno de los
hijos de su primo Matías, propietario rondeño, chicos guapines y bien criados, que seguían carrera en
Sevilla y alguna vez venían a Madrid por San Isidro.
Uno de ellos, Currito Zapata, gustaba de Obdulia:
casi se entablaron relaciones amorosas, que por el
carácter de la niña y sus extravagancias melindrosas
no llegaron a formalizarse. Pero la madre no abandonaba la idea, o al menos, acariciándola en su mente, con ella se consolaba de tantas desdichas.

De la noche a la mañana, viviendo la familia en
la calle del Olmo, se iniciaron, sin saber cómo, no sé
qué relaciones telegráficas entre Obdulia y un chico
de enfrente, cuyo padre administraba una empresa de
servicios fúnebres. El bigardón aquel no carecía de
atractivos, estudiaba en la Universidad y sabía mil
cosas bonitas que Obdulia ignoraba, y fueron para
ella como una revelación. Literatura y poesía, versi-
tos, mil baratijas del humano saber pasaron de él a
ella en cartitas, entrevistas y honestos encuentros.

No miraba esto con buenos ojos doña Paca, atenta
a su plan de casarla con el rondeño; pero la niña,

que tomado había en aquellos tratos no pocas leccio-
nes de romanticismo elemental, se puso como loca
viéndose contrariada en su espiritual querencia. Le
daban por mañana y tarde furiosos ataques epilépti-
cos, en los que se golpeaba la cara y se arañaba las
manos; y, por fin, un día *Benina* la sorprendió preparando una ración de cabezas de fósforos con aguardiente para ponérsela entre pecho y espalda. La ma-
rimorena que se armó en la casa no es para referida.
Doña Paca era un mar de lágrimas; la niña bailaba
el zapateado, tocando el techo con las manos, y *Benina* pensaba dar parte al administrador de *entierros*
para que, mediante una buena paliza u otra medicina
eficaz, le quitase a su hijo aquella pasión de *cosas de
muertos, cipreses* y *cementerios* de que había contagiado a la pobre señorita.

Pasado algún tiempo sin conseguir apartar a la
descarriada Obdulia del trato amoroso con el *chico
de la funebridad,* consintiéndoselo a veces por vía de
transacción con la epilepsia, y por evitar mayores
males, Dios quiso que el conflicto se resolviera de
un modo repentino y fácil, y la verdad, con tal solución se ahorraban unas y otros muchos quebraderos de cabeza, porque también la *familia fúnebre*
andaba a mojicones con el chico para apartarle del
abismo en que arrojarse quería. Pues sucedió que
una mañanita la niña supo burlar la vigilancia de
sus *dos madres* y se escapó de la casa; el mancebo
hizo lo propio. Juntáronse en la calle, con propósito
firme de ir a algún poético lugar donde pudieran
quitarse la miserable vida, bien abrazaditos, expiran-
do al mismo tiempo, sin que el uno pudiera sobre-
vivir al otro. Así lo determinaron en los primeros

momentos y echaron a correr pensando simultáneamente en cuál sería la mejor manera de matarse, de golpe y porrazo, sin sufrimiento alguno, y pasando en un tris a la región pura de las almas libres. Lejos de la calle del Almendro se modificaron repentinamente sus ideas, y con perfecta concordancia pensaron cosas muy distintas de la muerte. Por fortuna, el chico tenía dinero, pues había cobrado la tarde anterior una factura de *féretro doble de cinc* y otra de un *servicio completo de cama imperial y conducción con seis caballos, etc...* La posesión del dinero realizó el prodigio de cambiar las ideas de suicidio en ideas de prolongación de la existencia; y variando de rumbo se fueron a almorzar a un café, y después a una casa cercana, de la cual, ya tarde, pasaron a otra, donde escribieron a sus respectivas familias notificándoles que *ya estaban casados.*

Como casados, propiamente hablando, no lo estaban aún; pero el trámite que faltaba tenía que venir necesariamente. El padre del chico se personó en casa de doña Paca, y allí se convino, llorando ella y pateando él, que no había más remedio que reconocer y acatar los hechos consumados. Y puesto que doña Francisca no podía dar a su niña dinero o efectos, ni aun en mínima cantidad para ayuda de un catre, él daría a Luquitas alojamiento en lo alto del depósito de ataúdes, un sueldecillo en la sección de *Propaganda.* Con esto y el corretaje que pudiera corresponderle por *trabajar el género* en las *casas mortuorias,* colocación de *artículos de lujo,* o por agencia de embalsamamientos, podría vivir el flamante matrimonio con honrada modestia.

Capítulo 9

No se había consolado aún la desventurada señora de la pena que el desatino de su hija le causara, y se pasaba las horas lamentándose de su suerte, cuando entró en quintas Antoñito. La pobre señora no sabía si sentirlo o alegrarse. Triste cosa era verle soldado, con el chopo a cuestas: al fin era señorito y se le despegaba la vida de los cuarteles. Pero también pensaba que la disciplina militar le vendría muy bien para corregir sus malas mañas. Por fortuna o por desgracia del joven, sacó un número muy alto y quedó de reserva. Pasado algún tiempo, y después de una ausencia de cuatro días, presentóse a su madre y le dijo que se casaba, que quería casarse, y que si no le daba su consentimiento él se lo tomaría.

—Hijo mío, sí, sí—dijo la madre, prorrumpiendo en llanto—. Vete con Dios, y solitas *Benina* y yo viviremos con alguna tranquilidad. Puesto que has encontrado quien cargue contigo y tienes ya quien te cuide y te aguante, allá te las hayas. Yo no puedo más.

A la pregunta de cajón sobre el nombre, linaje y condiciones de la novia, replicó el sibilante que la conceptuaba muy rica y tan buena que no había más que pedir. Pronto se supo que era hija de una sastra, que pespunteaba con primor y que no tenía más dote que su dedal.

—Bien, niño, bien—le dijo una tarde doña Paca—.
Me he lucido con mis hijos. Al menos Obdulia, viviendo entre ataúdes, tiene sobre qué caerse muerta... Pero tú, ¿de qué vas a vivir? ¿Del dedal y las
puntadas de ese prodigio? Verdad que como eres
trabajador y tan económico, aumentarás las ganancias de ella con tu arreglo. ¡Dios mío, qué maldición
ha caído sobre mí y sobre los míos! Que me muera
pronto para no ver los horrores que han de sobre-
vivir.

Debe notarse, la verdad ante todo, que desde que
empezó el noviazgo de Antoñito con la hija de la
sastra se fue corrigiendo en sus mañas rapaces, hasta que se le vio completamente curado de ellas. Su
carácter sufrió un cambio radical: mostrándose afectuoso con su madre y con *Benina*, resignábase a no
tener más dinero que el poquísimo que le daban, y
hasta en su lenguaje se conocía el trato de personas
más honradas y decentes que las de antaño. Esto fue
parte a que doña Paca le concediera el consentimiento, sin conocer a la novia ni mostrar ganas de
conocerla. Charlando con su señora de estas cosas,
Benina aventuró la idea de que tal vez por aquel
torcido sendero de la boda del mequetrefe vendría la
suerte a la casa, pues la suerte, ya se sabe, no viene
nunca por donde lógicamente se la espera, sino por
curvas y vericuetos increíbles. No se daba por convencida doña Paca, que, sintiéndose minada de una
melancolía corrosiva, no veía ya en la existencia ningún horizonte que no fuera ceñudo y tempestuoso.
Con hallarse ya las dos mujeres, por la colocación
de los hijos, en mejores condiciones de reposo y de
vida, no se avenían con su soledad y echaban de

menos a *la familia menuda;* cosa en verdad muy natural, porque es ley que los mayores conserven el afecto a la descendencia, aunque esta les martirice, les maltrate y les deshonre.

A poco de celebrarse las dos bodas trasladóse doña Paca de la calle del Almendro a la Imperial, buscando siempre baraturas, que al fin y al cabo no le resolvían el problema de vivir sin recursos. Estos se habían reducido a cero, porque el resto disponible de la pensión apenas bastaba para tapar la boca de los acreedores menudos. Casi todos los días del mes se pasaban en angustiosos arbitrios para reunir cuartos, cosa en extremo difícil ya, porque no había en la casa objetos de valor. El crédito en tiendas o en cajones de la plazuela habíase agotado. De los hijos nada podía esperarse, y bastante hacían los pobres con asegurar malamente su propia subsistencia. La situación era, pues, desesperada, de naufragio irremediable, flotando los cuerpos entre las bravas olas, sin tabla o madero a que poder agarrarse. Por aquellos días hizo la *Benina* prodigiosas combinaciones para vencer las dificultades y dar de comer a su ama gastando inverosímiles cantidades metálicas. Como tenía conocimiento en las plazuelas, por haber sido en tiempos mejores excelente parroquiana, no le era difícil adquirir comestibles a precio ínfimo, y gratuitamente huesos para el caldo, trozos de lombardas o repollos averiados y otras menudencias. En los comercios para pobres, que ocupaban casi toda la calle de la Ruda, también tenía buenas amistades y relaciones, y con poquísimo dinero, o sin ninguno a veces, tomando al fiado, adquiría huevos chicos, rotos y viejos, puñados de garbanzos o lentejas, azú-

car morena de restos de almacén y diversas porquerías que presentaba a la señora como artículo de
mediana clase.

Por ironía de su destino, doña Paca, afligida de
diversas enfermedades, conservaba su buen apetito
y el gusto de los manjares selectos; gusto y apetito
que en cierto modo venían a ser también enfermedad, en aquel caso de las más rebeldes, porque en
las farmacias, llamadas tiendas de comestibles, no
despachan sin dinero. Con esfuerzos sobrehumanos,
empleando la actividad corpórea, la atención intensa
y la inteligente travesura, *Benina* le daba de comer
lo mejor posible, a veces muy bien, con delicadezas
refinadas. Un profundo sentimiento de caridad la
movía, y además el ardiente cariño que a la triste
señora profesaba, como para compensarla, a su manera, de tantas desdichas y amarguras. Conformába-
se ella con chupar algunos huesos y catar desperdicios, siempre y cuando doña Paca quedase satisfecha. Pero no por caritativa y cariñosa perdía sus
mañas instintivas; siempre ocultaba a su señora una
parte del dinero, trabajosamente reunido, y la guardaba para formar nuevo fondo y capital nuevo.

Al año del casorio, los hijos, que habían entrado
en la vida matrimonial con regular desahogo, empezaron a recibir golpes de la suerte, como si hereda-
ran la maldición recaída sobre la pobre madre. Obdulia, que pudo habituarse a vivir entre cajas de
muerto, enfermó de hipocondría; malparió; sus nervios se desataron. La pobreza y las negligencias de
su marido, que de ella no se cuidaba, agravaron sus
males constitutivos. Mezquinamente socorrida por
sus suegros, vivía en un sotabanco de la calle de la

Cabeza, mal abrigada y peor comida, indiferente a su esposo, consumiéndose en letal ociosidad, que fomentaba los desvaríos de su imaginación.

En cambio, Antoñito se había hecho hombre formal después de casado, tal vez por obra y gracia de la virtud, buen juicio y laboriosidad de su mujer, que salió verdadera alhaja. Pero todos estos méritos, que habían producido el milagro de la redención moral de Antonio Zapata, no bastaban a defenderle de la pobreza. Vivía el matrimonio en un cuartito de la calle de San Carlos, que parecía el interior de una bombonera, y apenas se entraba en él se veía en todo una mano hacendosa. Para mayor dicha, el que en otro tiempo perteneció a la clase de los llamados *golfos*, adquiría el hábito y el gusto del trabajo productivo, y no habiendo cosa mejor en que ocuparse, se había hecho corredor de anuncios. Todo el santo día le teníais como un azacán, de comercio en comercio, de periódico en periódico, y aunque de sus comisiones había que descontar el considerable gasto de calzado, siempre le quedaba para ayuda de cocido y para aliviar a la Juliana de su enorme tarea en la *Singer*. Y que la moza no se andaba en chiquitas; su fecundidad no era inferior a su disposición casera, porque en el primer parto se trajo dos gemelos. No hubo más remedio que poner ama, y una boca más en la casa obligó a duplicar los movimientos de la *Singer* y las correrías de Antoñito por las calles de Madrid. Antes de la venida de los gemelos, el *ex golfo* solía sorprender a su madre con esplendideces y rasgos de amor filial, que eran las únicas alegrías saboreadas por la infeliz señora en mucho tiempo: le llevaba una peseta, dos pesetas, a veces medio duro, y doña Paca lo agradecía más que si sus parientes de Ronda le regalaran un cortijo. Pero desde que se posesionaron de la casa los mellizos, ávidos de vida y de leche, que había que formar con buenos alimentos, el dichoso y asenderado padre no pudo obsequiar a la abuelita con los sobrantes de su ganancia, porque no los tenía. Más que para dar estaba para que le dieran.

Al contrario de este matrimonio, el de los *funerarios*, Luquitas y Obdulia, iba mal, porque el esposo se distraía de sus obligaciones domésticas y de su trabajo; frecuentaba demasiado el café, y quizás lugares menos honestos, por lo cual se le privó de la cobranza de facturas de servicios mortuorios. Obdulia no tenía ni asomos de arreglo; pronto se vio agobiada de deudas; cada lunes y cada martes enviaba recadito a su madre, con la portera, pidiéndole cuartos, que doña Paca no podía darle. Todo eso era ocasión de nuevos afanes y cavilaciones para *Benina*, que amaba entrañablemente a la señorita de la casa y no podía verla con hambre y necesidad sin tratar al instante de socorrerla según los medios. No solo tenía que atender a su casa, sino a la de Obdulia, cuidando de que lo más preciso no faltase en ella. ¡Qué vida, qué fatigas horrorosas, qué pugilato con el destino, en las sombras tétricas de la miseria vergonzante, que tiene que guardar el crédito, mirar por el decoro! La situación llegó a ser un día tan extremadamente angustiosa, que la heroica anciana, cansada de mirar a cielo y tierra por si inopinadamente caía algún socorro, perdido el crédito en las tiendas, cerrados todos los caminos, no vio más arbitrio para continuar la lucha que poner su cara en vergüenza saliendo a pedir limosna. Hízolo una mañana, creyendo que lo haría por única vez, y siguió luego todos los días, pues la fiera necesidad le impuso el triste oficio mendicante, privándola en absoluto de todo otro medio de atender a los suyos. Llegó por sus pasos contados, y no podía menos de llegar y permanecer allí hasta la muerte, por ley social, económica, si es que así se dice. Mas no queriendo que su señora se enterase de tanta desventura, armó el enredo de que le había salido una buena *proporción* de asistenta en casa de un señor eclesiástico, alcarreño, tan piadoso como adinerado. Con su presteza imaginativa bautizó al fingido personaje, dándole, para engañar mejor a la señora, el nombre de don Romualdo. Todo se lo creyó doña Paca, que rezaba algunos padrenuestros para que Dios aumentase la piedad y las rentas del buen sacerdote, por quien *Benina* tenía algo que traer a casa. Deseaba conocerle, y por las noches, engañando las dos su tristeza con charlas y cuentos, le pedía noticias de él y de sus sobrinas y hermanas, de cómo estaba puesta la casa y del gasto que hacían; a lo que contestaba *Benina* con detalladas referencias y pormenores, simulacro perfecto de la verdad.

Capítulo 10

Pues, señor, atando ahora el cabo de esta narración, sigo diciendo que aquel día comió la señora con buen apetito, y mientras tomaba los alimentos adquiridos con el duro del ciego Almudena, digería fácilmente los piadosos engaños que su criada y compañera le iba metiendo en el cuerpo. Había llegado a tener doña Paca tal confianza en la disposición de *Benina*, que apenas se inquietaba ya por las dificultades del mañana, segura de que la otra las había de vencer con su diligencia y conocimiento del mundo, valiéndole de mucho la protección del bendito don Romualdo. Ama y criada comieron juntas, y de sobremesa doña Paca le decía:

—No debes escatimar el tiempo a esos señores; y aunque tu obligación es servirles no más que hasta las doce, si algún día quieren que te estés allí por la tarde, estáte, mujer, que ya me entenderé yo aquí como pueda.

—Eso, no—respondió *Benina*—, que tiempo hay para todo, y yo no puedo faltar aquí. Ellos son gente buena y se hacen cargo...

—Bien se les conoce. Yo le pido al Señor que les premie el buen trato que te dan, y mi mayor alegría hoy sería saber que a don Romualdo me le hacían obispo.

—Pues ya suena el runrún de que van a proponerle; sí, señora, obispo de no sé qué punto, allá en las islas de Filipinas.

—¿Tan lejos? No; eso, no. Por acá tienen que dejarle para que haga mucho bien.

—Lo mismo piensa la Patros, ¿sabe?, la mayor de las sobrinas.

—¿Esa que me has dicho tiene el pelo entrecano y bizca un poco?

—No; esa es la otra.

—Ya, ya... Patros es la que tartamudea y padece de temblores.

—Esa. Pues dice que adónde van ellas por esos mares de tan lejos... No, no más vale simple cura por aquí que arzobispo allá, donde, según dicen, son las doce del día cuando aquí tenemos las doce de la noche.

—En los antípodas.

—Pero la hermana, doña Josefa, dice que venga la mitra, y sea donde Dios quisiere, que ella no teme ir al fin del mundo con tal de ver al reverendísimo en el puesto que le corresponde.

—Puede que tenga razón. ¿Y qué hemos de hacer nosotras más que conformarnos con la voluntad del Señor, si nos llevan tan lejos al que, amparándote a ti, a mí también me ampara? Ya sabe Dios lo que hace, y hasta podría suceder que lo que creemos un mal fuera un bien, y que el buen don Romualdo, al marcharse, nos dejara bien recomendadas a un obispo de acá o al propio Nuncio...

—Yo creo que sí. En fin, allá veremos.

No pasó de aquí la conversación referente al imaginario sacerdote, a quien doña Paca conocía ya como si le hubiera visto y tratado, forjándose en su mente

un tipo real con los elementos descriptivos y pinto-
rescos que *Benina* un día y otro le daba. Pero lo
demás que picotearon se queda en el tintero para
dar lugar a cosas de mayor importancia.

—Cuéntame, mujer. Y Obdulia, ¿qué dice?

—Pues nada. ¿Qué ha de decir la pobre? El pillo
de Luquitas no aparece por allí hace dos días. Asegura la niña que tiene dinero, que cobró de un *em-
balsamado*, y se lo gasta con unas pendangas de la
calle del Bonetillo.

—¡Jesús me valga! Y su padre, ¿qué hace?

—Reprenderle, castigarle si le coge a mano. Lo
que es a ese no le enderezan ya. A la niña le mandan
comida de casa de los padres; pero tan tasada, que
no le llega al colmillo. Se moriría de hambre si no
le llevara yo lo que le llevo. ¡Pobre ángel! Pues verá
usted: estos días me la he encontrado contenta. Ya
sabe usted que la niña es así. Cuando hay más motivos para que esté alegre, se pone a llorar; cuando
debiera estar triste, se pone como unas castañuelas.
Solo Dios entiende aquella zampoña y la manera de
templarla. Pues la he visto contenta, sí, señora, y es
porque da en figurarse cosas buenas. Más vale así.
Es de las que se creen todo lo que fabrican ellas
mismas en su cabeza. De este modo son felices cuando debieran ser desgraciadas.

—Pues si le da por lo contrario, ayúdame tú a sentir... ¿Y estaba sola, enteramente sola con la chica?

—No, señora; allí estaba ese caballero tan fino que
la acompaña algunas mañanas; ese que es de la familia de los Delgados, paisano de usted.

—Ya... Frasquito Ponte. Figúrate si lo conoceré.
Es de mi tierra, o de Algeciras, que viene a ser lo

mismo. Ha sido elegantón y se empeña en serlo todavía..., porque te advierto que es más viejo que un
palmar... Buena persona, caballero de principios y
que sabe tratar con damas; de estos que no se esti-
lan ya, pues ahora todo es grosería y mala educación.
Viene a ser Ponte cuñado de unas primas de mi esposo, porque su hermano casó con..., en fin, ya
no me acuerdo del parentesco. Me alegro de que trate
a mi hija, pues a esta le convienen relaciones de
sujetos dignos, decentes y de buena posición.

—Pues la posición del tal don Frasquito me parece a mí que es como la del que está montado al aire,
lo mismo que los brillantes.

—En mis tiempos era un solterón que se daba
buena vida. Tenía un buen empleo, comía en casas
grandes y se pasaba las noches en el Casino.

—Pues debe de estar ahora más pobre que una
rata, porque las noches se las pasa...

—¿Dónde?

—En los palacios encantados de la *señá* Bernarda, calle de Mediodía Grande..., la casa de dormir,
¿sabe?

—¿Qué me cuentas?

—Este Ponte duerme allí cuando tiene los tres reales que cuesta la cama, en el dormitorio de primera.

—Tú estás trastornada, *Benina*.

—Le he visto, señora. La Bernarda es amiga mía.
Fue la que nos prestó los ocho duros aquellos, ¿sabe?,
cuando la señora tuvo que sacar cédula con recargo,
y a pagar un poder para mandarlo a Ronda.

—Ya..., la que venía todos los días a reclamar la
deuda y nos freía la sangre.

—La misma. Pues con todo, es buena mujer. No nos hubiera reclamado *por justicia*, aunque nos amenazaba. Otras son peores. Sepa usted que está rica, y con las seis casas de dormir que tiene no le baja de cuarenta mil duros lo que ha ganado, sí, señora, y todo ello lo ha puesto en el Banco y vive del interés.

—¡Qué cosas se ven! Bueno está el mundo... Pues volviendo al *caballero Ponte*, que así le llamaban en Andalucía, si es tan pobre como dices, dará lástima verle... Y más vale así, porque la reputación de la niña podría sufrir algo si en vez de ser el tal una ruina, un pobre mendigo de levita, fuese un galán de posibles, aunque viejo.

—Yo creo—dijo *Benina* riendo, pues su condición jovial se mostraba en cuantito que los afanes de la vida le daban un respiro—que va allá... para que le embalsamen... Buena falta le hace. Y que se den prisa, antes que esté *corruto*.

Doña Paca se rió un poco con aquellas ocurrencias y después pidió informes de la otra familia.

—Al niño no le he visto ni hoy ni ayer—respondió *Benina*—; pero me ha dicho la Juliana que anda corriendo ahora como las mismas exhalaciones, porque con esto del trancazo le han salido muchos anunciantes de medicinas. Piensa ganar mucho dinero y *echar* él un periódico, todo de cosas de tienda, poniendo, un suponer, dónde venden este artículo o el otro artículo. Los dos mellizos parecen dos rollos de manteca; pero buenos cocidos y buenos guisados les cuestan, que el ama se sabe cuándo empieza a comer, pero no cuándo acaba. La Juliana me dijo que probaremos algo de la *matanza* que le ha de mandar su tío el día del santo, y además dos cortes de botinas, de las echadas a perder en la zapatería para donde ella pespunta.

—Es buena esa chica—dijo con gravedad doña Paca—, aunque tan ordinaria que no empareja ni emparejará nunca conmigo. Sus regalos me ofenden, pero se los agradezco por la buena voluntad... En fin, es hora de que nos acostemos. Pues ya me parece que va medio hecha la digestión; prepárame la medicina para dentro de media hora. Esta noche me siento más cargada de las piernas y con la vista muy perdida. ¡Santo Dios, si me quedaré ciega! Yo no sé qué es esto. Como bien, gracias a Dios, y la vista se me va de día en día, sin que me duelan los ojos. Ya no paso las noches en vela, gracias a ti, que todo lo discurres por mí, y al despertar veo las cosas borradas y las piernas se me hacen de algodón. Yo digo: ¿qué tiene que ver el reuma con la visual? Me mandan que pasee. ¿Pero adónde voy yo con esta facha, sin ropa decente, temiendo tropezarme a cada paso con personas que me conocieron en otra posición, o con esos tipos ordinarios y soeces a quien se debe alguna cantidad?

Acordóse al oír esto *Benina* de lo más importante que tenía que decir a su señora aquella noche, y no queriendo dejarlo para última hora, por temor a que se desvelara, antes de que salieran de la cocina, y mientras una y otra recogían las escasas piezas de loza para fregarlas, no desdeñándose doña Francisca de este bajo servicio, le dijo en el tono más natural que usar sabía:

—¡Ah! Ya no me acordaba... ¡Qué cabeza tengo!

Hoy me encontré al señor don Carlos Moreno Trujillo.

Quedóse doña Paca suspensa y poco faltó para
que se le cayera de las manos el plato que estaba
lavando.

—Don Carlos... Pero ¿has dicho don Carlos?
Y qué..., ¿te habló, te preguntó por mí?

—Naturalmente, y con un interés que...

—¿Es de veras? A buenas horas se acuerda de mí
ese avaro, que me ha visto caer en la miseria, a mí,
a la cuñada de su mujer..., pues Purita y mi Antonio
eran hermanos, ya sabes..., y no ha sido para ten-
derme una mano...

—El año pasado, tal día como hoy, cuando se quedó viudo, mandó a la señora un socorrito.

—¡Seis duros! ¡Qué vergüenza!...—exclamó doña
Paca, dando vueltas a su indignación y a la inquina
y despecho acumulados en su alma durante tantos
años de oprobio y escasez—. La cara se me pone
como fuego al decirlo. ¡Seis duros!, y unos pingajos
de Purita: guantes sucios, faldas rotas y un traje de
sociedad antiquísimo, de cuando se casó la Reina...
¿Para qué me sirvieron aquellas porquerías? En fin,
sigue contando: le encontraste, ¿a qué hora, en qué
sitio?

—Serían las doce y media. El salía de San Sebastián...

—Ya sé que se pasa toda la mañana de iglesia en
iglesia, royendo peanas. ¿Dices que a las doce y media? ¡Pues si a esa hora estabas tú sirviendo el almuerzo a don Romualdo!

No era *Benina* mujer que se acobardaba por esta
cogida. Su mente, fecunda para el embuste, y su

memoria felicísima para ordenar las mentiras que antes había dicho y hacerlas valer en apoyo de la mentira nueva, la sacaron del apuro.

—¿Pero no dije a usted que cuando ya habían puesto la mesa faltaba una ensaladera y tuve que ir a comprarla de prisa y corriendo a la plaza del Angel, esquina a Espoz y Mina?

—Si me lo dijiste, no me acuerdo. ¿Pero cómo dejabas la cocina momentos antes de servir el almuerzo?

—Porque la zagala que tenemos no sabe las calles y, además, no entiende de compras. Hubiera tardado un siglo, y de fijo nos trae una jofaina en vez de una ensaladera... Yo fui volando, mientras la Patros se quedaba en la cocina..., que lo entiende, crea usted que lo entiende tanto como yo o más... En fin, que me encontré al vejestorio de don Carlos.

—Pero si para ir de la calle de la Greta a Espoz y Mina no tenías que pasar por San Sebastián, mujer.

—Digo que él salía de San Sebastián. Le vi venir de allá, mirando al reloj de Canseco. Yo estaba en la tienda. El tendero salió a saludarle. Don Carlos me vio; hablamos...

—¿Y qué te dijo? Cuéntame qué te dijo.

—¡Ah!... Me dijo, me dijo. Preguntóme por la señora y por los niños.

—¡Qué le importarán a ese corazón de piedra la madre ni los hijos! ¡Un hombre que tiene en Madrid treinta y cuatro casas, según dicen, tantas como la edad de Cristo y una más; un hombre que ha ganado dinerales haciendo contrabando de géneros, untando a los de la Aduana y engañando a medio mundo, venirse ahora con cariñitos! A buenas horas, mangas verdes... Le dirías que le desprecio, que estoy por demás orgullosa con mi miseria, si mi miseria es una barrera entre él y yo... Porque ese no se acerca a los pobres sino con su cuenta y razón. Cree que repartiendo limosnas de ochavo y proporcionándose por poco precio las oraciones de los humildes podrá engañar al de arriba y estafar la gloria eterna, o colarse en el cielo de contrabando, haciéndose pasar por lo que no es, como introducía el hilo de Escocia declarándolo percal de a real y medio la vara, con marchamos falsos, facturas falsas, certificados de origen falsos también... ¿Le has dicho eso? Di, ¿se lo has dicho?

Capítulo 11

—No le he dicho eso, señora, ni había para qué —replicó *Benina*, viendo que doña Francisquita se excitaba demasiado y que toda la sangre al rostro se le subía.

—Pero tú no recordabas lo que hicieron conmigo él y su mujer, que también era *Alejandro en puño*. Pues cuando empezaron mis desastres se aprovechaban de mis apuros para hacer su negocio. En vez de ayudarme, tiraban de la cuerda para estrangularme más pronto. Me veían devorada por la usura y no eran para ofrecerme un préstamo en buenas condiciones. Ellos pudieron salvarme y me dejaron perecer. Y cuando me veía yo obligada a vender mis muebles, ellos me compraban por un pedazo de pan la sillería dorada de la sala y los cortinones de seda... Estaban al acecho de las gangas, y al verme perdida, amenazada de un embargo, claro..., se presentaban como salvadores... ¿Qué me dieron por el San Nicolás de Tolentino, de escuela sevillana, que era la joya de la casa de mi esposo, un cuadro que él estimaba más que su propia vida? ¿Qué me dieron? ¡Veinticuatro duros, *Benina* de mi alma; veinticuatro duros! Como que me cogieron en una hora tonta, y yo, muerta de ansiedad y de susto, no sabía lo que me hacía. Pues un señor del Museo me dijo después que el cuadro no valía menos de diez mil reales... ¡Ya ves qué gente! No solo desconocieron siempre

la verdadera caridad, sino que ni por el forro conocían la delicadeza. De todo lo que recibíamos de Ronda: peros, piñonate y alfajores, le mandábamos a
Pura una buena parte. Pues ellos cumplían con una
bandejita de dulces el día de San Antonio y alguna
cursilería de bazar en mi cumpleaños. Don Carlos
era tan gorrón, que casi todos los días se dejaba
caer en casa a la hora a que tomábamos café..., ¡y
cómo se relamía! Ya sabes que el de su casa no era
más que agua de fregar. Y si íbamos al teatro juntos, convidados a mi palco, siempre se arreglaban de
modo que comprase Antonio las entradas... De la
grosería con que utilizaban a todas horas nuestro coche, nada te digo. Ya recordarás que el mismo día en
que ajustamos la venta de la sillería se estuvieron
paseando en él todita la tarde, dándose un pisto
estrepitoso en la Castellana y Retiro.

No quiso *Benina* quitarle la cuerda con interrupciones y negativas, porque sabía que cuando se disparaba en aquel tema era mejor dejar que le diese
todas las vueltas. Hasta que no puso la señora el
punto, sofocada y casi sin aliento, no se aventuró
a decirle:

—Pues don Carlos me mandó que fuera a su casa
mañana.

—¿Para qué?

—Para hablar conmigo.

—Como si lo viera. Querrá mandarme una limosna... Justamente: hoy es el aniversario de la muerte
de Pura... Se saldrá con alguna porquería.

—¡Quién sabe, señora! Puede que se arranque...

—¿Ese? Ya estoy viendo que te pone en la mano
un par de pesetas o un par de duros, creyendo que

por este rasgo han de bajar los ángeles, tocando violines y guitarras, a ensalzar su caridad. Yo que tú, rechazaría la limosna. Mientras tengamos a nuestro don Romualdo podemos permitirnos un poquito de dignidad, Nina.

—No nos conviene. Podría incomodarse y decir, un suponer, que es usted orgullosa y qué sé yo qué.

—Que lo diga. ¿Y a quién se lo va a decir?

—Al propio don Romualdo, de quien es amigote. Todos los días le oye la misa y después echan un parrafito en la sacristía.

—Pues haz lo que quieras. Y por lo que pueda sobrevenir, cuéntale a don Romualdo quién es don Carlos y hazle ver que sus devociones de última hora no son de recibo. En fin, yo sé que no has de dejarme mal, y ya me contarás mañana lo que saques de la visita, que será lo que el negro del sermón.

Algo más hablaron. *Benina* procuraba extinguir y enfriar la conversación, evitando las réplicas y dando a estas tono conciliador. Pero la señora tardó en dormirse, y la criada también, pasándose parte de la noche en la preparación mental de sus planes estratégicos para el día siguiente, que sería, sin duda, muy dificultoso, si no tenía la suerte de que don Carlos le pusiera en la mano una buena porrada de duros..., que bien podría ser.

A la hora fijada por el señor de Moreno Trujillo, ni minuto más ni minuto menos, llamaba *Benina* a la puerta del principal de la calle de Atocha, y una criada la introdujo en el despacho, que era muy elegante, todos los muebles igualitos en color y hechura. Mesa de ministro ocupaba el centro, y en ella había muchos libros y fajos de papeles. Los libros no eran *de leer*, sino de cuentas, todo muy limpio y ordenadito. La pared del centro ostentaba el retrato de doña Pura, cubierto con una gasa negra, en marco que parecía de oro puro. Otros retratos de fotografía, que debían de ser de las hijas, yernos y nietecillos de don Carlos, veíanse en diversas partes de la estancia. Junto al cuadro grande, y pegadas a él, como las ofrendas o exvotos en el altar, pendían multitud de coronas de trapo con figuradas rosas, violetas y narcisos, y luengas cintas negras con letras de oro. Eran las coronas que había llevado la señora en su entierro, y que don Carlos quiso conservar en casa, por que no se estropeasen en la intemperie del camposanto. Sobre la chimenea, nunca encendida, había un reloj de bronce con figuras, que no andaba, y no lejos de allí un almanaque americano, en la fecha del día anterior.

Al medio minuto de espera entró don Carlos, arrastrando los pies, con gorro de terciopelo calado hasta las orejas y la capa de *andar por casa*, bastante más vieja que la que usaba para salir. El uso continuo de esta prenda, aun más allá del cuarenta de mayo, se explica por su aborrecimiento de estufas y braseros, que, según él, son la causa de tanta mortandad. Como no estaba embozado, pudo *Benina* observar que traía cuellos y puños limpios, y gruesa cadena de reloj, galas que, sin duda, respondían a la etiqueta del aniversario. Con un inconmensurable pañuelo de cuadros se limpiaba la continua destilación de ojos y narices; después se sonó con estrépito dos o tres veces, y viendo a *Benina* en pie, la mandó sentar con un gesto, y él ocupó gravemente su sitio en el sillón, compañero de la mesa, el cual era de respaldo alto y tallado, al modo de sitial de coro. *Benina* descansó en el filo de una silla, como todo lo demás, de roble con blando asiento de terciopelo verde.

—Pues la he llamado a usted para decirle...

Pausa. La cabeza de don Carlos hallábase afectada de un crónico temblor nervioso, movimiento lateral como el que usamos para denegación. Este *tic* se acentuaba o era casi imperceptible, según los grados de excitación del individuo.

—Para decirle...

Otra pausa, motivada por un golpe de destilación. Don Carlos se limpió los ojos, ribeteados de rojo, y se frotó la recortada barba, la cual no tenía más razón de ser que la pereza de afeitarse. Desde la muerte de su esposa, el buen señor, que solo por ella y para ella se rapaba la cara, quiso añadir a tantas demostraciones de duelo el luto de su rostro, dejándolo cubrir, como de una gasa, de pelos blancos, negros y amarillos.

—Pues para decirle a usted que lo que le pasa a la Francisca, y el encontrarse ahora en condición tan baja, es por no haber querido llevar cuentas. Sin buen arreglo no hay riqueza que no venga a parar en la mendicidad. Con orden, los pobres se hacen ricos. Sin orden, los ricos...

—Paran en pobres, sí, señor—dijo humildemente *Benina*, que, aunque ya sabía todo aquello, quiso recibir la máxima como si fuera descubrimiento reciente de don Carlos.

—Francisca ha sido siempre una mala cabeza. Bien se lo decíamos mi señora y yo: «Francisca, que te pierdes, que te vas a ver en la miseria», y ella... tan tranquila. Nunca pudimos conseguir que apuntara sus gastos y sus ingresos. ¿Hacer ella un número? Antes la mataran. Y el que no hace números está perdido. ¡Con decirle a usted que no supo jamás lo que debía ni en qué fecha vencían los pagarés!

—Verdad, señor; mucha verdad—dijo *Benina* suspirando, en expectativa de lo que don Carlos le daría después de aquel sermón.

—Porque usted calcule..., si yo tengo en mi vejez un buen pasar para mí y para mis hijos; si no me falta una misa en sufragio del alma de mi querida esposa, es porque llevé siempre con método y claridad los negocios de mi casa. Hoy mismo, retirado del comercio, llevo al día la contabilidad de mis gastos particulares, y no me acuesto sin pasar todos los apuntes a la agenda, y luego, en los ratitos libres, lo paso al Mayor. Vea usted, véalo para que se convenza—añadió, marcando más el temblor negativo—. Lo que yo quisiera es que Francisca pudiera aprovechar esta lección. Aún no es tarde... Entérese usted.

Y cogió un libro, y después otro, y los fue mostrando a la *Benina*, que se acercó para ver tanta maravilla numérica.

—Fíjese usted. Aquí apunto el gasto de la casa, sin que se me pase nada, ni aun los cinco céntimos de una caja de fósforos; los cuartos del cartero, todo, todo... En este otro chiquitín, las limosnas que hago y lo que empleo en sufragios. Limosnas diarias, tanto. Limosnas mensuales, cuánto. Después lo paso todo al Mayor, donde se puede saber día por día lo que gasto y hacer el balance... Usted calcule: si Francisca hubiera hecho balance, no estaría como está.

—Cierto, señor; muy cierto. Y yo le digo a la señora que haga balance, que lleve todo por apuntación, lo que entra como lo que sale. Mas ella, como ya no es niña, no puede apencar por la buena costumbre. Pero es un ángel, señor, y no hay que reparar en si apunta o no apunta para socorrerla.

—Nunca es tarde para entrar por el aro, como quien dice. Yo le aseguro a usted que si hubiera visto en Francisca siquiera intenciones o deseos de llevar sus cuentas en regla, le hubiera prestado..., prestar, no, le hubiera facilitado medios de llegar a la nivelación. Pero es una cabeza destornillada; convenga usted conmigo en que es una cabeza destornillada.

—Sí, señor, convengo en ello.

—Y se me ha ocurrido..., para eso la he llamado a usted..., se me ha ocurrido que el mejor doñativo que puedo hacer a esa desgraciada es este.

Diciéndolo, don Carlos cogió un libro largo y estrecho, nuevecito, y lo puso delante de sí para que *Benina* lo cogiera. Era una agenda.

—Vea usted—dijo el buen señor, hojeando el libro—: aquí están todos los días de la semana. Fíjese bien: a un lado, la columna del *Debe;* a otro, la del *Haber*. Vea cómo en los gastos se marcan los artículos: carbón, aceite, leña, etc. Pues ¿qué trabajo cuesta ir poniendo aquí lo que se gasta y en esta otra parte lo que ingresa?

—Pero si a la señora no le ingresa nada...

—¡Caramelos!—exclamó Trujillo, dando una palmada sobre el libro—. Algo habrá, porque su poco de consumo hacen ustedes, y para ese consumo alguna cantidad, corta o larga, chica o grande, han de tener. Y lo que usted saca de las limosnas, ¿por qué no ha de anotarse? Vamos a ver, ¿por qué no ha de anotarse?

Benina le miró entre colérica y compadecida, pero más pudo la ira que la lástima, y hubo un momento, un segundo no más, en que le faltó poco para coger el libro y estampárselo en la cabeza al señor don Carlos. Contenido su furor, y para que el monomaníaco de la contabilidad no se le conociera, le dijo con forzada sonrisa:

—¿De modo que el señor apunta las perras que nos da a los pobres de San Sebastián?

—Día por día—replicó el anciano con orgullo, moviendo más la cabeza—. Y puedo decirle a usted, si quiere saberlo, lo que he dado en tres meses, en seis, en un año.

—No, no se moleste, señor—indicó *Benina*, sintiendo otra vez ganas de darle un papirotazo—. Llevaré el libro, si usted quiere. La señora se lo agradecerá mucho y yo también. Pero no tenemos pluma ni lápiz para un remedio.

—Todo sea por Dios. ¿En qué casa, por pobre que esté, no hay recado de escribir? Se ofrece echar una firma, tomar una cuenta, apuntar un nombre o señas de casa para que no se olviden... Tome usted este lápiz, que ya está afilado, y lléveselo también, y cuando se le gaste la punta, se la saca usted con el cuchillo de la cocina.

Y a todas estas, don Carlos no hablaba de darle ningún socorro positivo, concretando su caridad a la ofrenda del libro, que debía ser fundamento del orden administrativo en la desquiciada hacienda de doña Francisca Juárez. Al verle mover los labios para seguir hablando y echar mano a la llave puesta en el cajón de la izquierda, *Benina* sintió grande alegría.

—No hay ni puede haber prosperidad sin administración—afirmó don Carlos, abriendo la gaveta y mirando dentro de ella—. Yo quiero que Francisca administre, y cuando administre...

—Cuando administre, ¿qué?—dijo *Benina* con el pensamiento—. ¿Qué nos va usted a dar, viejo loco, más loco que los que están en Leganés? Así se te pudra todo el dinero que guardas y se te convierta en pus dentro del cuerpo para que revientes, zurrón de avaricia.

—Coja usted el libro y el lápiz y lléveselo con mucho cuidado..., no se le pierda por el camino. Bueno: ¿se ha hecho usted cargo? ¿Me responde de que apuntarán todo?

—Sí, señor..., no se escapará ni un verbo.

—Bueno. Pues ahora, para que Francisca se acuerde de mi pobre Pura y rece por ella... ¿Me promete usted que rezarán por ella y por mí?

—Sí, señor: rezaremos a voces, hasta que se nos caiga la campanilla.

—Pues aquí tengo doce duros, que destino al socorro de los necesitados que no se determinan a pedir limosna porque les da vergüenza..., ¡pobrecitos!, son los más dignos de conmiseración.

Al oír *doce duros*, *Benina* abrió cada ojo como la puerta de una casa. ¡Cristo, lo que ella haría con doce duros! Ya estaba viendo el descanso de muchos días, atender a tantas necesidades, tapar algu-

nas bocas, vivir, respirar, dando de mano al petitorio
humillante y al suplicio de la busca por medios tan
fatigosos. La pobre mujer vio el cielo abierto, y por
el hueco la docena de pesos, compendio hermosísimo
de su felicidad en aquellos días.

—Doce duros—repitió don Carlos, pasando las monedas de una mano a otra—; pero no se los doy en
junto, porque sería fomentar el despilfarro; se los
asigno...

A *Benina* se le cayeron las alas del corazón.

—Si se los diera, mañana a estas horas no tendría ya ni un céntimo. La señalo dos duros al mes,
y todos los días 24 puede usted venir a recogerlos,
hasta que se cumplan los seis meses, y pasado sep-
tiembre yo veré si debo aumentar o no la asigna-
ción. Eso depende, fíjese usted, de que yo me entere, tocante a si se administra o no se administra,
si hay orden o sigue el... el caos. Mucho cuidado
con el caos.

—Bien, señor—manifestó *Benina* con humildad,
pensando que más cuenta le tenía conformarse y coger lo que se le daba, sin meterse en cuestiones con
el estrafalario y ruin vejete—. Yo le respondo de
que se llevarán los apuntes con *ministración* y no se
nos escapará ni una hilacha... ¿Conque pasaré los
días 24? Nos viene bien para ayuda de la casa. El
Señor se lo aumente, y a la señora difunta téngala
en su santo descanso... por jamás, amén.

Don Carlos, después de anotar, gozando mucho en
ello, la cantidad desembolsada, despidió a *Benina* con
un gesto, y mudándose de capa y encasquetándose el

sombrero nuevo, prenda que no salía de la caja sino en días solemnes, se dispuso a salir y emprender con voluntad segura y firme pie las devociones de aquel día, que empezaban en Montserrat y terminaban en la Sacramental de San Justo.

Capítulo 12

—El demontre del viejo—se decía la *señá Benina*, metiéndose a buen andar por la calle de las Urosas—, no puede hacer más que lo que le manda su natural. Válgate Dios: si cosas muy raras cría Nuestro Señor en el aquel de plantas y animales, más raras las hace en el aquel de personas. No acaba una de ver verdades que parecen mentiras... En fin, otros son peores que este don Carlos, que al cabo da algo, aunque sea por cuenta y apuntación... Peores los hay, y tan peores... que ni apuntan ni dan... El cuento es que con estos duros no se me arregla el día, porque quiero devolverle a Almudena el suyo, que bueno es tener con palabra. Vendrán días malos, y él me servirá... Me quedan veinte reales, de los cuales habré de dar parte a *la niña*, que está pereciendo, y lo demás para comer hoy, y... Tendré que decirle a la señora que su pariente no me ha dado más que el libro de cuentas, con el cual y el lápiz pondremos un puchero que será muy rico..., caldo de números y sustancia de imprenta..., ¡qué risa!... En fin, para las mentiras que he de decirle a doña Paca, Dios me iluminará, como siempre, y vamos tirando. A ver si encuentro a Almudena por el camino que esta es la hora de subir él a la iglesia. Y si no nos tropezamos en la calle, de fijo está en el café de la Cruz del Rastro.

Dirigióse allá, y en la calle de la Encomienda se encontraron.

—Hijo, en tu busca iba—le dijo *Benina* cogiéndole por el brazo—. Aquí tienes tu duro. Ya ves que sé cumplir.

—*Amri*, no tener *priesa*.

—No te debo nada... Y hasta ahora, Almudenilla, que días vendrán en que yo carezca y tú me sirvas, como te serviré yo viceversa... ¿Vienes del café?

—Sí, y *golvier* si querer tu *migo*. Convidar *tigo*.

Asintió *Benina* al convite, y un rato después hallábanse los dos sentaditos en el *café económico*, tomándose sendos vasos de a diez céntimos. El local era una taberna retocada, con ridículas elegancias entre pueblo y señorío; dorados chillones; las paredes pintorreadas de marinas y paisajes; ambiente fétido y parroquia mixta de pobretería y vendedores del Rastro, locuaces, indolentes, algunos agarrados a los periódicos y otros oyendo la lectura, todos muy a gusto en aquel vagar bullicioso, entre salivazos, humo de mal tabaco y olores de aguardiente. Solos en una mesa *Benina* y el marroquí, charlaron de sus cosas: el ciego le contó las barrabasadas de su compañera de vivienda y ella su entrevista con don Carlos y el ridículo obsequio del libro de cuentas y de los duros mensuales. De las riquezas que, según voz pública, atesoraba Trujillo (treinta y cuatro casas, la mar de dinero en papelorios del Gobierno, *muchismos* miles de miles en el Banco) charlaron extensamente, corriéndose luego a considerar, *verbigracia*, el sinnúmero de pobres que podrían ser felices con toda aquella *guita*, que a don Carlos le venía tan ancha, pues descontado una parte para sus hijos, que *de natural* debían poseerlo, con lo demás se apañarían tantos y tantos que andan por estas calles de Dios ladrando de hambre. Pero como ellos no habían de arreglarlo a su gusto, más cuenta les tenía no pensar en tal cosa y buscarse cada cual su mendrugo de pan como pudiera, hasta que viniese la muerte y después Dios a dar a cada uno su merecido. Por fin, con extraordinaria gravedad y tono de convicción profunda, Almudena dijo a su amiga que todos los dinerales de don Carlos podían ser de ella, si quisiera.

—¿Míos? ¿Has dicho que todo lo de don Carlos puede ser mío? Tú estás loco, Almudenilla.

—*Tudo* tuya... por la bendita luz. Si no creer mí, *priebar* tú y ver.

—Vuélvemelo a decir: que todo el dinero de don Carlos puede ser mío, ¿cuándo?

—Cuando querer ti.

—Lo creeré si me explicas cómo ha de ser ese milagro.

—Mi *sabier* cómo... *Dicir* ti secreto.

—Y si tú puedes hacer que todo el caudal de ese viejo loco, un suponer, pase a ser de otra persona, ¿por qué te conformas con la miseria, por qué no lo coges para ti?

Replicó a esto Almudena que la persona que hiciera el milagro, cuyo secreto él poseía, había de tener vista. Y el milagro era seguro, por la bendita luz; y si ella dudaba, no tenía más que probarlo, haciendo puntualmente todo cuanto él le dijera.

Siempre fue *Benina* algo supersticiosa y solía dar crédito a cuantas historias sobrenaturales oía contar; además, la miseria despertaba en ella el respeto de las cosas inverosímiles y maravillosas, y aunque no

había visto ningún milagro, esperaba verlo el mejor
día. Un poco de superstición, un mucho de ansia de
fenómenos estupendos y nunca vistos y otro tanto
de curiosidad la impulsaron a pedir al marroquí explicaciones concretas de su ciencia o arte de magia,
pues esto había de ser seguramente. Díjole el ciego
que todo consistía en saber el arte y modo de pedir
lo que se quisiera a un ser llamado *Samdai*.

—¿Y quién es ese caballero?

—El Rey de *baixo terra*.

—¿Cómo? ¿Un Rey que está debajo de la tierra?
Pues el diablo será.

—Diablo no: Rey *bunito*.

—¿Eso es cosa de tu religión? ¿Tú qué religión
tienes?

—Ser *eibrio*.

—Vaya por Dios—dijo *Benina*, que no había enten-
dido el término—. ¿Y a ese Rey le llamas tú y viene?

—Y dar ti *tuda* que pedir él.

—¿Me da todo lo que le pida?

—*Siguro*.

La convicción profunda que Almudena mostraba
hizo efecto en la infeliz mujer, quien, después de
una pausa en que interrogaba los ojos muertos de
su amigo y su frente amarilla lustrosa, rodeada de
negros cabellos, saltó diciendo:

—¿Y qué se hace para llamarlo?

—Yo diciendo ti.

—¿Y no me pasa nada por hacerlo?

—*Naida*.

—¿No me condeno ni me pongo mala, ni me cogen
los demonios?

—No.

—Pues ve diciendo; pero no engañes, no engañes, te digo.

—*N'gañar* no ti...

—¿Podemos hacerlo ahora?

—No: *hacirlo* a las doce del noche.

—¿Tiene que ser a esa hora?

—*Siguro, siguro*...

—¿Y cómo salgo yo de casa a medianoche? *Amos*, déjame a mí de pamplinas. Verdad que podría decir, un suponer, que se ha puesto malo don Romualdo y tengo que velarlo... Bueno: ¿qué hay que hacer?

—*N'cesitas* cosas *mochas*. Comprar tú cosas. Lo *primiero* candil de barro. Pero comprarlo has tú sin hablar *paliabra*.

—Me vuelvo muda.

—Muda tú... Comprar cosa... y si hablar no valer.

—Válgate Dios... Pues bueno, compro mi candil de barro sin chistar, y luego...

Almudena ordenó después que había de buscar una olla de barro con siete agujeros, con siete nada más, todo sin hablar, porque si hablaba no valía. ¿Pero dónde demontres estaban esas ollas con siete agujeros? A esto replicó el ciego que en su· tierra las había, y que aquí podían suplirse con los tostaderos que usan las castañeras, buscando el que tuviese siete *bujeros*, ni uno más ni uno menos.

—¿Y ello ha de comprarse también sin hablar?

—Sin hablando *naida*.

Luego era forzoso procurarse un palo de *carrash*, madera de Africa, que aquí llaman laurel. Un vendedor de garrotes, en el primer tinglado *cabe* las Américas, lo tenía. Había que comprárselo sin pronunciar palabra. Bueno, pues reunidas estas cosas,

se pondría el palo al fuego hasta que se prendiera
bien... Esto había de ser el viernes a las cinco en
punto. Si no, no valía. Y el palo estaría ardiendo
hasta el sábado, y el sábado a las cinco en punto se
le metía en el agua siete veces, ni una más ni una
menos.

—¿Todo callandito?

—Hablar *naida, naida.*

Luego se vestía el palo con ropas de mujer, como
una muñeca, y bien vestidito se le arrimaba a la pared, poniéndole derecho, *amos*, en pie. Delante se
colocaba el candil de barro, encendido con aceite, y
se le tapaba con la olla, de modo que no se viese más
luz que la que saldría por los siete *bujeros*, y a corta
distancia se ponía la cazuela con lumbre para echar
los sahumerios, y se empezaba a decir la oración
una y otra vez con el pensamiento, porque hablada
no valía. Y así se estaba la persona, sin distraerse,
sin descuidarse, viendo subir el humo del benjuí y
mirando la luz de los siete agujeros, hasta que a las
doce...

—¡A las doce!—repitió *Benina*, sobresaltada—. ¡Y
al dar las doce campanadas viene..., sale, se me aparece!...

—El Rey de *baixo terra:* pedir tú lo que *quierer*,
y darlo ti él.

—Almudena, ¿tú crees eso? ¿Cómo es posible que
ese señor, sin más que las *cirimonias* que has contado, me dé a mí lo que ahora es de don Carlos
Trujillo?

—Verlo tú, si queriendo.

—Pero con tanto *requesito*, si una se descuida un poco o se equivoca en una sola palabra del rezo mental...

—Tener tú cuidado *mocha*.

—¿Y la oración?

—Mi enseñarla ti; *dicir* tú: *Semá Israel Adonai Elohino Adonai Ishat*...

—Calla, calla: en la vida digo yo eso sin equivocarme. Como no sea castellano neto, yo no atino... Y también te aseguro que tengo mieditis de esas suertes de brujería...; quita, quita... Pero ¡ah!, ¡si fuera verdad, qué gusto, cogerle a ese zorroloco de don Carlos todo su dinero...; *amos*, la mitad que fuera, para repartirlo entre tantos pobrecitos que perecen de hambre!... Si se pudiera hacer la prueba, comprando los cacharros y el palitroque sin hablar, y luego... Pero no, no..., cualquier día iba a venir acá ese Rey Mago... También te digo que suceden a veces cosas muy *fenómenas*, y que andan por el aire los que llaman espíritus o, *verbigracia*, las ánimas, mirando lo que hacemos y oyéndonos lo que hablamos. Y otra, lo que una sueña, ¿qué es? Pues cosas verdaderas de otro mundo, que se vienen a este... Todo puede ser, todo puede ser... Pero yo, qué quieres que te diga, dudo mucho que le den a una tanto dinero, sin más ni más. Que para socorrer a los pobres, un suponer, se quite a los ricos medio millón, o la mitad de medio millón, pase; pero tantas, *tantismas* talegas para nosotros... no, esa no cuela.

—*Tuda, tuda* la que haber en el Banco, *millonas mochas*, lotería, *tuda pa ti, hiciendo* lo que decir ti.

—Pues si eso es tan fácil, ¿por qué no lo hacen otros? ¿O es que tú solo tienes el secreto? ¡El se-

creto tú solo! *Amos*, cuéntaselo al Nuncio, que aquí
no nos tragamos esas papas... Yo no te digo que no
sea posible..., y si supiera yo hacer la prueba, la
haría, con mil pares... Vuélveme a decir la receta de
lo que ha de comprar una sin hablar...

Repitió Almudena las fórmulas y reglas del conjuro, añadiendo la descripción tan viva y pintoresca
del Rey *Samdai*, de su rostro hermosísimo, apostura
noble, traje espléndido, de su séquito, que formaban
arregimientos de príncipes y magnates, montados en
camellos blancos como la leche, que la pobre *Benina*
se embelesaba oyéndole, y si a pie juntillas no le
creía, se dejaba seducir de la ingenua poesía del relato, pensando que si aquello no era verdad, debía
serlo. ¡Qué consuelo para los miserables poder creer
tan lindos cuentos! Y si es verdad que hubo Reyes
Magos que traían regalos a los niños, ¿por qué no
ha de haber otros Reyes *de ilusión* que vengan al
socorro de los ancianos, de las personas honradas
que no tienen más que una muda de camisa, y de las
almas decentes que no se atreven a salir a la calle
porque deben tanto más cuanto a tenderos y prestamistas? Lo que contaba Almudena era de lo que
no se sabe. ¿Y no puede suceder que alguno sepa lo
que no sabemos los demás?... ¿Pues cuántas cosas
se tuvieron por mentira y luego salieron verdades?
Antes de que inventaran el telégrafo, ¿quién hubiera
creído que se hablaría con las Américas del Nuevo
Mundo como hablamos de balcón a balcón con el
vecino de enfrente? Y antes de que inventaran la fotografía, ¿quién hubiera pensado que se puede una
retratar solo con *ponerse*? Pues lo mismo que esto
es aquello. Hay misterios, secretos que no se entien-

den hasta que viene uno y dice tal por cual, y lo descubre... ¡Pues qué más, Señor!... Allá estaban las Américas desde que Dios hizo el mundo y nadie lo sabía..., hasta que sale ese Colón y con no más que poner un huevo en pie, lo descubre todo y dice a los países: «Ahí tenéis la América y los americanos, y la caña de azúcar y el tabaco bendito...; ahí tenéis Estados Unidos, y hombres negros, y onzas de diecisiete duros.» ¡A ver!...

Capítulo 13

No había acabado el marroquí su oriental leyenda, cuando *Benina* vio entrar en el café a una mujer vestida de negro.

—Ahí tienes a esa fandangona, tu compañera de casa.

—¿Pedra? Maldita ella. Sacudir ella yo esta mañana. Venir *siguro*, con la Diega...

—Sí, con una viejecita, muy chica y muy flaca, que debe de ser más borracha que los mosquitos. Las dos se van al mostrador, y piden dos *tintas*.

—*Señá* Diega enseñar vicio ella.

—¿Y por qué tienes contigo a esa gansirula, que no sirve para nada?

Contóle el ciego que Pedra era huérfana, su padre fue empleado en el Matadero de cerdos, con perdón, y su madre *cambiaba* en la calle de la Ruda. Murieron los dos, con diferencia de días, por haber comido gato. Buen plato es el micho; pero cuando está rabioso le salen pintas en la cara al que lo come, y a los tres días, muerte natural por calenturas *perdiciosas*. En fin, que espicharon los padres, y la chica se quedó en la puerta de la calle, sentadita. Era hermosa: por tal la celebraban; su voz sonaba, como músicas bonitas. Primero se puso a cambiar y luego a vender churros, pues tenía tino de comercianta; pero nada le valió su buena voluntad, porque hubo de cogerla de su cuenta la Diega, que en pocos días la enseñó a embriagarse y otras cosas peores. A los tres meses, Pedra no era conocida. La enflaquecieron, dejándola en los puros pellejos, y su aliento apestaba. Hablaba como una carreterona, y tenía un toser perruno y una carraspera que tiraba para atrás. A veces pedía por el camino de Carabanchel y de noche se quedaba a dormir en cualquier parador. De vez en vez se lavaba un poco la cara, compraba *agua de olor* y, rociándose las flaquezas, pedía prestada una camisa, una falda, un pañuelo, y se ponía *de puerta* en la casa del *Comadreja*, calle de Mediodía Chica. Pero no tenía constancia para nada y ningún acomodo le duró más de dos días. Solo duraba en ella el gusto del aguardiente; y cuando se *apimplaba*, que era un día sí y otro también, hacía figuras en medio del arroyo, y la toreaban los chicos. Dormía sus monas en la calle o donde le cogía, y más bofetadas tenía en su cara que pelos en la cabeza. Cuerpo más asistido de cardenales no se conoció jamás, ni persona que en su corta edad, pues no tenía más que veintidós años, aunque representaba treinta, hubiera visitado tan a menudo las prevenciones de la Inclusa y Latina. Almudena la trataba, con buen fin, desde que se quedó huérfana, y al verla tan arrastrada, dábale de tres cosas un poco: consejos, limosna y algún palo. Encontróla un día curándose sus lamparones con zumo de higuera chumbo y aliñándose las greñas al sol. Propúsole que se fuera con él, poniendo cada cual la mitad del alquiler de la casa y comprometiéndose ella a cortar de raíz el vicio de la bebida. Discutieron, parlamentaron; diose solemnidad al convenio, jurando los dos su fiel observancia ante un emplasto viscoso y sobre un peine de rotas púas, y aquella noche durmió Pedra en el cuarto de Santa Casilda. Los primeros días todo fue concordia, sobriedad en el beber; pero la cabra no tardó en tirar al monte, y... otra vez la endiablada hembra divirtiendo a los chicos y dando que hacer a los del Orden.

—No poder mí con ella. *B'rracha* siempre. Es un dolor..., un dolor. Yo estar ella *migo* por lástima...

Al ver que las dos mujeres, después de atizarse un par de *tintas*, miraban burlonas al ciego y a *Benina*, esta tuvo miedo y quiso retirarse.

—*Dir* tú no. *Amri*. Quedar *migo*—le dijo el ciego cogiéndola de un brazo.

—Temo que armen bronca estas *indinas*... Acá vienen ya.

Aproximáronse las tales, y pudo la *Benina* ver y examinar a su gusto el rostro de Pedra, de una hermosura desapacible y que despedía. Morena, de facciones tan regulares como pronunciadas, magníficos ojos negros, cejas que al juntarse culebreaban, boca sucia y bien rasgueada, que no parecía hecha para sonreír, cuerpo derecho y esbeltísimo en su flaqueza y desaliño, la compañera de Almudena era una figura trágica, y como tal impresionó a *Benina*, aunque esta no expresaba su juicio sino pensando que le daría miedo encontrarse con tal persona, de noche, en lugar solitario.

De la Diega no podía determinarse si era joven o entrevieja. Por la estatura parecía una niña; por la cara escuálida y el cuello rugoso, todo pliegues, una anciana decrépita; por los ojos, un animalejo vivaracho. Su flaqueza era tan extremada que *Benina* no pudo menos de comentarla mentalmente con una frase andaluza que usar solía su señora: «Esta es de las que sacan espinas con los codos.»

Pedra se sentó, dando los buenos días, y la otra quedóse en pie, sin alzar del suelo más que la cabeza de Almudena, en cuyos hombros dio fuertes palmetazos.

—*Tati*, quieta—le dijo este enarbolando el palo.

—Cuidado con él, que es malo y traicionero...—indicó la otra.

—*Jai*..., ¿verdad que eres malo y pegar *tú mí?*

—Yo *ero beno;* tú mala, *b'rracha.*

—No lo digas, que se escandalizará la señora anciana.

—Anciana no ser ella.

—¿Tú qué sabes, si no la ves?

—Decente ella.

—Sí que lo será, sin agraviar. Pero a ti te gustan las viejas.

—Ea, yo me voy, señora, que lo pasen bien—dijo *Benina*, azoradísima, levantándose.

—Quédese, quédese... ¡Si es *groma!*

La Diega la instó también a quedarse, añadiendo que habían comprado un décimo de la lotería y ofreciéndole participación.

—Yo no juego—replicó *Benina*—: no tengo cuartos.

—Yo sí—dijo el marroquí—: dar vos una *pieseta.*

—Y la señora, ¿por qué no juega?

—Mañana sale. Seremos ricas, ricachonas en *efectivo*—dijo la Diega—. Yo, si me la saco, San Antonio me oiga, volveré a establecerme en la calle de la Sierpe. Allí te conocí, Almudena. ¿Te acuerdas?

—No *mi cuerda*, no...

—Vos conocisteis en Mediodía Chica, por la casa de atrás.

—A este le llamaban Muley Abbas.

—Y a ti *Cuarto e kilo*, por lo chica que eres.

—Poner motes es cosa fea, ¿verdad, Almudenita? Las personas decentes se llaman por el santo bautismo, con sus nombres de cristiano. Y esta señora, ¿qué gracia tiene?

—Yo me llamo *Benina*.

—¿Es usted de Toledo, por casualidad?

—¡No, señora!, soy... dos leguas de Guadalajara.

—Yo de Cebolla, en tierra de Talavera... Y dime una cosa: ¿por qué esta gorrinaza de Pedrilla te llama a ti *Jai*? ¿Cuál es tu nombre en tu religión y en tu tierra cochina, con perdón?

—Llamarle *mi Jai* porque ser morito él—dijo la trágica remedando su habla.

—Nombre mío *Mordejai*—declaró el ciego—, y ser yo nacido en un *pueblo mu bunitu* que llamar allá Ullah de Bergel, *terra* de Sus... ¡Oh!, *terra* divina, *bunita...*, *mochas arbolas, aceita mocha, miela, fores, támaras, mocha güena*.

El recuerdo del país natal le infundió un candoroso entusiasmo, y allí fue el pintarlo y describirlo con hipérboles graciosas y un colorido poético que con gran entretenimiento y gozo saborearon las tres mujeres. Incitado por ellas, contó algunos pasajes de su vida, toda llena de estupendos casos, peligrosas empresas y fantásticas aventuras. Refirió primero cómo se había fugado del hogar paterno, de edad de quince años, lanzándose a correr mundo, sin que en todo el tiempo transcurrido desde aquel suceso tuviese noticia alguna de su patria y familia. Mandóle su padre a casa de un mercader amigo suyo con este recado: «Dile a Rubén Toledano que te dé doscientos duros que necesito hoy.» El tal debía de ser al modo de banquero, y entre ambos señores reinaba, sin duda, patriarcal confianza, porque el encargo se hizo efectivo sin ninguna dificultad, cogiendo Mordejai los doscientos pesos en cuatro pesados cartuchos de moneda española. Pero en vez de ir con ellos a la casa paterna, tomó el camino de Fez, ávido de ver mundo, de trabajar por su cuenta y de ganar mucho dinero para el autor de sus días, no los doscientos duros, sino dos mil o cientos de miles. Comprando dos borricos, se puso a portear mercaderías y pasajeros entre Fez y Mequínez con buenas ganancias. Pero un día de mucho calor, ¡castigo de Dios!, pasó junto a un río y le entraron ganas de darse un baño. En el agua flotaban dos caballos muertos, cosa mala. Al salir del baño le dolían los ojos: a los tres días era ciego.

Como aún tenía dinero, pudo algún tiempo vivir sin implorar la caridad pública, con la tristeza inherente al no ver, y la no menos honda producida por el brusco paso de la vida activa a la sedentaria. El muchacho, ágil y fuerte, se hizo de la noche a la mañana hombre enclenque y achacoso, y sus ambiciones de comerciante y sus entusiasmos de viajero quedaron reducidos a un continuo meditar sobre lo inseguro de los bienes terrenos y la infalible justicia con que Dios Nuestro Padre y Juez sienta la mano al pecador. No se atrevía el pobre ciego a pedirle que le devolviese la vista, pues esto no se lo había de conceder. Era castigo, y el Señor no *se vuelve atrás* cuando pega de firme. Pedíale que le diera dinero abundante para poder vivir con desahogo y una *muquier* que le amara; mas nada de esto le fue concedido al pobre Mordejai, que cada día tenía menos dineros, pues estos iban saliendo, sin que entraran otros por ninguna parte, y de *muquieres* nada. Las que se acercaban a él fingiéndole cariño, no iban a su covacha más que a robarle. Un día estaba el hombre muy molesto por no poder cazar una pulga que atrozmente le picaba, burlándose de él con audacia insolente, cuando..., no es broma..., se le aparecieron dos ángeles.

Capítulo 14

—¿Pero tú ves algo, Almudena?—le preguntó *Cuarto e kilo.*

—*Ver mí burtos ellos.*

Explicó que distinguía las masas de oscuridad en medio de la luz: esto por lo tocante a las cosas del mundo de acá. Pero en lo de los mundos misteriosos que se extienden encima y debajo, delante y detrás, fuera y dentro del nuestro, sus ojos veían claro, cuando veían, *mismo como vosotras ver migo.* Bueno, pues se le aparecieron dos ángeles, y como no era cosa de aparecérsele para no decir nada, dijéronle que venían de parte del Rey de *baixo terra* con una embajada para él. El señor *Samdai* tenía que hablarle, para lo cual era preciso que se fuese mi hombre al Matadero por la noche, que estuviese allí quemando *ilcienso*, y rezando en medio de los despojos de reses y charcos de sangre, hasta las doce en punto, hora invariable de la entrevista. No hay que añadir que los ángeles se marcharon con viento fresco en cuanto dieron conocimiento de su mensaje a Mordejai, y este cogió sus trebejos de sahumar, la pipa, la ración de *cáñamo* en un papel y se fue caminito del Matadero: el largo plantón que le esperaba se le haría menos aburrido fumando.

Allí se estuvo, sentado en cuclillas, aspirando los vahos olorosos del sahumerio y fumando pipa tras pipa, hasta que llegó la hora, y lo primerito que vio fue un par de perros, más grandes que *el camejo*, *brancos*, con ojos de fuego. El, Mordejai, *mocha medo*, un *medo* que le quitaba el respirar. Vino después un *arregimiento* de jinetes con mucho cantorio, galas *mochas;* luego empezó a caer lluvia espesísima de arena y piedras, tanto, tanto que se vio enterrado hasta el pescuezo... y no respiraba. Cada vez más *medo*... Por encima de toda aquella escoria pasó velocísimo otro escuadrón de jinetes, dando al viento los blancos alquiceles y sin cesar disparando tiros. Siguió un diluvio de culebras y *alcranes*, que caían silbando y enroscándose. El pobre ciego se moría de *medo*, sintiéndose envuelto en la horrorosa nube de inmundos animales... Pero luego vinieron hombres y mujeres a pie, en pausada procesión, todos con blancas vestiduras, llevando en la mano canastillas y bateas de oro y pisando sobre flores, pues en rosas y azucenas se habían convertido mágicamente las serpientes y alacranes, y en olorosas ramas de menta y laurel todo aquel material llovido de arena cálida y puntiagudos guijarros.

Para no cansar, apareció por fin el Rey, hermoso, con humana y divina hermosura, barba larga y negra, aretes en las orejas, corona de oro que parecía tener por pedrería el sol, la luna y las estrellas. Verde era su traje, que por lo fino debía de ser obra de unas arañas muy pulidas que en los profundos senos de la tierra tejen con hebras de fuego. El séquito de *Samdai* era tan vistoso y brillante que deslumbraba. Como le preguntara la Pedra si no venía también Su Majestad la Reina, quedóse un momento parado el narrador, recordando, y al fin dio cuenta de que *vido* también a la señora del Rey, pero con la cara muy tapada, como la luna entre nubes, y por esta razón Mordejai no pudo distinguirla bien. La Soberana vestía de amarillo, de un color así como nuestros pensamientos cuando estamos entre alegres y tristes. Expresaba esto el ciego con dificultad, supliendo las torpezas de su lenguaje con el juego fisonómico de la convicción y los mohínes y gestos elocuentes.

Total, que a una orden del Rey le fueron poniendo delante todas aquellas bateas y canastos de oro que traían las mujeres de blanco vestidas. ¿Qué era? *Pieldras* de diversas clases, *mochas, mochas,* que pronto formaron montones que no cabrían en ninguna casa: *rubiles* como garbanzos, perlas del tamaño de huevos de paloma, *tudas, tudas,* grandes, *diamanta* fina en tal cantidad que había para llenar de ellos sacos *mochas,* y con los sacos un carro de mudanzas; esmeraldas como nueces y *trompacios* como *poño* mío...

Oían esto las tres mujeres embobadas, mudas, fijos los ojos en la cara del ciego, entreabiertas las bocas. Al comienzo de la relación no se hallaban dispuestas a creer, y acabaron creyendo, por estímulo de sus almas, ávidas de cosas gratas y placenteras, como compensación de la miseria bochornosa en que vivían. Almudena ponía toda su alma en su voz, y con la lengua hablaban todos los pliegues movibles de su cara y hasta los pelos de su barba negra. Todo era signos, jeroglífico descifrable, oriental escritura que los oyentes entendían sin saber por qué. El fin de la espléndida visión fue que el Rey le dijo al bueno de Mordejai que de las dos cosas que deseaba, riquezas y mujer, no podía darle más que una: que

optase entre las pedrerías de gran valor que delante
miraba, y con las cuales gozaría de una fortuna superior a la de todos los soberanos de la tierra, y una
mujer buena, bella y laboriosa, joya, sin duda, tan
rara que no se podía encontrar sino revolviendo toda
la tierra. Mordejai no vaciló un momento en la elección, y dijo a Su Majestad de *baixo terra* que para
nada quería tanta pedrería *por fanegas*, si no le daban *muquier*...

—Querer mi ella, gustar mi *muquier*, y sin *muquier
migo*, no querer *pieldras finas*, ni *diniero* ni *naida*.

Señalóle entonces el Rey una hembra que, bien
envuelta en un manto que la tapaba toda, el rostro
inclusive, iba por·el camino, y le dijo que aquella
era *la suya*, y que la siguiese hasta cogerla o más
bien cazarla, pues a paso muy ligero iba la condenada. Y dicho esto por el Rey, se dignó Su Majestad
desaparecer, y con él se fueron todos los de su co-
mitiva y los *arregimentos* y las señoras de blanco,
y *tudo*, *tudo*, no quedando más que un odor penetrante del *ilcienso*, y los ladridos de los dos perrazos que se iban perdiendo en las lontananzas de la
noche fría, cual si despavoridos huyeran hacia los
montes. Tres meses estuvo enfermo Mordejai después de este singular suceso, y no comía más que
agua y harina de cebada sin sal. Quedóse tan flaco
que se contaba al tacto todos los huesos, sin que se
le escapara uno en la cuenta. Por fin, arrastrándose
como pudo, emprendió su camino por toda la grandeza del mundo en busca de la mujer que, según dicho
del divino *Sąndai*, era suya.

—Y no la encontraste hasta *tantismos* años de correr, y se llamaba Nicolasa—dijo la Pedra, queriendo ayudar al biógrafo de sí mismo.

—¿Tú qué saber? No ser Nicolasa.

—Entonces será *la señora*—apuntó la Diega, señalando no sin cierta impertinencia a la pobre *Benina*, que no chistaba.

—¿Yo?... ¡Jesús me valga! Yo no soy ninguna tarascona que anda por los caminos.

Contó Almudena que desde Fez había ido a la Argelia; que vivió de limosna en Tlemcén primero, después en Constantina y Orán; que en este punto se embarcó para Marsella, y recorrió toda Francia, Lyon, Dijon, París, que es *mu* grande, con tantos *olivares* y buenos pisos de calle, todo como la palma de la mano. Después de subirse hasta un pueblo que le llama *Lila*, volvióse a Marsella y a Cette, donde se embarcó para Valencia.

—Y en Valencia encontraste a la Nicolasa, con quien veniste por *badajes*, que vos daban los *aiuntamientos*, con dos *riales de tapa*—dijo la Pedra—, y de Madrid vos fuisteis a los *Portugales*, y tres años te duró el contento, camastrón, hasta que la *golfa* se te fue con otro.

—Tú no saber.

—Que cuente la historia de Nicolasa y cómo a él le cogieron en Madrid para llevarle a San Bernardino, y ella fue al *espital;* y estando él una noche durmiendo, se le aparecieron dos mujeres del otro mundo, *verbigracia*, *ánimas*, para decirle que la Nicolasa *hablaba* en el *espital* con uno que le iban a dar de alta...

—No ser eso, no ser eso; cállate tú.

—Otro día nos lo contará—indicó *Benina*, que, aun-

que gustaba de oír aquellos entretenidos relatos, no
quería detenerse más, recordando sus apremiantes
quehaceres.

—Espérese, señora: ¿qué prisa tiene?—le dijo la
Diega—. ¿Adónde irá usted que más valga?

—Otro día contar más—indicó el ciego sonriendo—. Mí ver mundo *mocha*.

—Estás cansadito, *Jai*. Convídanos a un medio
para que se te remoje la lengua, que la tienes más
seca que suela de zapato.

—Yo no convidar *mí* ellas, *b'rrachonas*. No tener
dinero migo.

—Por eso no quede—dijo la Diega, rumbosa.

—Yo no bebo—declaró la *Benina*—, y, además, tengo prisa, y con permiso de la compañía me voy.

—Quedar ti rato más. Dar once *reloja*.

—Dejarla—manifestó con benevolencia la Pedra—,
por si tiene que ir a ganarlo; que nosotras ya lo
hemos ganado.

Interrogadas por Almudena, refirieron que habiendo cogido la Diega unos dineros que le debían dos
mozas de la calle de la Chopa, se habían lanzado al
comercio, pues una y otra tenían suma disposición
y travesura para el compra y vende. La Pedra no se
sentía mujer honrada y cabal sino cuando se dedi-
caba al tráfico, aunque fuese en cosas menudas, como
palillos, mondarajas de tea y *torraé*. La otra era un
águila para pañuelos y puntillas. Con el dinero de
aquel, venido a sus manos por milagro, compraron
género en una casa de saldos, y en la mañana de
aquel día pusieron sus bazares junto a la Fuentecilla
de la Arganzuela, teniendo la suerte de colocar muchas carreras de botones, varas muchas de puntilla

y dos chalecos de bayona. Otro día *sacarían* loza, *imágenes* y caballos de cartón de los que daban, *a partir ganancias*, en la fábrica de la calle del Carnero. Largamente hablaron ambas de su negocio, y se alababan recíprocamente, porque si *Cuarto e kilo* era de lo que no hay para la adquisición de género *por gruesas*, a la otra nadie aventajaba en salero y malicia para la venta al menudeo. Otra señal de que había venido al mundo para ser o *comercianta* o nada era que los cuartos ganados en la compraventa se le pegaban al bolsillo, despertando en ella vagos anhelos de ahorro, mientras que los que por otros medios iban a sus flacas manos, se le escapaban por entre los dedos antes de que cerrar pudiera el puño para guardarlos.

Oyó *Benina* muy atenta estas explicaciones, que tuvieron la virtud de infundirle cierta simpatía hacia la borracha, porque también ella, *Benina*, se sentía *negocianta*; también acarició su alma alguna vez la ilusión del compravende. ¡Ah!, si, en vez de dedicarse al servicio, trabajando como una negra, hubiera tomado *una puerta de calle*, otro gallo le cantara. Pero ya su vejez y la indisoluble sociedad moral con doña Paca la imposibilitarían para el comercio.

Insistió la buena mujer en abandonar la grata tertulia, y cuando se levantó para despedirse cayósele el lápiz que le había dado don Carlos, y al intentar recogerlo del suelo cayósele también la agenda.

—Pues no lleva usted ahí pocas cosas—dijo la Pedra, cogiendo el libro y hojeándolo rápidamente, con mohínes de lectora, aunque más bien deletreaba que leía—. ¿Esto qué es? Un libro para llevar cuentas. ¡Cómo me gusta! *Marzo*, dice aquí, y luego *Pe...se-*

tas, y luego *céntimos.* Es *mu* bonito apuntar aquí todo lo que sale y entra. Yo escribo tal cual; pero en los números me atasco, porque los ochos se me enredan con los dedos, y cuando sumo no me acuerdo nunca de lo que *se lleva.*

—Ese libro—dijo *Benina,* que al punto vislumbró un negocio—me lo dio un pariente de mi señora, para que lleváramos por apuntación el gasto; pero no sabemos. Ya no está la Magdalena para estos tafetanes, como dijo el otro... Y ahora pienso, señoras, que a ustedes que comercian les conviene este libro. Ea, lo vendo, si me lo pagan bien.

—¿Cuánto?

—Por ser para ustedes, dos reales.

—Es mucho—dijo *Cuarto e kilo* mirando las hojas del libro, que continuaba en manos de su compañera—. ¿Y para qué lo queremos nosotras, si nos estorba lo negro?

—Toma—indicó Pedra, acometida de una risa infantil al repasar, con el dedo mojado en saliva, las hojas—. Se marca con rayitas; tantas cantidades, tantas rayas, y así es más claro... Se da un real, ea.

—¿Pero no ven que está nuevo? Su valor, aquí lo dice: «dos pesetas».

Regatearon. Almudena conciliaba los intereses de una y otra parte, y por fin quedó cerrado el trato en cuarenta céntimos, con lápiz y todo. Salió del café la *Benina,* gozosa, pensando que no había perdido el tiempo, pues si resultaban fantásticas las *pieldras* preciosas que en montones Mordejai pusiera ante su vista, positivas y de buena ley eran las cuatro perras, como cuatro soles, que había ganado vendiendo el inútil regalo del monomaníaco Trujillo.

Capítulo 15

El largo descanso en el café le permitió recorrer *como una exhalación* la distancia entre el Rastro y la calle de la Cabeza, donde vivía la señorita Obdulia, a quien deseaba visitar y socorrer antes de irse a casa, pues era indudable que a la niña correspondía la mitad, perra más o menos, de uno de los duros de don Carlos. A las doce menos cuarto entraba en el portal, que por lo siniestro y húmedo parecía la puerta de una cárcel. En lo bajo había un establecimiento de *burras de leche*, con borriquitas pintadas en la muestra, y dentro vivían, sin aire ni luz, las pacíficas nodrizas de tísicos, encanijados y catarrosos. En la portería daban asilo a un conocido de *Benina*, el ciego Pulido, que era también punto fijo en San Sebastián. Con él y con el burrero charló un rato antes de subir, y ambos le dieron dos noticias muy malas: que iba a subir el pan y que había bajado mucho la Bolsa, señal lo primero de que no llovía y lo segundo de que estaba al caer una revolución gorda, todo porque los *artistas* pedían *las ocho horas* y los *amos* no querían darlas. Anunció el burrero con profética gravedad que pronto se quitaría todo el dinero metálico y no quedaría más que papel, hasta para las pesetas, y que echarían nuevas contribuciones, *inclusive*, por rascarse y por darse de quién a quién los buenos días. Con estas malas impresiones subió *Benina* la escalera, tan descansada como lóbrega, con los peldaños en panza, las paredes desconchadas, sin que faltaran los letreros de carbón o lápiz garabateados junto a las puertas de cuarterones, por cuyo quicio inferior asomaba el pedazo de estera, ni los faroles sucios que de día semejaban urnas de santos. En el primer piso, bajando del cielo, con vecindad de gatos y vistas magníficas a las tejas y buhardillones, vivía la señorita Obdulia; su casa, por la anchura de las habitaciones destartaladas y frías, hubiera parecido convento, a no ser por la poca elevación de los techos, que casi se cogían con la mano. Esteras y alfombras allí eran tan desconocidas como en el Congo las levitas y chisteras: solo en lo que llamaban gabinete había un pedazo de fieltro raído, rameado de azul y rojo, como de dos varas en cuadro. Los muebles de baratillo declaraban con sus chapas rotas, sus patas inválidas, sus posturas claudicantes, el desastre de sus infinitas peregrinaciones en los carros de mudanza.

La misma Obdulia abrió la puerta a *Benina*, diciéndole que la había sentido subir, y al punto se vio la buena mujer como asaltada de una pareja de gatos muy bonitos, que mayando la miraban, el rabo tieso, frotando su lomo contra ella.

—Los pobres animalitos—dijo la *niña* con más lástima de ellos que de sí misma—no se han desayunado todavía.

Vestía la hija de doña Paca una bata de franela color rosa, de corte elegante, ya descompuesta por el mucho uso, las delanteras manchadas de chocolate y grasa, algún siete en las mangas, la falda arrastrada, revelándose en todo, como prenda adquirida de lance, que a su dueña le venía un poco ancha, por

aquello de que la difunta era mayor. De todos modos,
tal vestimenta se avenía mal con la pobreza de la
esposa de Luquitas.

—¿No ha venido anoche tu marido?—le dijo *Benina*, sofocada de la penosa ascensión.

—No, hija, ni falta que me hace. Déjale en su café,
y en sus casas de perdición, con las *socias* que le han
sorbido el seso.

—¿No te han traído nada de casa de tus suegros?

—Hoy no toca. Ya sabes que lo dejaron en un día
sí y otro no. No ha venido más que Juana Rosa a
peinarme, y con ella se fue mi Andrea. Van a comer
juntas en casa de su tía.

—De modo que estás como los camaleones. No te
apures, que Dios aprieta, pero no ahoga, y aquí estoy
yo para que no ayunes más de la cuenta, que el cielo
bien ganado te lo tienes ya... Siento una tosecilla...
¿Ha venido ese caballero?

—Sí: ahí está desde las diez. Con las cosas bonitas
que cuenta me entretiene, y casi no me acuerdo de
que no hay en casa más que dos onzas de chocolate,
media docena de dátiles y algunos mendrugos de
pan... Si has de traerme algo, sea lo primero para
estos pobres gatos aburridos, que desde el amanecer
no me dejan vivir. Parece que me hablan, y dicen:
«Pero ¿qué es de nuestra buena Nina, que no viene
con nuestra cordillita?»

—En seguida traeré para remediaros a todos—dijo
la anciana—. Pero antes quiero saludar a ese caballero rancio, que es tan fino y atento con las señoras.

Entró en el llamado gabinete, y el señor de Ponte
y Delgado se deshizo con ella en afectuosos cumplidos de buena sociedad.

—Siempre echándola a usted de menos, *Benina*...,
y muy desconsolado cuando *brilla usted por su ausencia*.

—¡Que brillo por mi ausencia!... ¿Pero qué disparates está usted diciendo, señor de Ponte? O es que
no entendemos nosotras, las mujeres de pueblo, esos
términos tan *fisnos*... Ea, quédense con Dios. Yo
vuelvo pronto, que tengo que dar de almorzar a la
niña y a los señores gatos. Y aunque el señor don
Frasquito no quiera, ha de hacer aquí penitencia.
Le convido yo..., no, le convida la señorita.

—¡Oh, cuánto honor!... Lo agradezco infinito. Yo
pensaba retirarme.

—Sí, ya sabemos que siempre está usted convidado en casa de la grandeza. Pero como es tan bueno
se *dizna* sentarse a la mesa de los pobres.

—Consideración que tanto le agradecemos—dijo
Obdulia—. Ya sé que para el señor de Ponte es un
sacrificio aceptar estas pobrezas...

—¡Por Dios, Obdulia!...

—Pero su mucha bondad le *inspira* estos y otros
mayores sacrificios, ¿verdad, Ponte?

—Ya la he reñido a usted, amiga mía, por ser tan
paradójica. Llama sacrificio al mayor placer que puede existir en la vida.

—¿Tienes carbón?...—preguntó *Benina* bruscamente, como quien arroja una piedra en un macizo de
flores.

—Creo que hay algo—replicó Obdulia—, y si no,
lo traes también.

Fue Nina para adentro, y habiendo encontrado
combustible, aunque escaso, se puso a encender lumbre y a preparar sus pucheros. Durante la prosaica

operación conversaba con las astillas y los carbones, y, sirviéndose del fuelle como de un conducto fonético, les decía: «Voy a tener otra vez el gusto de dar de comer a ese pobre hambriento, que no confiesa su hambre por la vergüenza que le da... ¡Cuánta miseria en este mundo, Señor! Bien dicen que quien más ha visto, más ve. Y cuando se cree una que es el acabóse de la pobreza, resulta que hay otros más miserables, porque una se echa a la calle, y pide, y le dan, y come, y con medio panecillo se alimenta... Pero estos que juntan la vergüenza con la gana de comer y son delicados y medrosicos para pedir; estos que tuvieron posibles y educación y no quieren rebajarse... ¡Dios mío, qué desgraciados son! Lo que discurrirían para matar el gusanillo... Si me sobra dinero después de darle de almorzar, he de ver cómo me las compongo para que tome la peseta que necesita para pagar el catre de esta noche. Pero, ¡ay!, no..., que necesitará ocho reales. Me da el corazón que anoche no pagó..., y como esa condenada Bernarda no fía más que una vez..., será preciso pagarle toda la cuenta..., y a saber si le ha fiado dos o tres noches... No, aunque yo tuviera el dinero, no me atrevería a dárselo; y aunque se lo ofreciese, primero dormía al raso que cogerlo de estas manos pobres... ¡Señor, qué cosas, qué cosas se van viendo cada día en este mundo tan grande de la miseria!»

En tanto, el lánguido Frasquito y la esmirriada Obdulia platicaban gozosos de cosas gratas, harto distintas de la triste realidad. Desde que vio entrar a la Providencia, en figura de *Benina*, sintióse la niña calmada de su ansiedad y sobresalto, y el caballero también respiró por el propio motivo feliz y se le alegraron las pajarillas viendo conjurado por aquel día un grave conflicto de subsistencias. Uno y otro, marchita dama y galán manido, poseían, en medio de su radical penuria, una *riqueza* inagotable, eficacísima, casi acuñable, extraída de la mina de su propio espíritu; y aunque usaban de los productos de este venero con prodigalidad, mientras más gastaban, más superabundancia tenía sus caudales. Consistía, pues, esta riqueza en la facultad preciosa de desprenderse de la realidad, cuando querían, trasladándose a un mundo imaginario, todo bienandanzas, placeres y dichas. Gracias a esta divina facultad se daba el caso de que ni siquiera advirtiesen, en muchas ocasiones, sus enormes desdichas, pues cuando se veían privados absolutamente de los bienes positivos, sacaban de la imaginación el cuerno de Amaltea, y lo agitaban para ver salir de él los bienes ideales. Lo extraño era que el señor de Ponte Delgado, con tener tres veces lo menos la edad de Obdulia, casi la superaba en poder imaginativo, pues en la declinación de la vida se renovaban en él los aleteos de la infancia.

Don Frasquito era lo que vulgarmente se llama *un alma de Dios*. Su edad no se sabía ni en parte alguna constaba, pues se había quemado el archivo de la iglesia de Algeciras, donde le bautizaron. Poseía el raro privilegio físico de una conservación que pudiera competir con la de las momias de Egipto, y que no alteraban contratiempos ni privaciones. Su cabello se conservaba negro y abundante; la barba, no; pero con un poco de betún casi armonizaban una con otro. Gastaba melenas, no de las románticas, desgreñadas y foscas, sino de las que se usaron hacia el 50, lustrosas, con raya lateral, los mechones bien ahuecaditos sobre las orejas. El movimiento de la mano para ahuecar los dos mechones y modelarlos en su sitio era uno de esos resabios fisiológicos, de *segunda naturaleza*, que llegan a ser parte integrante de la primera. Pues con su melenita de cocas y su barba pringosa y retinta, el rostro de Frasquito Ponte era de los que llaman *aniñados*, por no sé qué expresión de ingenuidad y confianza que veréis en su nariz chica y en sus ojos que fueron vivaces y ya eran mortecinos. Miraban siempre con ternura, lanzando sus rayos de ocaso melancólico en medio de un celaje de lagrimales pitañosos, de pestañas ralas, de párpados rugosos, de extensas patas de gallo. Dos presunciones descollaban entre las muchas que constituían el orgullo de Ponte Delgado, a saber: la melena y el pie pequeño. Para las mayores desdichas, las abstinencias más crueles y mortificantes, tenía resignación; para llevar zapatos muy viejos o que desvirtuaran la estructura perfecta y las lindas proporciones de sus piececitos, no la tenía, no.

Capítulo 16

Del arte exquisito para conservar la ropa no hablemos. Nadie como él sabía encontrar en excéntricos portales sastres económicos, que por poquísimo dinero *volvían* una pieza; nadie como él sabía tratar con mimo las prendas de uso perenne para que desafiaran los años, conservándose en los puros hilos; nadie como él sabía emplear la bencina para la limpieza de mugres, planchar arrugas con la mano, estirar lo encogido y enmendar rodilleras. Lo que le duraba un sombrero de copa no es para dicho. Para averiguarlo no valdría compulsar todas las cronologías de la moda, pues a fuerza de ser antigua la del chisterómetro que usaba, casi era moderna, y a esta ilusión contribuía el engaño de aquella felpa, tan bien alisada con amorosos cuidados maternales. Las demás prendas de ropa, si al sombrero igualaban en longevidad, no podían emular con él en el disimulo de años de servicio, porque con tantas vueltas y transformaciones y tantos recorridos de aguja y pases de plancha, ya no eran sino sombra de lo que fueron. Un gabancillo de verano, clarucho, usaba don Frasquito en todo tiempo: era su prenda menos inveterada y le servía para ocultar, cerrado hasta el cuello, todo lo demás que llevaba, menos la mitad de los pantalones. Lo que se escondía debajo de la tal prenda, solo Dios y Ponte lo sabían.

Persona más inofensiva no creo haya existido nunca; más inútil, tampoco. Que Ponte no había servido nunca para nada lo atestiguaba su miseria, imposible de disimular en aquel triste occidente de su vida. Había heredado una regular fortunilla, desempeñó algunos destinos buenos y no tuvo atenciones ni cargas de familia, pues se petrificó en el celibato, primero por adoración de sí mismo, después por haber perdido el tiempo buscando con demasiado escrúpulo y criterio muy rígido un matrimonio de conveniencia, que no encontró, ni encontrar podía con las gollerías y perendengues que deseaba. En la época en que aún no existía la palabra *cursi*, Ponte Delgado consagró su vida a la sociedad, vistiendo con afectada elegancia, frecuentando, no diré los salones, porque entonces poco se usaba esta denominación, sino algunos estrados de casas buenas y distinguidas. Los verdaderos salones eran pocos, y Frasquito, por más que en su vejez hacía gala de haber entrado en ellos, la verdad era que ni por el forro los conocía. En las tertulias que frecuentaba y bailes a que asistía, así como en los casinos y centros de reunión masculina, no digamos que desentonaba, pero tampoco se distinguía por su ingenio ni por esa hidalga mezcla de corrección y desgaire que constituye la elegancia verdadera. Muy estiradito siempre, eso sí; muy atento a sus guantes, a su corbata, a su pie pequeño, resultaba grato a las damas, sin interesar a ninguna; tolerable para los hombres, algunos de los cuales verdaderamente le estimaban.

Solo en nuestra sociedad heterogénea, libre de escrúpulos y distinciones, se da el caso de que un hidalguete, poseedor de cuatro terruños, o un emplea-

dillo de mediano sueldo, se confundan con marqueses
y condes de sangre azul, o con los próceres del dinero, en los centros de falsa elegancia; que se junten
y alternen los que explotan la vida suntuaria por
sus negocios, o sus vanidades, o bien por audaces
amoríos, y los que van a bailar, y a comer, y a de-
partir con las señoras, sin más objeto que procurarse
recomendaciones para un ascenso o el favor de un
jefe para faltar impunemente a las horas de oficinas.
No digo esto por Frasquito Ponte, el cual era algo
más que un pelagato fino en los tiempos de su apogeo social. Su decadencia no empezó a manifestarse
de un modo notorio hasta el 59; se defendió heroica-
mente hasta el 68, y al llegar este año, marcado en
la tabla de su destino con trazo muy negro, desplo-
móse el desdichado galán en los abismos de la miseria para no levantarse más. Años antes se había
comido los últimos restos de su fortuna. El destino
que con grandes fatigas pudo conseguir de González
Bravo se lo quitó despiadadamente la revolución;
no gozaba cesantía, no había sabido ahorrar. Quedóse el cuitado sin más rentas que el día y la noche
y la compasión de algunos buenos amigos que le sentaban a su mesa. Pero los buenos amigos se murieron
o se cansaron y los parientes no se mostraban com-
pasivos. Pasó hambres, desnudeces, privaciones de
todo lo que había sido su mayor gusto, y en tan tremenda crisis su delicadeza innata y su amor propio
fueron como piedra atada al cuello para que más
pronto se hundiera y se ahogara: no era hombre capaz de importunar a los amigos con solicitudes
de dinero, vulgo *sablazos*, y solo en contadísimas
ocasiones, verdaderos casos críticos o de peligro de

muerte, en la lucha con la miseria, se aventuró a
extender la mano en demanda de auxilio, revistién-
dola, eso sí, para guardar las formas, de un guante,
que, aunque descosido y roto, guante era al fin. Antes
se muriera de hambre Frasquito que hacer cosa alguna sin dignidad. Se dio el caso de entrar disfra-
zado en el figón de Boto, a comer dos reales de
cocido, antes que presentarse en una buena casa, donde si le admitían con agasajo, también lastimaban
con crueles bromas su decoro, refregándole en el rostro su gorronería y parasitismo.

Con angustioso afán buscaba el infeliz medios de
existencia, aunque fueran de los menos lucrativos;
pero la cortedad de sus talentos dificultaba más lo
que en todos los casos era difícil. Tanto revolvió que
al fin pudo encontrar algunos empleíllos, indignos
ciertamente de su anterior posición, pero que le per-
mitieron vivir algún tiempo sin *rebajarse*. Su miseria,
al cabo, podía decorarse con un barniz de dignidad.
Recibir un corto auxilio pecuniario como pasante de
un colegio o como escribiente de unos boteros de
la calle de Segovia, para llevarles las cuentas y *ponerles* las cartas, era limosna ciertamente, pero tan
bien disimulada que no había desdoro en recibirla.
Arrastró vida mísera durante algunos años, solitario
habitante de los barrios del Sur, sin atreverse a pasar a los del Centro y Norte por miedo de encontrar
conocimientos que le vieran mal calzado y peor vestido; y habiendo perdido aquellos acomodos, buscó
otros, aceptando al fin, no sin escrúpulos y crispa-
duras de nervios, el cargo de comisionista o viajante
de una fábrica de jabón, para ir de tienda en tienda
y de casa en casa ofreciendo el género y colocando

las partidas que pudiera. Mas tan poca labia y malicia el pobrecillo desplegaba en este oficio chalanesco, que pronto hubo de quedarse en la calle. Ultimamente le deparó el cielo unas señoras viejas de la Costanilla de San Andrés, para que les llevara las cuentas de un resto de comercio de cerería que liquidaban, cediendo en pequeñas partidas las existencias a las parroquias y congregaciones. Escaso era el trabajo; mas por él le daban tan solo dos pesetas diarias, con las cuales realizaba el milagro de vivir, agenciándose comida y lecho, y no se dice casa, porque en realidad no la tenía.

Ya desde el 80, que fue el año terrible para el sin ventura Frasquito, se determinó a no tener domicilio, y después de unos días de horrorosa crisis en que pudo compararse al caracol, por el aquel de llevar su casa consigo, entendióse con la *señá* Bernarda, la dueña de los dormitorios de la calle del Mediodía Grande, mujer muy dispuesta y que sabía distinguir. Por tres reales le daba cama de a peseta, y en obsequio a la excepcional decencia del parroquiano, por solo un real de añadidura le dejaba tener su baúl en un cuartucho interior, donde, además, le permitía estar una hora todas las mañanas arreglándose la ropa y acicalándose con sus lavatorios, cosméticos y manos de tinte. Entraba como un cadáver y salía desconocido, limpio, oloroso y reluciente de hermosura.

La restante peseta la empleaba en comer y en vestirse... ¡Problema inmenso, álgebra imposible! Con todos sus apuros, aquella temporada le dio relativo descanso, porque no sufría la humillación de pedir socorro, y malo o bueno, tuerto o derecho, tenía el hombre un medio de vivir, y vivía y respiraba, y aún le sobraba tiempo para dar algunas volteretas por los espacios imaginarios. Su honesto trato con Obdulia, que vino del conocimiento con doña Paca y de las relaciones comerciales de las viejas cereras con el *funerario*, suegro de la niña, si llevó al espíritu de Ponte el consuelo de la concordancia de ideas, gustos y aficiones, le puso en el grave compromiso de desatender las necesidades de boca para comprarse unas botas nuevas, pues las que por entonces prestaban servicio exclusivo hallábanse horrorosamente desfiguradas, y por todo pasaba el menesteroso, menos por entrar con feo pie en las regiones de lo ideal.

Capítulo 17

Con el espantoso desequilibrio que trajeron al menguado presupuesto las botas nuevas y otros artículos de verdadera superfluidad, como pomada, tarjetas, etcétera, en los cuales fue preciso invertir sumas de relativa consideración, se quedó Frasquito enteramente vacío de barriga y sin saber dónde ni cómo había de llenarla. Pero la Providencia, que no abandona a los buenos, le deparó su remedio en la casa misma de Obdulia, que le mataba el hambre algunos días, rogándole que la acompañase a almorzar; y, por cierto, que tenía que gastar no poca saliva para reducirle y vencer su delicadeza y cortedad. *Benina*, que le leía en el rostro la inanición, gastaba menos etiquetas que su señorita y le servía con brusquedad, riéndose de los melindres y repulgos con que daba delicada forma a la aceptación.

Aquel día, que tan siniestro se presentaba y que la aparición de *Benina* trocó en uno de los más dichosos, Obdulia y Frasquito, en cuanto comprendieron que estaba resuelto el problema de la reparación orgánica, se lanzaron a cien mil leguas de la realidad para espaciar sus almas en el rosado ambiente de los bienes fingidos. Las ideas de Ponte eran muy limitadas: las que pudo adquirir en los veinte años de su apogeo social se petrificaron, y ni en ellas hubo modificación ni las adquirió nuevas. La miseria le apartó de sus antiguas amistades y relaciones, y así como su cuerpo se momificaba, su pensamiento se iba quedando fósil. En su manera de pensar no había rebasado las líneas del 68 y 70. Ignoraba cosas que sabe todo el mundo; parecía hombre caído de un nido o de las nubes; juzgaba de sucesos y personas con candorosa inocencia. La vergüenza de su aflictivo estado y el retraimiento consiguiente no tenían poca parte en su atraso mental y en la pobreza de sus pensamientos.

Por miedo a que le viesen hecho una facha, se pasaba semanas y aun meses sin salir de sus barrios; y como no tuviera necesidad imperiosa que al centro le llamase, no pasaba de la plaza Mayor. Le azoraba continuamente la monomanía centrífuga; prefería para sus divagaciones las calles oscuras y extraviadas, donde rara vez se ve un sombrero de copa. En tales sitios, y disfrutando de sosiego, tiempo sin tasa y soledad, su poder imaginativo hacía revivir los tiempos felices o creaba en los presentes seres y cosas al gusto y medida del mísero soñador.

En sus coloquios con Obdulia, Frasquito no cesaba de referirle su vida social y elegante de otros tiempos, con interesantes pormenores: cómo fue presentado en las tertulias de los señores de tal o de la marquesa de cuál; qué personas distinguidas allí conoció, y cuáles eran sus caracteres, costumbres y modos de vestir. Enumeraba las casas suntuosas donde había pasado horas felices, conociendo lo mejorcito de Madrid en ambos sexos, y recreándose con amenos coloquios y pasatiempos muy bonitos. Cuando la conversación recaía en cosas de arte, Ponte, que deliraba por la música y por *el Real*, tarareaba trozos de *Norma* y de *María di Rohan*, que Obdulia escuchaba con éxtasis. Otras veces, lanzándose a la poesía, recitábale versos de don Gregorio Romero Larrañaga y de otros vates de aquellos tiempos bobos. La radical ignorancia de la joven era terreno propio para estos ensayos de literaria educación, pues en todo hallaba novedad, todo le causaba el embeleso que sentiría una criatura al ver juguetes por primera vez.

No se saciaba nunca la *niña* (a quien es forzoso llamar así, a pesar de ser casada, con su aborto correspondiente) de adquirir informes y noticias de la vida de sociedad, pues aunque algunos conocimientos de ella tuviera, por recuerdos vagos de su infancia y por lo que su madre le había contado, hallaba en las descripciones y pinturas de Ponte mayor encanto y poesía. Sin duda, la sociedad del tiempo de Frasquito era más bella que la coetánea, más finos los hombres, las señoras más graciosas y espirituales. A ruego de ella, el elegante fósil describía los convites, los bailes, con todas sus magnificencias; el *buffet* o *ambigú*, con sus variados manjares y refrigerios; contaba las aventuras amorosas que en su tiempo dieron que hablar; enumeraba las reglas de buena educación que entonces, hasta en los ínfimos detalles de la vida suntuaria, estaban en uso, y hacía el panegírico de las bellezas que en su tiempo brillaron y ya se habían muerto o eran arrinconados vegestorios. No se dejó en el tintero sus propias aventurillas, o más bien pinitos amorosos, ni los disgustos que por tales excesos tuvo con maridos escamones o hermanos susceptibles. De las resultas había tenido también su duelo correspondiente, ¡vaya!, con padrinos, condiciones, elección de armas, dimes y diretes y, por fin, choque de sables, terminando todo en fraternal almuerzo. Un día tras otro fue contando las varias peripecias de su vida social, la cual contenía todas las variedades del libertinaje candoroso, de la elegancia pobre y de la tontería honrada. Era también Frasquito un excelente aficionado al arte escénico y representó en distintos teatros caseros papeles principales en *Flor de un día* y *La trenza de sus cabellos.* Aún recordaba parlamentos y *bocadillos* de ambas obras, que repetía con énfasis declamatorio y que Obdulia oía con arrobamiento *arrasados los ojos en lágrimas,* dicho sea con frase de la época. Refirió también, y para ello tuvo que emplear dos sesiones y media, el baile de trajes que dio, allá por los años de Maricastaña, una señora marquesa o baronesa de no sé cuántos. No olvidaría Frasquito, si mil años viviese, aquella grandiosa fiesta, a la que asistió de *bandido calabrés.* Y se acordaba de todos, absolutamente de todos los trajes, y los describía y especificaba, sin olvidar cintajo ni galón. Por cierto, que los preparativos de su vestimenta y los pasos que tuvo que dar para procurarse las prendas características le robaron tanto tiempo día y noche que faltó semanas enteras a la oficina, y de aquí le vino la primera cesantía, y con la cesantía sus primeros atrasos.

Aunque en muy pequeña escala, también podía Frasquito satisfacer otra curiosidad de Obdulia: la curiosidad, o más bien ilusión, de los viajes. No había dado la vuelta al mundo, pero ¡había estado en París! Y para un elegante esto quizás bastaba ¡París! ¿Y cómo era París? Obdulia devoraba con los ojos al narrador cuando este refería con hiperbólicos arranques las maravillas de la gran ciudad, nada menos que en los esplendorosos tiempos del segundo Imperio. ¡Ah!, ¡la Emperatriz Eugenia, los Campos Elíseos, los bulevares, Nôtre Dame, Palais Royal..., y para que en la descripción entrara todo, Mabille, las loretas!... Ponte no estuvo más que mes y medio, viviendo con grande economía y aprovechando muy bien el tiempo, día y noche, para que no se le quedara nada por ver. En aquellos cuarenta y cinco días de libertad parisiense gozó lo indecible y se trajo a Madrid recuerdos e impresiones que contar para tres años seguidos. Todo lo vio, lo grande y lo chico, lo bello y lo raro; en todo metió su nariz chiquita, y no hay que decir que se permitió su poco de libertinaje, deseando conocer los encantos secretos y seductoras gracias que esclavizan a todos los pueblos, haciéndoles tributarios de la voluptuosa Lutecia.

Precisamente aquel día, mientras *Benina* con diligencia suma trasteaba en la cocina y comedor, Frasquito contaba a Obdulia cosas de París, y tan pronto en su pintoresco relato descendía a las alcantarillas como se encaramaba en la torre del pozo artesiano de Grenèlle.

—Muy cara ha de ser la vida de París—le dijo su amiga—. ¡Ah!, señor de Ponte, eso no es para pobres.

—No, no lo crea usted. Sabiendo manejarse se puede vivir como se quiera. Yo gastaba de cuatro a cinco napoleones diarios, y nada se me quedó por ver. Pronto aprendí las *correspondencias* de los ómnibus, y a los sitios más distantes iba por unos cuantos *sus*. Hay *restauranes* económicos, donde le sirven a usted por poco dinero buenos platos. Verdad es que en propinas, que 'allí llaman *pourboire*, se gasta más de

la cuenta; pero créame usted, las da uno con gusto
por verse tratado con tanta amabilidad. No oye usted
más que *pardon, pardon* a todas horas.

—Pero entre las mil cosas que usted vio, Ponte, se
olvida de lo mejor. ¿No vio usted a los grandes
hombres?

—Le diré a usted. Como era verano, los grandes
hombres se habían ido a tomar baños. Víctor Hugo,
como usted sabe, estaba en la emigración.

—Y a Lamartine, ¿no le vio usted?

—En aquella época, ya el autor de *Graziella* había
fallecido. Una tarde, los amigos que me acompañaban
en mis paseos me enseñaron la casa de Thiers, el gran
historiador, y también me llevaron al café donde,
por invierno, solía ir a tomarse su copa de cerveza
Paul de Kočk.

—¿El de las novelas para reír? Tiene gracia; pero
sus incidencias y porquerías me fastidian.

—También vi la zapatería donde le hacían las botas a Octavio Feuillet. Por cierto, que allí me encar-
gué unas, que me costaron seis napoleones..., ¡pero
qué hechura, qué género! Me duraron hasta el año
de la muerte de Prim...

—Ese Octavio, ¿de qué es autor?

—De *Sibila* y otras obras lindísimas.

—No le conozco... Creo confundirme con Eugenio
Sué, que escribió, si no recuerdo mal, los *Pecados
capitales* y *Nuestra Señora de París*.

—*Los Misterios de París*, quiere usted decir.

—Eso... ¡Ay, me puse mala cuando leí esa obra,
de la gran impresión que me produjo!

—Se indentificaba usted con los personajes y vivía
la vida de ellos.

—Exactamente. Lo mismo me ha pasado con *María o La hija de un jornalero*...

En esto les avisó *Benina* que ya tenían preparada la pitanza, y les faltó tiempo para caer sobre ella y hacer los debidos honores a la tortilla de escabeche y a las chuletas con patatas fritas. Dueño de su voluntad en todo acto que requiriese finura y buenas formas, Ponte se las compuso admirablemente con sus nervios para no dar a conocer la ferocidad de su hambre atrasada. Con bondadosa confianza, *Benina* le decía:

—Coma, coma, señor de Ponte, que, aunque esta no es comida fina, como las que a usted le dan en otras casas, no le viene mal ahora. Los tiempos están malos. Hay que apencar con todo...

—Señora Nina —replicaba el *protocursi*—, yo aseguro, bajo mi palabra de honor, que es usted un ángel; yo *me inclino a creer* que en el cuerpo de usted se ha encarnado un ser benéfico y misterioso, un ser que es *mera* personificación de la Providencia, según la entendían y entienden los pueblos antiguos y modernos.

—¡Válgate Dios lo que sabe y qué tonterías tan saladas dice!

Capítulo 18

Con la reparadora sustancia del almuerzo, los cuerpos parecía que resucitaban, y los espíritus, fortalecidos, levantaron el vuelo a las más altas regiones. Instalados otra vez en el gabinete, Ponte Delgado contó las delicias de los veranos de Madrid en su tiempo. En el Prado se reunía toda la nata y flor. Los pudientes iban de estación a La Granja. El había visitado más de una vez el Real Sitio y había visto correr las fuentes.

—¡Y yo que no he visto nada, nada!—exclamaba Obdulia con tristeza, poniendo en sus bellos ojos un desconsuelo infantil—. Crea usted, amigo Ponte, que ya me habría vuelto tonta de remate si Dios no me hubiera dado la facultad de figurarme las cosas que no he visto nunca. No puede usted imaginar cuánto me gustan las flores: me muero por ellas. En su tiempo, mamá me dejaba tener tiestos en el balcón; después me los quitaron, porque un día regué tanto que subió el policía y nos echaron una multa. Siempre que paso por un jardín me quedo embobada mirándolo. ¡Cuánto me gustaría ver los de Valencia, los de La Granja, los de Andalucía!... Aquí apenas hay flores, y las que vemos vienen por ferrocarril y llegan mustias. Mi deseo es admirarlas en la planta. Dicen que hay tantísimas clases de rosas; yo quiero verlas, Ponte; yo quiero *aspirar su aroma.* Se dan grandes y chicas, encarnadas y blancas, de muchas

variedades. Quisiera ver una planta de jazmín grande, grande que me diera sombra. ¡Y cómo me quedaría yo embelesada viendo las mil florecillas caer
sobre mis hombros y prendérseme en el pelo!... Yo
sueño con tener un magnífico jardín y una estufa...
¡Ay!, esas estufas con plantas tropicales y flores rarí-
simas, quisiera verlas yo. Me las figuro; las estoy
viendo..., me muero de pena por no poder poseerlas.

—Yo he visto—dijo Ponte—la de don José Sala-
manca en sus buenos tiempos. Figúresela usted más
grande que esta casa y la de al lado juntas. Figúrese
usted palmeras y helechos de gran altura y piñas de
América con fruto. Me parece que la estoy viendo.

—Y yo también. Todo lo que usted me pinta lo
veo. A veces, soñando, soñando, y viendo cosas que
no existen, es decir, que existen en otra parte, me
pregunto yo: «¿Pero no podría suceder que algún
día tuviera yo una casa magnífica, elegante, con salones, estufa..., y que a mi mesa se sentaran *los grandes hombres*, y yo hablara con ellos y con ellos me
instruyera?»

—¿Por qué no ha de poder ser? Usted es muy joven, Obdulia, y tiene aún mucha vida por delante.
Todo eso que usted ve en sueños, véalo como una
realidad posible, probable. Dará usted comidas de
veinte cubiertos, una vez por semana, los miércoles,
los lunes... Le aconsejo a usted, como perro viejo
en sociedad, que no ponga más de veinte cubiertos y
que invite para esos días gente muy escogida.

—¡Ah!..., bien..., lo mejor, la *crema*...

—Los demás días, seis cubiertos, los convidados
íntimos, y nada más; personas de alcurnia, ¿sabe?,
personas allegadas a usted y que le tengan cariño y

respeto. Como es usted tan hermosa tendrá adora-
dores..., eso no lo podrá evitar... No dejará de verse
en algún peligro, Obdulia. Yo le aconsejo que sea
usted muy amable con todos, muy fina, muy cortés;
pero en cuanto se propase alguno, revístase de dignidad y vuélvase más fría que el mármol y desdeñosa
como una reina.

—Eso mismo he pensado yo, y lo pienso a todas
horas. Estaré tan ocupada en divertirme que no se
me ocurrirá ninguna cosa mala. ¡Qué gusto ir a todos
los teatros, no perder ópera, ni concierto, ni función
de drama o comedia, ni estreno, ni nada, Señor, nada!
Todo lo he de ver y gozar... Pero crea usted una cosa,
y se la digo con el corazón. En medio de todo ese
barullo yo gozaría extremadamente en repartir muchas limosnas; iría yo en busca de los pobres más
desamparados para socorrerlos y... En fin, que yo
no quiero que haya pobres... ¿Verdad, Frasquito, que
no debe haberlos?

—Ciertamente, señora. Usted es un ángel, y con
la *varita mágica de su bondad* hará desaparecer todas las miserias.

—Ya se me figuraba que es verdad cuanto usted
me dice. Yo soy así. Vea usted lo que me pasa: hace
un rato hablábamos de flores; pues ya se me ha pegado a la nariz un olor riquísimo. Paréceme que estoy
dentro de mi estufa, viendo tantos primores y oliendo
fragancias deliciosas. Y ahora, cuando hablábamos
de socorrer la miseria, se me ocurrió decirle: «Frasquito, tráigame una lista de los pobres que usted
conozca para empezar a distribuir limosnas.»

—La lista pronto se hace, señora mía—dijo Ponte,
contagiado del delirio imaginativo y pensando que

debía encabezar la propuesta con el nombre del primer menesteroso del mundo: *Francisco Ponte Delgado*.

—Pero habrá que esperar—añadió Obdulia, dándose de hocicos contra la realidad, para volver a saltar otra vez, cual pelota de goma, y remontarse a las alturas—. Y diga usted: en ese correr por Madrid buscando miserias que aliviar, me cansaré mucho, ¿verdad?

—¿Pero para qué quiere usted sus coches?... Digo, yo *parto de la base* de que usted tiene una gran posición.

—Me acompañará usted.

—Seguramente.

—¿Y le veré a usted paseando a caballo por la Castellana?

—No digo que no. Yo he sido un regular jinete. No gobierno mal... Ya que hemos hablado de carruajes, le aconsejo a usted que no tenga cocheras..., que se entienda con un alquilador. Los hay que sirven muy bien. Se quitará usted muchos quebraderos de cabeza.

—¿Y qué le parece a usted?—dijo Obdulia, ya desbocada y sin freno—. Puesto que he de viajar, ¿adónde debo ir primero, a Alemania o a Suiza?

—Lo primero a París...

—Es que yo me figuro que ya he visto a París... Eso es de clavo pasado... Ya estuve; quiero decir, ya estoy en que estuve, y que volveré, de paso para otro país.

—Los lagos de Suiza son linda cosa. No olvide usted las ascensiones a los Alpes para ver... los perros del Monte San Bernardo, los grandes témpanos de hielo y otras maravillas de la Naturaleza.

—Allí me hartaré de una cosa que me gusta atrozmente: manteca de vacas bien fresca... Dígame, Ponte, con franqueza: ¿qué color cree usted que me sienta mejor, el rosa o el azul?

—Yo afirmo que a usted le sientan todos los colores *del iris;* mejor dicho: no es que este o el otro color hagan valer más o menos su belleza; es que su belleza tiene bastante poder para dar realce a cualquier color que se le aplique.

—Gracias... ¡Qué bien dicho!

—Yo, si usted me lo permite—manifestó el galán marchito, sintiendo el vértigo de las alturas—, haré la comparación de su figura de usted con la figura y rostro..., ¿de quién creerá?..., pues de la Emperatriz Eugenia, ese prototipo de elegancia, de hermosura, de distinción...

—¡Por Dios, Frasquito!

—No digo más que lo que siento. Esa mujer *ideal* no se me ha olvidado, desde que la vi en París, paseando en el *Bois* con el Emperador. La he visto mil veces después, cuando *flaneo* solito por esas calles soñando despierto o cuando me entra el insomnio, encerrado las horas muertas *en mis habitaciones*. Paréceme que la estoy viendo ahora, que la veo siempre... Es una idea, es un... no sé qué. Yo soy un hombre que adora los ideales, que no vive sólo de la *vil materia*. Yo desprecio la *vil materia*, yo sé desprenderme del *frágil barro*...

—Entiendo, entiendo... Siga usted.

—Digo que en mi espíritu vive la imagen de aquella mujer..., y la veo como un ser real, como un ente..., no puedo explicarlo..., como un ente no figurado, sino tangible y...

—¡Oh!, sí... lo comprendo. Lo mismo me pasa a mí.

—¿Con ella?

—No..., con... no sé con quién.

Por un momento creyó Frasquito que el *ser ideal* de Obdulia era el Emperador. Incitado a completar su pensamiento, prosiguió así:

—Pues, amiga mía, yo que *conozco*, que *conozco*, digo, a Eugenia de Guzmán, sostengo que usted es como ella, o que ella y usted son una misma persona.

—Yo no creo que pueda existir tal semejanza, Frasquito—replicó la niña, turbada, echando lumbre por los ojos.

—La fisonomía, las facciones, así de perfil como de frente, la expresión, el aire del cuerpo, la mirada, el gesto, los andares, todo, todo es lo mismo. Créame usted, yo no miento nunca.

—Puede ser que haya cierto parecido...—indicó Obdulia, ruborizándose hasta la raíz del cabello—. Pero no seremos iguales, eso no.

—Como dos gotas de agua. Y si *se parecen ustedes* en lo físico...—dijo Frasquito, echándose para atrás en el sillón y adoptando un tonillo de franca naturalidad—, no es menor el parecido en lo moral, en el aire de persona que ha nacido y vive en la más alta posición, en algo que revela la conciencia de una superioridad a la que todos rinden acatamiento. En suma, yo sé lo que me digo. Nunca veo tan clara la semejanza como cuando usted manda algo a la *Benina:* se me figura que veo a Su Majestad Imperial dando órdenes a sus chambelanes.

—¡Qué cosas!... Eso no puede ser, Ponte..., no puede ser.

Entróle a la niña un reír nervioso, cuya estridencia y duración parecían anunciar un ataque epiléptico. Rióse también Frasquito, y, desbocándose luego por los espacios imaginativos, dio un bote formidable, que, traducido al lenguaje vulgar, es como sigue:

—Hace poco indicó usted que me vería paseando a caballo por la Castellana. ¡Ya lo creo que podría usted verme! Yo he sido un buen jinete. En mi juventud tuve una jaca torda que era una pintura. Yo la montaba y la gobernaba admirablemente. Ella y yo *llamamos la atención* en La Línea, primero, después en Ronda, donde la vendí, para comprarme un caballo jerezano, que después fue adquirido..., pásmese usted..., por la duquesa de Alba, hermana de la Emperatriz, mujer elegantísima también, y que también se le parece a usted, sin que las dos hermanas se parezcan.

—Ya, ya sé...—dijo Obdulia, haciendo gala de entender de linajes—. Eran hijas de *la Montijo*.

—Cabal, que vivía en la plazuela del Angel, en aquel gran palacio que hace esquina a la plaza donde hay tantos pajaritos... Mansión de hadas... Yo estuve una noche... Me presentaron Paco Ustáriz y Manolo Prieto, compañeros míos de oficina... Pues sí, yo era un buen jinete, y, créame, algo queda.

—Hará usted una figura arrogantísima...

—¡Oh!, no tanto.

—¿Por qué es usted tan modesto? Yo lo veo así, y suelo ver las cosas bien claras. Todo lo que yo veo es verdad.

—Sí, pero...

—No me contradiga usted, Ponte, no me contradiga en esto ni en nada.

—Acato humildemente sus aseveraciones—dijo Frasquito humillándose—. Siempre hice lo mismo con todas las damas a quienes he tratado, que han sido muchas, Obdulia, pero muchas...

—Eso bien se ve. No conozco otra persona que se le iguale en la finura del trato. Francamente es usted el prototipo de la elegancia..., de la...

—¡Por Dios!...

Al llegar a esta frase, el punto o vértice del delirio hízoles caer de bruces sobre la realidad la brusca entrada de *Benina*, que, concluidas sus faenas de fregado y arreglo de la cocina y comedor, se despedía. Cayó Ponte en la cuenta de que era la hora de ir a cumplir sus obligaciones en la casa donde trabajaba, y pidió licencia a la imperial dama para retirarse. Esta se la dio con sentimiento, mostrándose pesarosa de la soledad en que hasta el próximo día quedaba en sus palacios, habitados por sombras de chambelanes y otros guapísimos palaciegos. Que éstos, ante los ojos de los demás mortales, tomaran forma de gatos mayadores, a ella no le importaba. En su soledad se recrearía discurriendo muy a sus anchas por la estufa, admirando las galanas flores tropicales y aspirando sus embriagadoras fragancias.

Fuese Ponte Delgado, despidiéndose con afectuosas salutaciones y sonrisas tristes, y tras él, *Benina*, que apresuró el paso para alcanzarle en el portal o en la calle, deseosa de echar con él un parrafito.

Capítulo 19

—Sí, don Frasco—le dijo codeándose con él en la calle de San Pedro Mártir—. Usted no tiene confianza conmigo, y debe tenerla. Yo soy pobre, más pobre que las ratas, y Dios sabe las amarguras que paso para mantener a mi señora y a la niña y mantenerme a mí... Pero hay quien me gana en pobreza, y ese pobre de más *solenidá* que nadie es usted... No diga que no.

—*Señá Benina*, repito que es usted un ángel.

—Sí..., de cornisa... Yo no quiero que usted esté tan desamparado. ¿Por qué le ha hecho Dios tan vergonzoso? Buena es la vergüenza; pero no tanta, Señor... Ya sabemos que el señor Ponte es persona decente; pero ha venido a menos, tan a menos que no se lo lleva el viento porque no tiene por dónde agarrarlo. Pues bueno: yo soy *Juan Claridades;* después de atender a todo lo del día, me ha sobrado una peseta. Téngala...

—Por Dios, *señá Benina*—dijo Frasquito palideciendo primero, después rojo.

—No haga melindres, que le vendrá muy bien para que pueda pagarle a Bernarda la cama de anoche.

—¡Qué ángel, santo Dios, qué ángel!

—¡Déjese de *angelorios* y coja la moneda! ¿No quiere? Pues usted se lo pierde. Ya verá cómo las gasta la *dormilera*, que no fía más que una noche, y apurando mucho, dos. Y no salga diciendo que a mí me hace falta. ¡Cómo que no tengo otra! Pero yo me gobernaré como pueda para sacar el diario de mañana de debajo de las piedras... Que la tome, digo.

—*Señá Benina,* he llegado a tal extremidad de miseria y humillación, que aceptaría la peseta, sí, señora, la aceptaría, olvidándome de quién soy y de mi dignidad, etcétera..., pero ¿cómo quiere usted que yo *reciba* ese *anticipo,* sabiendo como sé que usted pide limosna para atender a su señora? No puedo, no... Mi conciencia se subleva...

—Déjese de sublevaciones, que no somos aquí *de tropa.* O usted se lleva la pesetilla, o me enfado, como Dios es mi padre. Don Frasquito, no haga papeles, que es usted más mendigo que el inventor del hambre. ¿O es que necesita más dinero porque le debe más a la Bernarda? En este caso, no puedo dárselo, porque no lo tengo... Pero no sea usted lila, don Frasquito, ni se haga de mieles, que esa lagartona de la Bernarda se lo comerá vivo si no le acusa las cuarenta. A un parroquiano como usted, *de la aristocracia,* no se le niega el hospedaje porque deba, un suponer, tres noches, cuatro noches... Plántese el buen Frasquito, con cien mil pares, y verá cómo la Bernarda agacha las orejas... Le da usted sus cuatro reales a cuenta y... échese a dormir tranquilo en el camastro.

O no se convencía Ponte, o, convencido de lo buena que sería para él la posesión de la peseta, le repugnaba el acto material de extender la mano y recibir la limosna. *Benina* reforzó su argumentación diciéndole:

—Y puesto que es el niño tan vergonzoso y no se

atreve con su patrona, ni aun dándole a cuenta la
cantidá, yo le hablaré a Bernarda, yo le diré que no
le riña, ni le apure... Vamos, tome lo que le doy, y
no me fría más la sangre, señor don Frasquito.

Y sin darle tiempo a formular nuevas protestas y
negativas, le cogió la mano, le puso en ella la moneda, cerróle el puño a la fuerza y se alejó corriendo.
Ponte no hizo ademán de devolver el dinero ni de
arrojarlo. Quedóse parado y mudo; contempló a *la
Benina* como a visión que se desvanece en un rayo
de luz, y, conservando en su mano izquierda la peseta, con la derecha sacó el pañuelo y se limpió los
ojos, que le lloraban horrorosamente. Lloraba de
irritación oftálmica senil, y también de alegría, de
admiración, de gratitud.

Aún tardó *Benina* más de una hora en llegar a la
calle Imperial, porque antes pasó por la de la Ruda
a hacer sus compras. Estas hubieron de ser al fiado,
pues se le había concluido el dinero. Recaló en su
casa después de las dos, hora no intempestiva ciertamente: otros días había entrado más tarde, sin que la
señora por ello se enfadara. Dependía el ser bien o
mal recibida de la racha de humor con que a doña
Paca cogía en el momento de entrar. Aquella tarde,
por desgracia, la pobre señora rondeña se hallaba en
una de sus más violentas crisis de irritabilidad nerviosa. Su genio tenía erupciones repentinas, a veces
determinadas por cualquier contrariedad insignificante, a veces por misterios del organismo difíciles de
apreciar. Ello es que antes de que *Benina* traspasara
la puerta, doña Francisca le echó esta rociada:

—¿Te parece que son éstas horas de venir? Tengo

yo que hablar con don Romualdo para que me diga la hora a que sales de su casa... Apuesto a que te descuelgas ahora con la mentira de que fuiste a ver a la niña y que has tenido que darle de comer... ¿Piensas que soy idiota y que doy crédito a tus embustes? Cállate la boca... No te pido explicaciones, ni las necesito, ni las creo; ya sabes que no creo nada de lo que me dices, embustera, enredadora.

Conocedora del carácter de la señora, *Benina* sabía que el peor sistema contra sus arrebatos de furor era contradecirla, darle explicaciones, sincerarse y defenderse. Doña Paca no admitía razonamientos por juiciosos que fuesen. Cuanto más lógicas y justas eran las aclaraciones del contrario, más se enfurruñaba ella. No pocas veces *Benina*, inocente, tuvo que declararse culpable de las faltas que la señora le imputaba, porque haciéndolo así se calmaba más pronto.

—¿Ves cómo tengo razón?—proseguía la señora, que cuando se ponía en tal estado era de lo más insoportable que imaginarse puede—. Te callas...; quien calla, otorga. Luego es cierto lo que yo digo; yo siempre estoy al tanto... Resulta lo que pensé: que no has subido a casa de Obdulia, ni ese es el camino. Sabe Dios dónde habrás estado de pingo. Pero no te dé cuidado, que yo lo averiguaré... ¡Tenerme aquí sola, muerta de hambre!... ¡Vaya una mañana que me has hecho pasar! He perdido la cuenta de los que han venido a cobrar piquillos de las tiendas, cantidades que no se han pagado ya por tu desarreglo... Porque, la verdad, yo no sé dónde echas tú el dinero... Responde, mujer...; defiéndete siquiera, que si a todo das la callada por respuesta, me parecerá que aún te digo poco.

Benina repitió con humildad lo dicho anteriormente: que había concluido tarde en casa de don Romualdo; que don Carlos Trujillo la entretuvo la mar de tiempo; que había ido después a la calle de la Cabeza...

—Sabe Dios, sabe Dios lo que habrás hecho tú, corretona, y en qué sitios habrás estado... A ver, a ver si hueles a vino.

Oliéndole el aliento, rompió en exclamaciones de asco y horror:

—Quita, quítate allá, borracha. Apestas a aguardiente.

—No lo he catado, señora; me lo puede creer.

Insistía doña Paca, que en aquellas crisis convertía en realidades sus sospechas, y con su terquedad forjaba su convicción.

—Me lo puede creer—repitió *Benina*—. No he tomado más que un vasito de vino con que me obsequió el señor de Ponte.

—Ya me está dando a mí mala espina ese señor de Ponte, que es un viejo verde muy zorro y muy tuno. Tal para cual, pues también tú las matas callando... No pienses que me engañas, hipócrita... Al cabo de la vejez te da por la disolución y andas de picos pardos. ¡Qué cosas se ven, Señor, y a qué desarreglos arrastra el maldito vicio!... Te callas: luego es cierto. No; si aunque lo negaras no me convencerías, porque cuando yo digo una cosa es porque la sé... Tengo yo un ojo...

Sin dar tiempo a que la delincuente se explicara, salió por este otro registro:

—¿Y qué me cuentas, mujer? ¿Qué recibimiento te hizo mi pariente don Carlos? ¿Qué tal? ¿Está bueno? ¿No revienta todavía? No necesitas decirme nada, porque, como si hubiera estado yo escondidita detrás de una cortina, sé todo lo que hablasteis... ¿A que no me equivoco? Pues te dijo que lo que a mí me pasa es por mi maldita costumbre de no llevar cuentas. No hay quien le apee de esa necesidad. Cada loco con su tema; la locura de mis parientes es arreglarlo todo con números... Con ellos se ha enriquecido, robando a la Hacienda y a los parroquianos; con ellos quiere al fin de la vida salvar su alma, y a los pobres nos recomienda la medicina de los números, que a él no le salva ni a nosotros nos sirve para nada. ¿Conque acierto? ¿Fue esto lo que te dijo?

—Sí, señora. Parece que lo estaba usted oyendo.

—Y después de machacar con esa monserga del Debe y Haber, te habrá dado una limosna para mí... Ignora que mi dignidad se subleva al recibirla. Le estoy viendo abrir las gavetas como quien quiere y no quiere, coger el taleguito en que tiene los billetes, ocultándolo para que no lo vieras tú; le veo sobar el saquito, guardarlo cuidadosamente; le veo echar la llave... Y el muy cochino se descuelga con una porquería. No puedo precisar la cantidad que te habrá dado para mí, porque es tan difícil anticiparse a los cálculos de la avaricia; pero desde luego te aseguro, sin temor de equivocarme, que no ha llegado a los cuarenta duros.

La cara que puso *Benina* al oír esto no puede describirse. La señora, que atentamente la observaba, palideció, y dijo después de breve pausa:

—Es verdad: me he corrido mucho. Cuarenta, no; pero, aun con lo cicatero y mezquino que es el hombre, no habrá bajado de los veinticinco duros. Menos que eso no lo admito, Nina; no puedo admitirlo.

—Señora, usted está delirando—replicó la otra, plantándose con firmeza en la realidad—. El señor don Carlos no me ha dado nada, lo que se llama nada. Para el mes que viene empezará a darle a usted una *paga* de dos duros mensuales.

—Embustera, trapalona... ¿Crees que me embaucas a mí con tus enredos? Vaya, vaya, no quiero incomodarme... Me tiene peor cuenta, y no estoy yo para coger berrinches... Comprendido, Nina, comprendido. Allá te entenderás con tu conciencia. Yo me lavo las manos y dejo a Dios que te dé tu merecido.

—¿Qué, señora?

—Hazte ahora la simple y la gatita Marirramos. ¿Pero no ves que yo te calo al instante y adivino tus *infundios*? Vamos, mujer, confiésalo; no trates de añadir a la infamia el engaño.

—¿Qué, señora?

—Pues que has tenido una mala tentación... Confiésamelo y te perdono... ¿No quieres declararlo? Pues peor para ti y para tu conciencia, porque te sacaré los colores a la cara. ¿Quieres verlo? Pues los veinticinco duros que te dio para mí don Carlos se los has dado a ese Frasquito Ponte para que pague sus deudas, y vaya a comer de fonda, y se compre corbatas, pomada y un bastoncito nuevo... Ya ves, ya ves, bribonaza, cómo te lo adivino, y conmigo no te valen ocultaciones. Si sé yo más que

tú. Ahora te ha dado por proteger a ese Tenorio
fiambre, y le quieres más que a mí, y a él atiendes
y a mí no, y de él te da lástima, y a mí, que tanto te
quiero, que me parta un rayo.

Rompió a llorar la señora, y *Benina*, que ya sentía
ganas de contestar a tanta impertinencia dándole azotes como a un niño mañoso, al ver las lágrimas se
compadeció. Ya sabía que el llanto era la terminación
de la crisis de cólera, la sedación del acceso, mejor
dicho, y cuando tal sucedía, lo mejor era soltar la
risa, llevando la disputa al terreno de las burlas sa-
brosas.

—Pues sí, señora doña Francisca—le dijo abrazán-
dola—. ¿Creía usted que habiéndome salido ese novio
tan hechicero y tan saleroso, le había de dejar yo
en necesidad, sin darle para el pelo?

—No creas que me engatusas con tus bromitas,
trapalona, zalamera...—decía la señora, ya desarma-
da y vencida—. Yo te aseguro que no me importa
nada lo que has hecho, porque el dinero de Trujillete
yo no lo había de tomar... Preferiría morirme de
hambre a manchar mis manos con él... Dáselo, dáselo
a quien quieras, ingratona, y déjame a mí en paz;
déjame que me muera olvidada de ti y de todo el
mundo.

—Ni usted ni yo nos moriremos tan pronto, porque aún hemos de dar mucha guerra—le dijo la criada, disponiéndose con gran diligencia a darle de
comer.

—Veremos qué porquerías me traes hoy... Ensé-
ñame la cesta. Pero, hija, ¿no te da vergüenza de
traerle a tu ama esas piltrafas asquerosas?... ¿Y qué
más? Coliflor... Ya me tienen apestada con tus coli-

flores, que me dan flato y las estoy repitiendo tres
días... En fin, ¿a qué estamos en el mundo más que
a padecer? Dame pronto estos comistrajos... ¿Y huevos no has traído? Ya sabes que no los paso, como
no sean bien frescos.

—Comerá usted lo que le den, sin refunfuños, que
el poner tantos peros a la comida que Dios da es
ofenderle y agraviarle.

—Bueno, hija, lo que tú quieras. Comeremos lo
que haya y daremos gracias a Dios. Pero come tú
también, que me da pena verte tan ajetreada, desvi-
viéndote por los demás y olvidada de ti misma y del
alivio de tu cuerpo. Siéntate conmigo y cuéntame lo
que has hecho hoy.

A media tarde comían las dos, sentaditas a la mesa
de la cocina. Doña Paca, suspirando con toda su
alma, entre un bocado y otro, expresó en esta forma
las ideas que bullían en su mente:

—Dime, Nina, entre tantas cosas raras, incomprensibles que hay en el mundo, ¿no habría un medio
por el cual nosotras pudiéramos pasar de la escasez
a la abundancia; por el cual todo eso que en el
mundo está de más en tantas manos avarientas viniese a las nuestras, que nada poseen?

—¿Qué dice la señora? ¿Que si podría suceder que
en un abrir y cerrar de ojos pasáramos de pobres
a ricas, y viéramos, un suponer, nuestra casa llena
de dinero y de cuanto Dios crió?

—Eso quiero decir. Si son verdad los milagros,
¿por qué no *sucede* uno para nosotras, que bien merecido nos lo tenemos?

—¿Y quién dice que no *suceda*, que no tengamos esa *ocurrencia?*—respondió *Benina,* en cuya mente surgió de improviso, con poderoso relieve y extraordinaria plasticidad, el conjuro que Almudena le había enseñado para pedir y obtener todos los bienes de la tierra.

Capítulo 20

De tal modo se posesionaron de su espíritu la idea y las imágenes expresadas por el ciego africano, que a punto estuvo de contarle a su ama el maravilloso método de conjurar y hacer venir al *Rey de baixo terra*. Pero, recelando que aquel secreto sería menos eficaz cuanto más se divulgara, contúvose en su locuacidad y tan sólo dijo que bien podría suceder que de la noche a la mañana se les metiera por las puertas la fortuna. Al acostarse junto a doña Paca, pues dormían en la misma alcoba, pensó que todo aquello de Almudena era una *papa*, y tomarlo en serio la mayor de las necedades. Quiso dormirse, mas no pudo; volvió su espíritu a dar agasajo a la idea, creyéndola de posible realización, y si esfuerzos hacía por desecharla, con mayor tenacidad la pícara idea se le metía en el cerebro.

«¿Qué se pierde por probarlo?—se decía, arropándose en la cama—. Podrá no ser verdad... ¿Pero y si lo fuese? ¡Cuántas mentiras hubo que luego se volvieron verdades como puños!... Pues lo que es yo, no me quedo sin probarlo, y mañana mismo, con el primer dinero que saque, compro el candil de barro sin hablar. El cuento es que no sé cómo puede tratarse un *artículo* sin hablar... En fin, me haré la sordomuda... Luego buscaré el palitroque, también sin hablar... Falta que el moro me enseñe la oración y que yo la aprenda sin que se me escape un verbo...»

Después de un breve sueño, despertó creyendo firmemente que en la salita próxima había unas esportonas o secretas muy grandes, muy grandes, llenas de diamantes, *rubíes*, perlas y zafiros... En la oscuridad de las habitaciones nada podía ver; pero de que aquellas riquezas estaban allí no tenía la menor duda. Cogió la caja de fósforos, dispuesta a encender para recrear su vista en el tesoro; mas por no despertar a doña Paca, cuyo sueño era muy ligero, dejó para la mañana el examen de tantas maravillas... Pasado un rato, no tardó en reírse de su ilusión, diciéndose: «¡Pues no soy poco lila!... Es todavía pronto para que traigan eso...» Al amanecer, despertóse al ladrido de dos perrazos blancos que salían de debajo de las camas; sintió la campanilla de la puerta; echóse al suelo, y en camisa corrió a abrir, segura de que llamaba algún *ayudante* o gentilhombre del Rey de luenga barba y vestido de verde... Pero no era nadie; no había ser viviente en la puerta.

Arreglóse para salir, disponiendo el desayuno de la señora y dando el primer barrido a la casa, y a las siete salía ya con su cesta al brazo por la calle Imperial. Como no tenía un céntimo ni de dónde le viniera, encaminóse a San Sebastián, pensando por el camino en don Romualdo y su familia, pues de tanto hablar de aquellos señores y de tanto comentarlos y describirlos había llegado a creer en su existencia. «¡Vaya que soy *gilí*!—se decía—. Invento yo al tal don Romualdo, y ahora se me antoja que es persona *efetiva* y que puede socorrerme. No hay más don Romualdo que el pordiosero bendito, y a eso voy, y veremos si cae algo, con permiso de la *Caporala*.»

El día era bueno. Al entrar, díjole Pulido que había funeral de primera, y boda en la sacristía. La novia era sobrina de un ministro *pleniputenciano*, y el novio... *cosa de periódicos*. Ocupó *Benina* su puesto y se estrenó con dos céntimos que le dio una señora. Sus compañeras trataron de *hacerla cantar* el para qué la había llamado don Carlos, pero sólo contestó con evasivas y medias palabras. Suponiendo la Casiana que el señor de Trujillo había tratado con *señá Benina* el darle los restos de comida de su casa, la trató con miramientos, sin duda por llamarse a la parte.

Al fin los del funeral no repartieron cosa mayor; y si los del bodorrio que corrieron algo más, acudió tanta pobretería de otros cuadrantes y se armó tal barullo y confusión, que unos cogieron por cinco y otros se quedaron *in albis*. Al ver salir a la novia, tan emperifollada, y a las señoras y caballeros de su compañía, cayeron sobre ellos como nube de langosta, y al padrino le estrujaron el gabán y hasta le chafaron el sombrero. Trabajo le costó al buen señor sacudirse la terrible plaga, y no tuvo más remedio que arrojar un puñado de calderilla en medio del patio. Los más ágiles hicieron su agosto; los más torpes gatearon inútilmente. La *Caporala* y Eliseo trataban de poner orden, y cuando los novios y todo el acompañamiento se metieron en los coches, quedó en las inmediaciones de la iglesia la turbamulta mísera, gruñendo y pataleando. Se dispersaba, y otra vez se reunía con remolinos zumbadores. Era como un motín, vencido por su propio cansancio. Los últimos disparos eran: «*Tú cogiste más..., me ha quitado lo mío..., aquí no ha decencia..., cuánto pillo...*» La

Burlada, que era de las que más habían apandado, echaba sapos y culebras de su boca, concitando los ánimos de toda la cuadrilla contra la *Caporala* y Eliseo. Por fin intervino la policía, amenazándoles con *recogerles* si no callaban, y esto fue como la palabra de Dios. Los intrusos se largaron; los de casa se metieron en el pasadizo. *Benina* sacó de toda la campaña del día, comprendido funeral y boda, veintidós céntimos, y Almudena, diecisiete. De Casiana y Eliseo se dijo que habían sacado peseta y media cada uno.

Al retirarse juntos el ciego marroquí y *Benina* lamentándose de su mala sombra, fueron a parar, como la otra vez, a la plaza del Progreso, y se sentaron al pie de la estatua para deliberar acerca de las dificultades y ahogos de aquel día. No sabía ya *Benina* a qué santo encomendarse; con la limosna de la jornada no tenía ni para empezar, porque érale forzoso pagar algunas deudillas en los establecimientos de la calle de la Ruda, a fin de sostener el crédito y poder trampear unos días más. Díjole Almudena que él se hallaba en absoluta imposibilidad de favorecerla; lo más que podía hacer era entregarle las perras de la mañana, y por la noche, lo que sacar pudiera en el resto del día pidiendo en su puesto de costumbre, calle del Duque de Alba, junto al cuartel de la Guardia Civil. Rechazó la anciana esta generosidad, porque también él necesitaba vivir y alimentarse, a lo que repuso el marroquí que con un café con pan *migao*, en la Cruz del Rastro, tenía bastante para tirar hasta la noche. Resistiéndose a admitir la oferta, planteó *Benina* la cuestión de conjurar al Rey de *baixo terra*, mostrando una confianza y fe que fácil-

mente se explican por la grande necesidad en que estaba. Lo desconocido y misterioso busca sus proséli-
tos en el reino de la desesperación, habitado por las
almas que en ninguna parte hallan consuelo.

—Ahora mismo—dijo la pobre mujer—quiero comprar las cosas. Hoy es viernes, y mañana sábado hacemos la prueba.

—*Compriar* ti cosas sin, hablar...

—Claro, sin decir una palabra. ¿Qué se pierde por
hacer la prueba? Y dime otra cosa: ¿ha de ser precisamente a medianoche?

Contestó el ciego que sí, repitiendo las reglas y condiciones imprescindibles para la eficacia del conjuro,
y *Benina* trató de fijarlo todo en su memoria.

—Ya sé—le dijo al fin—que estarás todo el día en
la fuentecilla del Duque de Alba. Si se me olvida
algo iré a preguntártelo y a que me enseñes la oración. Eso sí que me ha de costar trabajo aprenderlo,
sobre todo si no me lo pones en lengua cristiana,
que lo que es en la tuya, hijo de mi alma, no sé cómo
voy a componerme para no equivocarme.

—Si *quivoquiar* ti, Rey no *vinier*.

Desalentada con estas dificultades, separóse *Benina* de su amigo, por la prisa que tenía de reunir algunas perras con que completar lo que para las obligaciones de aquel día necesitaba, y no pudiendo esperar ya cosa alguna del crédito, se puso a pedir en
la esquina de la calle de San Millán, junto a la puerta
del café de los Naranjeros, importunando a los transeúntes con el relato de sus desdichas: que acababa
de salir del hospital, que su marido se había caído
de un andamio, que no había comido en tres semanas y otras cosas que partían los corazones. Algo iba

pescando la infeliz, y hubiera cogido algo más si no apareciese por allí un maldito guindilla que la conminó con llevarla a los sótanos de la prevención de la Latina si no se largaba con viento fresco. Ocupóse luego en comprar los adminículos para el conjuro, empresa harto engorrosa, porque todo había de hacerse por señas, y se fue a su casa pensando que sería gran dificultad efectuar allí la endiablada hechicería sin que se enterase la señora. Contra esto no había más recurso que *figurar* que don Romualdo se había puesto muy malito, y salir de noche a velarle, yéndose a casa de Almudena... Pero la presencia de la Pedra podría ser obstáculo: al peligro de que un testigo incrédulo imposibilitara la *cosa*, se añadía el inconveniente grave de que, en caso de éxito feliz, la borrachona quisiera apropiarse todos o una parte de los tesoros donados por el Rey... Por cierto, que mejor que en piedras preciosas sería que lo trajesen todo en moneda corriente, o en fajos de billetes de Banco, bien sujetos con una goma, como ella los había visto en las casas de cambio. Porque... no era floja pejiguera tener que ir a las platerías a proponer la venta de tantas perlas, zafiros y diamantes... En fin, que lo trajeran como les diese la gana: no era cosa de poner reparos ni exigir perendengues.

Halló a doña Paca de mal temple, porque se había aparecido en la casa, muy de mañana, un dependiente de la tienda y habíala insultado con expresiones brutales y soeces. La pobre señora lloraba y se tiraba de los pelos, suplicando a su fiel amiga que arase la tierra en busca de los pocos duros que hacían falta para tirárselos al rostro al bestia del tendero, y *Be-*

nina se devanaba los sesos por encontrar la solución del terrible conflicto.

—Mujer, por piedad, discurre, inventa algo—le decía la señora, hecha un mar de lágrimas—. Para las ocasiones son los amigos. En circunstancias muy críticas no hay más remedio que perder la vergüenza... ¿No se te ocurre, como a mí, que tu don Romualdo podría sacarnos del compromiso?

La criada no contestó. Preparando la comida de su ama, daba vueltas en su mente a las combinaciones más sutiles. Repetida la proposición por doña Paca, pareció que *Benina* la encontraba razonable.

—Don Romualdo..., sí, sí. Iré a ver... Pero no respondo, señora, no respondo. Quizás desconfíen... Una cosa es hacer caridad, y otra prestar dinero..., y no salimos del paso con menos de diez duros... ¿Qué dijo ese bruto de Gabino? ¿Que volvería mañana a darnos otro escándalo?... ¡Canalla..., ladrón..., que todo lo vende *adúltero!*... Pues, sí, es cosa de diez duros, y no sé si don Romualdo... Por él no quedaría; pero su hermana es *puño en rostro*... ¡Diez duros!... Voy a ver... Pero no extrañe la señora que tarde un poco. Estas cosas... no sabe una cómo tratarlas... Depende de la cara que pongan; a lo mejor salen con aquello de «vuelva usted...». Me voy, me voy; ya me entra la desazón..., tardaré..., pero no tarda quien a casa llega...

—Sobre todo, si no traes las manos vacías. Vete, hija, vete, y el Señor te acompañe y te afine las entendederas. Si yo tuviera tu talento, pronto saldría de estas trapisondas. Aquí me quedo rezando a todos los santos del cielo para que te inspiren y a las dos nos saquen de este Purgatorio. Adiós, hija.

Habiéndose trazado un plan, el único que en su certero juicio le ofrecería remotas probabilidades de éxito, dirigióse *Benina* a la calle de Mediodía Grande y a la casa de dormir propiedad de su amiga doña Bernarda.

Capítulo 21

La dueña del establecimiento brillaba por su ausencia. Fue recibida *Benina* por la *encargada* y por un hombre llamado Prieto, que disfrutaba de toda la confianza de aquélla y llevaba la contabilidad del alquiler diario de camas. No tuvo la anciana más remedio que esperar, pues aquel par de *congrios* carecían de facultades para resolver el problema que tan atrozmente la inquietaba. Hablando, hablando del negocio de dormir (el año iba muy malo, y cada noche dormía menos gente, y los *micos* menudeaban), ocurrióle a *Benina* preguntar por Frasquito Ponte, a lo que respondió Prieto que la noche anterior se había visto en el caso de no admitirle, porque era deudor ya de *siete camas* y no había dado nada a cuenta.

—¡Pobre señor!—dijo *Benina*—. Habrá dormido al raso... Es un dolor..., a sus años... Mejorando lo presente, es más viejo que la Cuesta de la Vega.

Refirió la encargada que no sabiendo don Frasquito dónde meterse, había conseguido ser albergado en la casa del *Comadreja*, calle de Mediodía Chica, dos pasos de allí. Por más señas, había corrido la noticia de que estaba enfermo. Al oír esto, olvidósele repentinamente a *Benina* el objeto principal que a tal sitio la llevara y no pensó más que en averiguar qué había sido del desamparado Frasquito. Tiempo tenía de dar un salto a la casa del *Comadreja* y volver a punto que regresase a su domicilio la doña Bernarda. Dicho y hecho. Un momento después entraba la diligente anciana en la fementida tabernucha que *da la cara* al público en el *establecimiento* citado, y lo primero que allí vio fue la abominable estampa de Luquitas, el esposo de Obdulia, que con otros perdidos y dos o tres mujeres zarrapastrosas jugaba a las cartas en una sucia mesilla circular, entre copas de cariñena y pardillo. En el momento de entrar *Benina* acababan un juego, y antes de echar otra mano, el hijo de doña Paca tiró sobre la mesa los asquerosos naipes, que en mugre competían con las manos de los jugadores; se levantó tambaleándose, y con media lengua y finura desconcertada, de la que suelen emplear los borrachos, ofreció a la criada de su suegra un vaso de vino.

—Quite allá, señorito, yo ya he bebido... Se agradece...—dijo la anciana, rechazando el vaso.

Pero tan pesado se puso el señorito y con tal insistencia le coreaban los demás pidiendo que bebiese *la señora*, que ésta tuvo miedo y tomó la mitad del contenido del vaso pegajoso. No quería ponerse a mal con aquella gentuza por lo que pudiera tronar, y sin perder tiempo ni meterse en dimes y diretes con el vicioso Luquitas por el abandono en que a su mujer tenía, se fue derecha a su objetivo:

—¿Y no está por aquí la *Pitusa*?

—Aquí está para servirla—dijo una mujer escuálida, saliendo por estrecha puertecilla, bien disimulada entre los estantes llenos de botellas y garrafas que había detrás del mostrador.

Como grieta que da paso al escondrijo de una anguila, así era la puerta, y la mujer, el ejemplar más flaco, desmedrado y escurridizo que pudiera encontrarse en la fauna a que tales hembras pertenecen. Tan flaco era su rostro, que al verlo de perfil podría tenérsele por construido de chapa, como las figuras de las veletas. En su cuello no cabían más costurones, y en una de sus orejas el agujero del pendiente era tan grande que por él se podría meter con toda holgura un dedo. Los dientes mellados y negros, las cejas calvas, las pestañas pitañosas, los ojos tiernos, de mirada de lince, completaban su fisonomía. Del cuerpo no he de decir sino que difícilmente se encontrarían formas más exactamente comparables a las de un palo de escoba vestido, o, si se quiere, cubierto de trapos de fregar suelos; de los brazos y manos, que al gesticular parecía que azotaban, como los tirajos de un zorro que quisiera limpiar el polvo a la cara del interlocutor; de su habla y acento, que sonaban como si estuviera haciendo gárgaras, y aunque parezca extraño, diré también, para dar completa idea de la persona, que de todas estas exterioridades desapacibles se desprendía un cierto airecillo de afabilidad, un moral atractivo, por lo que termino asegurando que la *Pitusa* no era antipática ni mucho menos.

—¿Qué trae por acá la *señá Benina?*—le dijo sacudiéndole de firme en los dos hombros—. Oí contar que estaba usted en grande, en casa rica... Ya, ya sacará buenas rebañaduras... ¡Y que no tendrá usted mal *gato!*...

—Hija, no... De eso hace un siglo. Ahora estamos en baja.

—¿Qué? ¿Le va mal?

—Tirando, tirando. Si sopas, comerlas, y si no, nada... Y el *Comadreja*, ¿está?

—¿Para qué le quiere, *señá Benina?*

—Hija, te pregunto por saber de él, si está con salud.

—Se defiende. La herida se le abre cuando menos lo piensa.

—Vaya por Dios... Dime otra cosa...

—Mándeme.

—Quiero saber si has recogido en tu casa a un caballero que le llaman Frasquito Ponte, y si le tienes aquí todavía, porque me dijeron que anoche se puso muy malo.

Por toda respuesta, la *Pitusa* mandó a *Benina* que la siguiera, y ambas, agachándose, se escurrieron por el agujero que hacía las veces de puerta entre los estantillos del mostrador. De la otra parte arrancaba una escalera estrechísima, por la cual subieron una tras otra.

—Es una persona decente, como quien dice, personaje—añadió *Benina*, segura ya de encontrar allí al infortunado caballero.

—De la grandeza. *Vele* aquí adónde vienen a parar los *títulos.*

Por un pasillo mal oliente y sucio llegaron a una cocina, donde no se guisaba. Fogón y vasares servían de depósito de botellas vacías, cajas deshechas, sillas rotas y montones de trapos. En el suelo, sobre un jergón mísero, yacía cuan largo era don Francisco Ponte, en mangas de camisa, inmóvil, la fisonomía descompuesta. Dos mujeronas, de rodillas a un lado y otro, la una con un vaso de agua y vino, la otra atizándole friegas, le hablaban a gritos:

—Vuelva en sí... ¿Qué demonios le pasa?... Eso no es más que maulería. ¿No quiere beber más?

Benina, de hinojos, se puso también a gritarle, sacudiéndole:

—Don Frasquito de mi alma, ¿qué es eso? Abra los ojos y véame: soy la Nina.

No tardaron las dos tarascas, que, entre paréntesis, si apostaran a repugnantes y feas, no habría quien les ganara; no tardaron, digo, en dar a la anciana las explicaciones que del suceso pedía. No admitido Ponte en las alcobas de la Bernarda, arrimóse al quicio de la puerta de la capilla de Irlandeses para pasar la noche. Allí le encontraron ellas y se pusieron a darle bromas, a decirle cosas..., *amos...*, cosas que se dicen y que no eran para ofenderse. Total, que el pobre vejete mal pintado se hubo de incomodar, y al correr tras ellas con el palo levantado para pegarles, pataplum, cayó redondo al suelo. Soltaron ellas la risa creyendo que había tropezado; pero al ver que no se movía acudieron; llegóse también el sereno, le echó a la cara la linterna y entonces vieron que tenía un ataque. Húrgale por aquí, húrgale por allá, y el buen señor como cuerpo difunto. Llamado el *Comadreja*, lo *desanimó*, y dijo que todo era un *sincopiés;* y como es *caritativo él*, *buen cristiano él*, y además había estudiado un año de Veterinaria, mandó que le llevaran a su casa para asistirle y devolverle el resuello con friegas y sinapismos.

Así se hizo, cargándole entre las dos y otra compañera, pues el enfermo pesaba como un manojo de cañas, y en casa, a fuerza de pellizcos y restregones, volvió en sí y les dio las gracias tan amable. La *Pitusa* le hizo unas sopas, que tomó con apetito, dando a cada momento *las más expresivas gracias...*, tan fino, y así estuvo hasta la mañana, bien apañadito en su jergón. No podían ponerle en un cuarto, porque en toda la noche apenas los hubo desocupados, y allí, en la cocina vieja, estaba muy bien, por ser pieza de ventilación.

Lo peor fue que a la mañana, cuando se levantaba para marcharse, le repitió el ataque, y todo el santo día le daban de hora en hora unos *sincopieses* tan tremendos, que se quedaba como cadáver y costaba Dios y ayuda volverle en sí. Le habían dejado en mangas de camisa, porque se quejaba de calor; pero allí estaba la ropa sin que nadie la tocase ni le afanaran cosa alguna de lo que tenía en los bolsillos. Había dicho el *Comadreja* que si no se recobraba en la noche, daría parte a la Delegación para que le llevaran al hospital.

Manifestó *Benina* a la *Pitusa* que era un dolor mandar al hospital a tan ilustre señorón y que ella se determinaría a llevarle a su casa, sí... Hirió la mente de la anciana una atrevida idea, y con la resolución que era cualidad primaria de su carácter se apresuró a ponerla en práctica con toda prontitud.

—¿Quieres oírme una palabrita?—dijo a la *Pitusa*, cogiéndola por el brazo para sacarla de la cocina.

Y al extremo del pasillo entraron en la única habitación *vividera* de la casa: una alcoba con cama camera de hierro, colcha de punto de gancho, espejos torcidos, láminas de odaliscas, cómoda derrengada y un San Antonio en su peana, con flores de trapo y lamparilla de aceite. El diálogo fue rápido y nervioso:

—¿Qué se le ofrece?

—Pues poca cosa. Que me prestes diez duros.

—*Señá Benina*, ¿está usted en sus cabales?

—En ellos estoy, Teresa Conejo, como lo estaba cuando te presté los mil reales y te salvé de ir a la cárcel... ¿No te acuerdas? Fue el año y el día del ciclón, que arrancó los árboles del Botánico... Tú habitabas en la calle del Gobernador; yo, en la de San Agustín, donde servía...

—Sí que me acuerdo. Yo la conocí a usted de que comprábamos juntas...

—Te viste en un fuerte compromiso.

—Empezaba yo a rodar por el mundo...

—Y rodando, rodando, caíste en una tentación...

—Y como servía usted en casa grande, yo calculé y dije: «Pues ésta, si quiere, podrá sacarme.»

—Te llegaste a mí con mucho miedo..., lo que pasa..., no querías levantarte el faldón y que yo te dejara destapada.

—Pero usted me tapó... ¡Cuánto se lo agradecí, *Benina!*

—Y sin réditos... Luego tú, en cuanto hiciste las paces con el del almacén de vinos, me pagaste...

—Duro sobre duro.

—Pues bien: ahora soy yo la que se ha caído: necesito doscientos reales y tú me los vas a dar.

—¿Cuándo?

—Ahora mismo.

—¡Mecachis..., san Dios! ¡Como no se me vuelva dinero la chimenea de los garbanzos!

—¿No los tienes? ¿Ni tu *Comadreja* tampoco?

—Estamos como el gallo de Morón... ¿Y para qué quiere los diez duros?

—Para lo que a ti no te importa. Di si me los das

o no me los das. Yo te los pagaré pronto; y si quieres real por duro, no hay *incomeniente*.

—No es eso; es que no tengo ni un cuarto partido por medio. Este ganado indecente no trae más que miseria.

—¡Válgame Dios! ¿Y...?

—No, no tengo alhajas. Si las tuviera...

—Busca bien, *maestra*.

—Pues bueno. Hay dos sortijas. No son mías: son del *Rey de Bastos*, un amigo de *Rumaldo*, que se las dio a guardar, y *Rumaldo* me las dio a mí.

—Pues...

—Si usted me da su palabra de desempeñarlas dentro de ocho días y traérmelas, pero palabra formal, ¡san Dios!, lléveselas... Darán los diez por largo, pues una de ellas tiene un brillante que da *la catarata*.

Poco más se habló. Cerraron bien la puerta para que nadie pudiera fisgonear desde el pasillo. Si alguien lo hiciera, no habría oído más que un abrir y cerrar de los cajones de la cómoda, un cuchicheo de *Benina* y roncas gárgaras de la otra.

Capítulo 22

A poco de volver las dos mujeres al lado del desmayado Frasquito, entró el *Comadreja*, que era un mocetón achulado, de buen porte, con tez y facciones algo gitanescas, sombrero ancho, bien ceñido el talle, y lo primero que dijo fue que pronto sería conducido el *interfezto* al hospital. Protestó *Benina*, sosteniendo que la enfermedad de Ponte era de las que exigen trato casero y de familia; en el hospital se moriría sin remedio, y así, valía más que ella se le llevara a la casa de su señora doña Francisca Juárez, la cual, aunque había venido muy a menos, todavía se hallaba en posición de hacer una obra de caridad albergando a su paisano el señor de Ponte, con quien tenía, si mal no recordaba, lejano parentesco. En esto volvió de su desvanecimiento el galán pobre, y reconociendo a su bienhechora le besó las manos, llamándola *ángel* y qué sé yo qué, muy gozoso de verla a su lado. Con gesto imperioso, al que siguió una patada, la *Pitusa* ordenó a las dos arrapiezas que se fueran a su obligación en la puerta de la calle; el *Comadreja* bajó a despachar, y quedándose sola la *Benina* y su amiga con el pobre Ponte, le vistieron del levitín y gabán para llevársele.

—Aquí en confianza, don Frasquito—le dijo la *Benina*—, cuéntenos por qué no hizo lo que le mandé.

—¿Qué, señora?

—Dar a Bernarda la peseta, a cuenta de noches debidas... ¿O es que se gastó la peseta en algo que le hacía falta, un suponer, en pintura para la fisonomía del bigote? En este caso, no digo nada.

—Cosmético, no..., yo se lo juro—respondió Frasquito con lánguido acento, sacando de su boca las palabras como con un gancho—. Lo gasté..., pero no en eso... Tenía que pro... pro... Si lo diré al fin..., que proporcionarme una foto... grafía.

Rebuscó en el bolsillo de su gabán, y de entre sobadas cartas y papeles sacó uno que desdobló mostrando un retrato fotográfico, tamaño de tarjeta ordinaria.

—¿Quién es esta dama?—dijo la *Pitusa*, que con presteza lo cogió para examinarlo—. Como guapa, lo es.

—Quería yo—prosiguió Frasquito, tomando aliento a cada sílaba—demostrarle a Obdulia su perfecta semejanza con...

—Pues este retrato no es de la niña—dijo *Benina* contemplándolo—. Algo se le parece en el corte de cara; pero no es mismamente.

—Digan ustedes si se parece o no. Para mí son idénticas... La una como la otra, ésta como aquélla.

—¿Pero quién es?

—La Emperatriz Eugenia... ¿Pero no la ven? No lo había más que en casa de Laurenti y no lo daban por menos de una peseta... Forzoso adquirirlo, demostrar a Obdulia la similitud...

—Don Frasquito, por la Virgen, mire que vamos a creer que está ido... ¡Gastar la peseta en un retrato!...

No se dio por convencido el caballero pobre, y
guardando cuidadosamente la cartulina se abrochó
su gabán y trató de ponerse en pie; operación com-
plicadísima que no pudo realizar, por la extraordinaria flojedad de sus piernas, no más gruesas que palillos de tambor. Con la prontitud que usar solía
en casos como aquel, *Benina* salió a tomar un coche,
para lo cual antes tenía que evacuar otra diligencia
de suma importancia. Mas como era tan ejecutiva,
pronto despachó: con sus diez duros en el bolsillo
volvió a Mediodía Grande en coche simón tomado por
horas, y en la puerta de la casa se tropezó con Pedra
la borracha y su compañera *Cuarto e kilo*, que de
la taberna vociferando salían.

—Ya, ya sabemos que se le lleva consigo...—dijéronle con retintín—. Así se portan las mujeres de
rumbo que estiman a un hombre... Vaya, vaya, que
eso es correrse... Bien se ve que se puede.

—¡A ver!... Pero como a ustedes no les importa, yo
digo... ¿Y qué?

—Pues *na*... En fin, aliviarse.

—¡Contento que tiene usted al ciego Almudena!

—¿Qué le pasa?

—Que ha esperado a la señora toda la tarde...
¡Cómo había de ir, si andaba buscando al caballero
canijo!...

—Un recadito nos dio para usted por si la veíamos.

—¿Qué dice?

—A ver si me acuerdo... ¡Ah!, sí: que no compre
la olla...

—La olla de los siete *bujeros*..., que él tiene una
que trajo de su tierra.

—Bueno.

—¿Y qué? ¿Van a poner fábrica de coladores? Si no, ¿para qué son tantos *ujeros?*

—Cállense las muy boconas. Ea, con Dios.

—Y estamos de coche. ¡Vaya un lujo! ¡Cómo se conoce que corre la guita!

—Que os calléis... Más valdría que me ayudarais a bajarle y meterle en el coche.

—Vaya que sí. Con alma y vida.

De divertimiento sirvió a todas las de casa y a las de fuera. Fue una ruidosa función el acto de bajar a Frasquito, cantándole coplas en son funerario y diciéndole mil cuchufletas aplicadas a él y a la *Benina*, que, insensible a los desahogos de la vil canalla, se metió en su coche, llevando al caballero andaluz como si fuera un lío de ropa, y mandó al cochero picar hacia la calle Imperial, cuidando de despabilar bien al caballo.

No fue, como es fácil suponer, floja sorpresa la de doña Francisca al ver que le metían en la casa un cuerpo al parecer moribundo, transportado entre *Benina* y un mozo de cuerda. La pobre señora había pasado la tarde y parte de la noche en mortal ansiedad, y al ver cosa tan extraña, creía soñar o tener trastornado el sentido. Pero la traviesa criada se apresuró a tranquilizarla, diciéndole que aquél no era cadáver, como de su aspecto lastimoso podía colegirse, sino enfermo gravísimo, el propio don Frasquito Ponte Delgado, natural de Algeciras, a quien había encontrado en la calle; y sin meterse en más explicaciones del inaudito suceso, acudió a confortar el atribulado espíritu de doña Paca con la fausta noticia de que llevaba en su bolso nueve duros y pico, suma bastante para atender al compromiso más urgente y poder respirar durante algunos días.

—¡Ah, qué peso me quitas de encima de mi alma! —exclamó la señora elevando las manos—. El Señor te bendiga. Ya estamos en situación de hacer una obra de caridad, recogiendo a este desgraciado... ¿Ves? Dios en un solo punto y ocasión nos ampara y nos dice que amparemos. El favor y la obligación vienen aparejados.

—Hay que tomar las cosas como las dispone... *el que menea los truenos*.

—¿Y dónde ponemos a este pobre mamarracho? —dijo doña Paca palpando a Frasquito, que, aunque no estaba sin conocimiento, apenas hablaba ni se movía, yacente en el santo suelo, arrimadito a la pared.

Como después del casamiento de Obdulia y Antoñito habían sido vendidas las camas de éstos, surgió un conflicto de instalación doméstica, que Nina resolvió proponiendo armar su cama en el cuartito del comedor para colocar en ella al pobre enfermo. Ella dormiría en un jergón sobre la estera, y ya verían, ya verían si era posible arrancar al cuitado viejo de las uñas de la muerte.

—Pero, Nina de mi alma, ¿has pensado bien en la carga que nos hemos echado encima?... Tú que no puedes, llévame a cuestas, como dijo el otro. ¿Te parece que estamos nosotras para meternos a protectoras de nadie?... Pero acaba de contarme: ¿fue don Romualdo bendito quien...?

—Sí, señora, *Rumaldo*...—respondió la anciana, que en su aturdimiento no se había preparado para el embuste.

—¡Bendito, mil veces bendito señor!

—Ella..., Teresa Conejo.

—¿Qué dices, mujer?

—Digo que... ¿Pero usted no se entera de lo que hablo?

—Has dicho que... ¿Por ventura es cazador don Romualdo?

—¿Cazador?

—Como has dicho no sé qué de un conejo.

—El no caza; pero le regalan..., qué sé yo..., tantas cosas..., la perdiz, el conejo de campo... Pues esta tarde...

—Ya; te dijo: «*Benina*, a ver cómo me pones mañana este conejo que me han traído...»

—Sobre si había de ser en salmorejo o con arroz, estuvieron disputando; y como yo nada decía y se me saltaban las lágrimas, «*Benina*, ¿qué tienes? *Benina*, ¿qué te pasa?...» En fin, que del conejo tomé pie para contarle el apuro en que me veía...

Convencida doña Paca, ya no se pensó más que en instalar a Frasquito, el cual parecía no darse cuenta de lo que pasaba. Al fin, cuando ya le habían acostado, reconoció a la viuda de Juárez y mostrándole su gratitud con apretones de manos y un suspirar afectuoso, le dijo:

—Tal hija, tal madre... Es usted el vivo retrato de la Montijo.

—¿Qué dice este hombre?

—Le da porque todos nos parecemos a... no sé quién..., a los emperadores de Francia... En fin, dejarlo.

—¿Estoy en el palacio de la plaza del Angel?—dijo Ponte examinando la mísera alcoba con extraviados ojos.

—Sí, señor... Arrópese ahora; estése quietecito para que coja el sueño. Luego le daremos buen caldo..., y a vivir.

Dejáronle solo, y *Benina* se echó nuevamente a la calle, ávida de tapar la boca a los acreedores groseros que con apremio impertinente y desvergonzado abrumaban a las dos mujeres. Diose el gustazo de ponerles ante los morros los duros que se les debían, hizo más provisiones, fue a la calle de la Ruda y con su cesta bien repleta de víveres y el corazón de esperanzas, pensando verse libre de la vergüenza de pedir limosna al menos por un par de días, volvió a su casa. Con presteza metódica se puso a trabajar en la cocina, en compañía de su ama, que también estaba risueña y gozosa.

—¿Sabes lo que me ha pasado—dijo a *Benina*—en el rato que has estado fuera? Pues me quedé dormidita en el sillón, y soñé que entraban en casa dos señores graves, vestidos de negro. Eran don Francisco Morquecho y don José María Porcell, paisanos míos, que venían a participarme el fallecimiento de don Pedro José García de los Antrines, tío carnal de mi esposo.

—¡Pobre señor; se ha muerto!—exclamó Nina con toda el alma.

—Y el tal don Pedro José, que es uno de los primeros ricachos de la Serranía...

—Pero, dígame: ¿es soñado lo que me cuenta o es verdad?

—Espérate, mujer. Venían esos dos señores, don Francisco y don José María, médico el uno, el otro secretario del Ayuntamiento... Pues venían a decir-

me que el García de Antrines, tío carnal de mi Antonio, les había nombrado testamentarios.

—Ya...

—Y que..., la cosa es clara..., como no tenía el tal
sucesión directa, nombraba herederos...

—¿A quién?

—Ten calma, mujer... Pues dejaba la mitad de sus
bienes a mis hijos Obdulia y Antoñito, y la otra mitad, a Frasquito Ponte. ¿Qué te parece?

—Que a ese bendito señor debían de hacerle santo.

—Dijéronme don Francisco y don José María que
hace días andaban buscándome para darme conocimiento de la herencia, y que preguntando aquí y
acullá, al fin averiguaron las señas de esta casa...,
¿por quién dirás?, por el sacerdote don Romualdo,
propuesto ya para obispo, el cual les dijo también
que yo había recogido al señor de Ponte... «De modo
(me dijeron, echándose a reír) que al venir a ofrecer
a usted nuestros respetos, señora mía, matamos dos
pájaros de un tiro.»

—Pero vamos a cuentas: todo eso es, como quien
dice, soñando.

—Claro; ¿no has oído que me quedé dormida en
el sillón?... Como que esos dos señores que estuvieron
a visitarme se murieron hace treinta años, cuando yo
era novia de Antonio..., figúrate..., y García de los
Antrines era muy viejo entonces. No he vuelto a saber de él... Pues sí, todo ha sido obra de un sueño;
pero tan a lo vivo, que aún me parece que les estoy
mirando... Te lo cuento para que te rías..., no, no es
cosa de risa, que los sueños...

—Los sueños, los sueños, digan lo que quieran

—manifestó Nina—, son también de Dios; ¿y quién va a saber lo que es verdad y lo que es mentira?

—Cabal... ¿Quien te dice a ti que detrás, o debajo, o encima de este mundo que vemos no hay otro mundo donde viven los que se han muerto?... ¿Y quién te dice que el morirse no es otra manera y forma de vivir?...

—Debajo, debajo está todo eso—afirmó la otra, meditabunda—. Yo hago caso de los sueños, porque bien podría suceder, una comparanza, que los que andan por allá vinieran aquí y nos trajeran el remedio de nuestros males. Debajo de tierra hay otro mundo, y el toque está en saber cómo y cuándo podemos hablar con los vivientes *soterranos*. Ellos han de saber lo mal que estamos por acá, y nosotros soñando vemos lo bien que por allá lo pasan. No sé si me explico..., digo que no hay justicia, y para que la *haiga*, soñaremos todo lo que nos dé la gana, y soñando, un suponer, traeremos acá la justicia.

Contestó doña Paca con una sarta de suspiros sacados de lo más hondo de su pecho, y *Benina* se lanzó, con fiebre y tenacidad de idea fija, a pensar nuevamente en el maravilloso conjuro. Trasteando sin sosiego en la cocina, con los ojos del alma no veía más que el cazuelo de los siete *bujeros*, el palo de laurel, vestido, y la oración..., ¡demontres de oración! ¡Esto sí que era difícil!

Capítulo 23

Todo iba bien a la mañana siguiente: don Frasquito, mejorando de hora en hora y con las entendederas en estado de mediana claridad; doña Paca,
contenta; la casa bien provista de vituallas; aquel día
y el próximo, asegurados, por lo cual la pobre *Benina* podría descansar de su penosa postulación en San
Sebastián. Mas siéndole preciso sostener la comedia
de su asistencia en la casa del eclesiástico, salió
como todos los días, la cesta al brazo, dispuesta a no
perder la mañana y hacer algo útil. Al salir le dijo
su ama:

—Me parece que tendremos que hacer un obsequio
a nuestro don Romualdo... Conviene demostrar que
somos agradecidas y bien educadas. Llévale de mi
parte dos botellas de *champagne* de buena marca
para que acompañe con ellas el guisado que le harás
hoy del conejo.

—¿Pero está loca, señora? ¿Sabe lo que cuestan
dos botellas de champaña? Nos empeñaríamos para
tres meses. Siempre ha de ser usted lo mismo. Por
gustar tanto del quedar bien, se ve ahora tan pobre.
Ya le obsequiaremos cuando nos caiga la lotería,
pues de hoy no pasa que busque yo quien me ceda
una peseta en un décimo de los de a tres.

—Bueno, bueno; anda con Dios.

Y se fue la señora a platicar con Frasquito, que
animado y locuaz estaba. Una y otro evocaron recuer-

dos de la tierra andaluza en que habían nacido, resucitando familias, personas y sucesos; y charla que te charla, doña Francisca salió por el registro de su sueño, aunque se guardó bien de contárselo al paisano.

—Dígame, Ponte: ¿qué ha sido de don Pedro José García de los Antrines?

Después de un penoso espurgo en los oscuros cartapacios de su memoria, respondió Frasquito que el don Pedro se había muerto el año de la Revolución.

—Anda, anda; y yo creí que aún vivía. ¿Sabe usted quién heredó sus bienes?

—Pues su hijo Rafael, que no ha querido casarse. Ya va para viejo. Bien podría suceder que se acordara de nosotros, de sus hijos de usted y de mí, pues no tiene parentela más próxima.

—¡Ay!, no lo dude usted, se acordará...—manifestó doña Paca con grande animación en los ojos y en la palabra—. Si no se acordara, sería un puerco... Lo que me decían don Francisco Morquecho y don José María Porcell...

—¿Cuándo?

—Hace... no sé cuánto tiempo. Verdad que ya pasaron a mejor vida. Pero me parece que les estoy viendo... Fueron testamentarios de García de los Antrines, ¿no es cierto?

—Sí, señora. También yo les traté mucho. Eran amigos de mi casa y les tengo muy presentes en mi memoria... Me parece que les estoy viendo con sus levitas negras de corte antiguo...

—Así, así.

—Sus corbatines de suela y aquellos sombreros de copa que parecían la torre de Santa María...

Prosiguió el coloquio con esta vaga fluctuación entre lo real y lo imaginativo; y en tanto, *Benina,* calle arriba, calle abajo, ya con la mente despejada, tranquilo el espíritu por la posesión de un caudal no inferior a tres duros y medio, pensaba que toda la tracamundana del conjuro de Almudena era simplemente un engañabobos. Más probable veía el éxito en la lotería, que no es, por más que digan, obra de la ciega casualidad, pues ¿quién nos dice que no anda por los aires un ángel o demonio invisible que se encarga de sacar la bola del gordo, sabiendo de antemano quién posee el número? Por esto se ven cosas tan raras; verbigracia, que se reparta el premio entre multitud de infelices que se juntaron para tal fin, poniendo éste un real, el otro una peseta. Con tales ideas se dio a pensar quién le proporcionaría una participación módica, pues adquirir ella sola un décimo parecíale mucho aventurar. Con la Pedra y su compañera *Cuarto e kilo,* que probaban fortuna en casi todas las extracciones, no quería cuentas; mejor se entendería para este negocio con Pulido, su compañero de mendicidad en la parroquia, del cual se contaba que hacía combinaciones de jugadas lotéricas con el burrero vecino de Obdulia; y para cogerle en su morada antes de que saliese a pedir, apresuró el paso hacia la calle de la Cabeza, y dio fondo en el establecimiento de burras de leche. En los establos de aquellas pacíficas bestias daban albergue a Pulido los honrados lecheros, gente buena y humilde. Una hermana de la burrera vendía décimos por las calles, y un tío del burrero, que tuvo el mismo negocio en la misma calle y casa, años atrás, se había sacado el gordo, retirándose a su pueblo, donde compró

tierras. La afición se perpetuó, pues, en el establecimiento, formando un hábito vicioso; y a la fecha de
esta historia, con lo que los burreros llevaban gas-
tado en quince años de jugadas, habrían podido tri-
plicar el ganado asnal que poseían.

Tuvo *Benina* la suerte de encontrar a toda la familia reunida, ya de regreso las pollinas de su excursión
matinal. Mientras éstas devoraban el pienso de sal-
vado, los racionales se entretenían en hacer cálculos
de probabilidades y en aquilatar las razones en que
se podía fundar la certidumbre de que saliese premiado al día siguiente el 5.055, del cual poseía un décimo. Pulido, examinando el caso con su poderosa
vista interior, que por la ceguera de los ojos corporales prodigiosamente se le aumentaba, remachó el con-
vencimiento de los burreros, y en tono profético les
dijo que tan cierto era que saldría premiado el 5.005
como que hay Dios en el Cielo y diablo en los infiernos. Inútil es decir que la pretensión de *Benina* cayó
en aquella obcecada familia como una bomba, y que
el primer impulso de todos fue negarle en absoluto
la participación que solicitaba, pues éllo equivalía a
regalarle montones de dinero.

Picóse la mendiga, diciéndoles que no le faltaban
tres pesetas para tirarlas en un decimito, *todo para
ella,* y este golpe de audacia produjo su efecto. Por
último se convino en que si ella compraba el décimo,
ellos le tomarían la mitad, dándole una participación
de dos reales en el mágico 5.005, número seguro, tan
seguro como *estarlo viendo.* Así se hizo. Salió *Benina*
y llevó al poco rato un décimo del 4.844, el cual, visto
por los otros, y *oído cantar* por el ciego, produjo en
toda la cuadrilla lotérica la mayor confusión y des-

concierto, como si por arte misterioso la suerte se hubiera pasado del uno al otro número. Por fin, hiciéronse los tratos y combinaciones a gusto de todos, y el burrero extendió las papeletas de participación, quedándose la anciana con seis reales en el suyo y dos en el otro. Salió Pulido refunfuñando y se fue a su parroquia de muy mal talante, diciéndose que aquella *eclesiástica pocritona* había ido a quitarles la suerte; los burreros se despotricaron contra Obdulia, afirmando que no pagaba el pan y compraba tiestos de flores, y que el casero la iba a plantar en la calle; y *Benina* subió a ver a la *niña*, a quien encontró en manos de la peinadora, que trataba de arreglarle una bonita cabeza. Aquel día sus suegros le habían mandado albóndigas y sardinas en escabeche; Luquitas había entrado en casa a las seis de la mañana y aún dormía como un cachorro. Pensaba la *niña* irse de paseo, ansiosa de ver jardines, arboledas, carruajes, gente elegante, y su peinadora le dijo que se fuera al Retiro, donde vería estas cosas y todas las fieras del mundo, y además cisnes, que son, una comparanza, gansos de pescuezo largo. Al saber que Frasquito, enfermo, se hallaba recogido en casa de doña Paca, mostró la niña sincera aflicción y quiso ir a verle; pero *Benina* se lo quitó de la cabeza. Más valía que le dejara descansar un par de días, evitándole conversaciones *deliriosas*, que le trastornaban el seso. Asintiendo a estas discretas razones, Obdulia se despidió de su criada, persistiendo en irse de paseo, y la otra tomó el olivo presurosa hacia la calle de la Ruda, donde quería pagar deudillas de poco dinero. Por el camino pensó que le convendría ceder parte de la excesiva cantidad empleada en lotería, y a este fin hizo propósito de buscar al ciego moro para que jugase una peseta. Más seguro era esto que no la operación de llamar a los espíritus *soterranos*...

Esto pensaba cuando se encontró de manos a boca con Pedra y Diega, que de vender venían, trayendo entre las dos, mano a mano, una cesta con baratijas de mercería ordinaria. Paráronse, con ganas de contarle algo estupendo y que sin duda la interesaba:

—¿No sabe, *maestra*? Almudena la anda buscando.

—¿A mí? Pues yo quisiera hablar con él por ver si quiere tomarme...

—Le tomará a usted medidas. Eso dice...

—¿Qué?

—Que está furioso... Loco perdido. A mí por poco me mata esta mañana de la tirria que me tiene. En fin, el disloque.

—Se muda de Santa Casilda... Se va a las Cambroneras.

—Le ha dado la tarantaina y baila sobre un pie solo.

Prorrumpieron en desentonadas risas las dos mujerzuelas, y *Benina* no sabía qué decirles. Entendiendo que el africano estaría enfermo, indicó que pensaba ir a San Sebastián en su busca, a lo que replicaron las otras que no había salido a pedir, y que si quería la *maestra* encontrarle, buscárale hacia la Arganzuela o hacia la calle del Peñón, pues en tal rumbo le habían visto ellas poco antes. Fue *Benina* hacia donde se le indicaba, despachados brevemente sus asuntos en la calle de la Ruda; y después de dar vueltas por la Fuentecilla y subir y bajar repetidas veces la calle del Peñón, vio al marroquí, que salía de casa de un herrero. Llegóse a él, le cogió por el brazo y...

—Soltar mí, soltar mí tú...—dijo el ciego estreme-
ciéndose de la cabeza a los pies, cual si recibiese una
descarga eléctrica—. Mala tú, *gañadora* tú..., matar
yo ti.

Alarmóse la pobre mujer, advirtiendo en el rostro
de su amigo grandísima turbación: contraía y dilata-
ba los labios con vibraciones convulsivas, desfiguran-
do su habitual expresión fisonómica; manos y piernas temblaban; su voz había enronquecido.

—¿Qué tienes tú, Almudenilla? ¿Qué mosca te ha
picado?

—Picar tú mí, mosca mala... *Viner migo*... Querer
yo hablar *tigo*. *Muquier* mala ser ti.

—Vamos adonde quieras, hombre. ¡Si parece que
estás loco!

Bajaron a la Ronda, y el marroquí, conocedor de
aquel terreno, guió hacia la fábrica del gas, deján-
dose llevar por su amiga cogido del brazo. Por angos-
tas veredas pasaron al paseo de las Acacias, sin que
la buena mujer pudiera obtener explicaciones claras
de los motivos de aquella extraña desazón.

—Sentémonos aquí—dijo *Benina* al llegar junto a
la fábrica de alquitrán—; estoy cansadita.

—Aquí, no...; más *abaixo*...

Y se precipitaron por un sendero empinadísimo,
abierto en el terraplén. Hubieran rodado los dos por
la pendiente si *Benina* no le sostuviera moderando
el paso y asegurándose bien de dónde ponía la planta. Llegaron, por fin, a un sitio más bajo que el paseo,
suelo quebrado, lleno de escorias que parecen lavas
de un volcán; detrás dejaron casas, cimentadas a mayor altura que las cabezas de ellos; delante tenían
techos de viviendas pobres, a nivel más bajo que sus

pies. En las revueltas de aquella hondonada se distinguían chozas míseras, y a lo lejos, oprimida entre las moles del Asilo de Santa Cristina y el taller de sierra mecánica, la barriada de las Injurias, donde hormiguean familias indigentes.

Sentáronse los dos. Almudena, dando resoplidos, se limpió el copioso sudor de su frente. *Benina* no le quitaba los ojos, atenta a sus movimientos, pues no las tenía todas consigo, viéndose sola con el enojado marroquí en lugar tan solitario.

—A ver..., *amos*..., a ver por qué soy tan mala y tan engañadora. ¿Por qué?

—*Poique* ti *n'gañar* mí. Yo *quiriendo* ti, tú *quirier* otro... Sí, sí... Señor *bunito cabaiero* galán..., ti queriendo él... Enfermo él casa *Comadreja*..., tú llevar casa tuya él..., *quirido* tuyo..., *quirido*..., rico él, señorito él...

—¿Quién te ha contado esas papas, Almudena? —dijo la buena mujer echándose a reír con toda su alma.

—No negar tú cosa... Tú *n'fadar* mí; *riyendo* tú mí.

Al expresarse de este modo, poseído de súbito furor, se puso en pie, y antes de que *Benina* pudiera darse cuenta del peligro que la amenazaba, descargó sobre ella el palo con toda fuerza. Gracias que pudo la infeliz salvar la cabeza, apartándola vivamente; pero la paletilla, no. Quiso ella arrebatarle el palo; pero antes de que lo intentara recibió otro estacazo en el hombro, y un tercero en la cadera... La mejor defensa era la fuga. En un abrir y cerrar de ojos se puso la anciana a diez pasos del ciego. Este trató de seguirla; ella le buscaba las vueltas; se ponía en lugar seguro, y él descargaba sus furibundos garro-

tazos en el aire y en el suelo. En una de estas cayó
boca abajo, y allí se quedó cual si fuera la víctima,
mordiendo la tierra, mientras la señora de sus pensamientos le decía:

—Almudena, Almudenilla, si te cojo, verás..., ¡ton-
taina, borricote!...

Capítulo 24

Después de revolcarse en el suelo con epiléptica
contracción de brazos y piernas y de golpearse la
cara y tirarse de los pelos, lanzando exclamaciones
guturales en lengua arábiga, que *Benina* no enten-
día, rompió a llorar como un niño, sentado ya a estilo moro y continuando en la tarea de aporrearse la
frente y de clavar los dedos convulsos en su rostro.
Lloraba con amargo desconsuelo, y las lágrimas cal-
maron, sin duda, su loca furia. Acercóse *Benina* un
poquito y vio su rostro inundado de llanto que le
humedecía la barba. Sus ojos eran fuentes por donde
su alma se descargaba del raudal de una pena in-
finita.

Pausa larga. Almudena, con voz quejumbrosa de
chiquillo castigado, llamó cariñosamente a su amiga:

—Nina..., *amri*... ¿Estar aquí ti?

—Sí, hijo mío, aquí estoy viéndote llorar como San
Pedro después que hizo la canallada de negar a Cristo. ¿Te arrepientes de lo que has hecho?

—Sí, sí..., *amri*... ¡Haber pegado ti!... ¿Doler ti
mocha?

—¡Ya lo creo que me escuece!

—Yo malo..., *yorando* mí días *mochas, poique* pegar ti... *Amri, perdoñar* tú mí...

—Sí..., perdonado... Pero no me fío.

—Tomar tú palo—le dijo alargándoselo—. Venir
qui..., *cabe mí*. Coger palo y dar mí fuerte hasta que
matar tú mí.

—No me fío, no.

—Tomar tú este *cochilo*—añadió el africano, sacando del bolso interior del chaquetón una herramienta cortante—. Mercarlo yo *pa* pegar ti... Matar tú mí con él, quitar vida mí. Mordejai no *quierer* vida..., muerte sí, muerte...

Como quien no hace nada, *Benina* se apoderó de las dos armas, palo y cuchillo, y arrimándose ya sin temor alguno al desdichado ciego, le puso la mano en el hombro.

—Me has partido algún hueso, porque me duele *mocha*—le dijo—. A ver dónde me curo yo ahora... No, hueso roto no hay; pero me has levantado unos morcillones como mi cabeza, y el árnica que gaste yo esta tarde tú me la tienes que abonar.

—Dar yo ti... vida... *Perdoñar* mí... *Yorar* yo meses *mochas*, si tú no *perdoñando* mí... Estar loco... Yo *querier* ti... Si tú no *querier* mí, Almudena matar si él *sigo*.

—Bueno va. Pero tú has tomado algún maleficio. ¡Vaya, que salir ahora con ese cuento de enamorarte de mí! ¿Pero tú no sabes que soy una vieja, y que si me vieras te caerías para atrás del miedo que te daba?

—No ser vieja tú... Yo *quiriendo* ti.

—Tú quieres a Pedra.

—No... B'rracha..., fea, mala... Tú *ser muquier* una sola... No haber otra mí.

Sin dar tregua a su intensa aflicción, cortando las palabras con los hondos suspiros y el continuo sollozar, torpe de lengua hasta lo sumo, declaró Almudena lo que sentía, y en verdad que si pudo entender *Benina* lenguaje tan extraño no fue por el valor y sentido de los conceptos, sino por la fuerza de la verdad que el marroquí ponía en sus extrañísimas modulaciones, aullidos, desesperados gritos y sofocados murmullos. Díjole que desde que el Rey *Samdai* le señaló la mujer *única*, para que le siguiera y de ella se apoderara, anduvo corriendo por toda la tierra. Mas él caminaba, más delante iba la mujer, sin poder alcanzarla nunca. Andando el tiempo, creyó que la fugitiva era Nicolasa, que con él vivió tres años en vida errante. Pero no era; pronto vio que no era. La suya delante, siempre delante, entapujadita y sin dejarse ver la cara... Claro, que él veía la figura con los ojos del alma... Pues bueno: cuando conoció a *Benina*, una mañana que por primera vez se presentó ella en San Sebastián, llevada por Eliseo, el corazón, queriendo salirse del pecho, le dijo: «Esta es, esta sola, y no hay otra.» Más hablaba con ella, más se convencía de que era *la suya;* pero quería dejar pasar tiempo y *priebarlo* mejor. Por fin llegó la certidumbre, y él esperando, esperando una ocasión de decírselo a ella... Así, cuando le contaron que *Benina* quería al *galán bunito,* y que se lo había llevado a su casa nada menos que en coche, le entró tal desconsuelo, seguido de tan espantosa furia, que el hombre no sabía si matarse o matarla... Lo mejor sería consumar a un tiempo las dos muertes, después de haber despachado para el otro mundo a media humanidad, repartiendo golpes a diestro y siniestro.

Oyó *Benina* con interés y piedad este relato, que aquí se da, para no cansar, reducido a mínimas proporciones; y como era mujer de buen sentido no incurrió en la ligereza de engreírse con aquella pasión africana, ni tampoco hizo chacota de ella, como natural parecía, considerando su edad y las condiciones físicas del desdichado ciego. Manteniéndose en un justo medio de discreción, miraba sólo el fin inmediato de que su amigo se tranquilizara, apartando de su mente las ideas de muerte y exterminio. Explícole lo del *galán bunito*, procurando convencerle de que sólo un sentimiento de caridad habíala movido a llevarle a la casa de su señora, sin que mediase en ello el amor ni cosa tocante a las relaciones de hombre y mujer. No se daba por convencido Mordejai, que planteó por fin la cuestión en términos que justifican la veracidad y firmeza de su afecto, a saber: para que él creyese lo que *Benina* acaba de decirle, convenía que se lo demostrara con hechos, no con palabras, que el viento se lleva. ¿Y cómo se lo demostraría con hechos, de modo que él quedase plenamente satisfecho y convencido? Pues de un modo muy sencillo: dejando todo, su señora, *casa suya, galán bunito;* yéndose a vivir con Almudena y quedando unidos ya los dos para toda la vida.

No respondió la anciana con negación rotunda por no excitarle más, y se limitó a presentarle los inconvenientes del abandono brusco de su señora, que se moriría si de ella se separase. Pero a todas estas razones oponía el marroquí otras fortalecidas en el fuero y leyes de amor, que a todo se sobreponen.

—Si tú *quierer mi, amri,* mí *casar tigo.*

Al hacer la oferta de su blanca mano, acompañándola de un suspirar tierno y de remilgos de vergüenza, con sus enormes labios que se dilataban hasta las orejas o se contraían formando un hocico monstruoso, *Benina* no pudo evitar una risilla de burla.

Pero conteniéndose al instante, acudió a la respuesta con este discretísimo argumento:

—Hijo, así te llamo porque pudieras serlo..., agradezco tu fineza, pero repara que he cumplido los sesenta años.

—Cumplir no cumplir *sisenta, milienta,* yo *quirier* ti.

—Soy una vieja, que no sirve para nada.

—*Sirvi, amri;* yo *quierer* ti..., tú *mais* que la luz *bunita;* moza tú.

—¡Qué desatino!

—Casar *migo tigo,* y *dirnos migo* con tú a *terra* mía, *terra* de Sus. Mi padre Saúl, rico él; mis *germanos,* ricos ellos; mi madre Rimna, rica *bunita* ella..., *quierer ti, dicir hija ti...* Verás *terra* mía: *aceita mocha, laranjas mochas...*, *carnieras mochas* padre mío... *mochas arbolas* cabe el río; casa grande..., noria *d'agua* fresca..., *bunito;* ni frío ni *calora.*

Aunque la pintura de tanta felicidad influía levemente en su ánimo, no se dejaba seducir *Benina,* y como persona práctica vio los inconvenientes de una traslación repentina a países tan distantes, donde se encontraría entre gentes desconocidas, que hablaban una lengua de todos los demonios, y que seguramente se diferenciarían de ella por las costumbres, por la religión y hasta por el vestido, pues allá, de fijo, andaban con taparrabo... ¡Bonita estaría ella con taparrabo! ¡Vaya, que se le ocurrían unas cosas al buen Mordejai! Mostrándose afectuosa y agradecida, le argumentó con los inconvenientes de la precipitación en cosa tan grave como es el casarse de buenas a primeras, y correrse de un brinco nada menos que al Africa, que es, como quien dice, *donde empiezan los Pirineos.* No, no; había que pensarlo despacio y tomarse tiempo para no salir con una patochada. Mucho más práctico, según ella, era dejar todo ese lío del casamiento y del viaje de novios para más adelante, ocupándose por el pronto en realizar, con todos los requisitos que aseguraran el éxito, el conjuro del Rey *Samdai.* Si la cosa resultaba, como Almudena le aseguró, y venían a poder de ella las banastas de piedras preciosas, que tan fácilmente se convertirían en billetes de Banco, ya tenían todas las cuestiones resueltas, y lo demás prontamente se allanaría. El dinero es el arreglador infalible de cuantas dificultades hay en el mundo. Total: que ella se comprometía a cuanto él quisiera, y desde luego empeñaba su palabra de casorio y de seguirle hasta el fin del mundo, siempre y cuando el Rey *Samdai* concediese lo que con todas las reglas, ceremonias y rezos benditos se le había de pedir.

Quedóse meditabundo el africano al oír esto, y después se dio golpetazos en la frente, como hombre que experimenta gran confusión y desconsuelo.

—*Perdoñar* mí tú... Olvidar mí *dicer* ti cosa.

—¿Qué? ¿Vas a salir ahora con inconvenientes? ¿Es que la operación no vale porque faltará algún requisito?

—Olvidar mi *requisito*... No valer, *poique* ser tú *muquier.*

—¡Condenado!—exclamó *Benina* sin poder contener su enojo—, ¿por qué no empezaste por ahí? Pues si el primer *requisito* es ser hombre..., ¡a ver!

—*Perdoñar* mí... Olvidar cosa *migo.*

—Tú no tienes la cabeza buena. ¡Vaya una plancha! Pero, ¡ay!, la culpa es mía por haberme creído las paparruchas que inventan en tu tierra maldecida y en esa tu religión de los demonios coronados. No, no lo creí... Era que la pobreza me cegaba... Y no lo creo, no. Perdóneme Dios el mal pensamiento de llamar al diablo con todos esos arrumacos; perdóneme también la Virgen Santísima.

—Si no valer eso *poique* ser tú *muquier*...—replicó Almudena vergonzoso—, saber mí otra cosa..., que sí *jacer* tú: coger has tú *tuda la diniera* que tú *querier*.

—No, no me engañas otra vez. ¡Buen pájaro estás tú!... Ya no creo nada de lo que me digas.

—Por la bendita luz, verdad ser... Rayo del cielo matar mí, si *n'gañar* ti... ¡*Coger diniero, mocha diniero!*

—¿Cuándo?

—Cuando *quiriendo* tú.

—A ver... Aunque no he de creerlo, dímelo pronto.

—Yo dar ti *p'peleto*...

—¿Un papelito?

—Sí... Poner tú punta *llengua*...

—¿En la punta de la lengua?

—Sí: entrar con ello Banco, *p'peleto en llengua*, y *naide* ver ti. Poder coger *diniero tuda*... No ver ti *naide*.

—Pero eso es robar, Almudena.

—*Naide* ver, *naide* a ti *dicir naida*.

—Quita, quita... Yo no tengo esas mañas. Robar, no. ¿Que no me ven? Pero Dios me verá.

Capítulo 25

No desistía el apasionado marroquí de ganar la voluntad de la dama (que así debemos llamarla en este caso, toda vez que como tal él la veía con los ojos de su alma); y conociendo que los medios positivos eran los más eficaces, y que antes que las razones con que él pudiera expugnarla la rendiría su propia codicia y el anhelo de enriquecerse, se arrancó con otro sortilegio, producto natural de su sangre semítica y de su rica imaginación. Díjole que entre todos los secretos de que por favor de Dios era depositario, había uno que no pensaba confiar más que a la persona que fuese dueña de todo su cariño; y como esta persona era ella, la mujer soñada, la mujer prometida por el soberano *Samdai*, a ella sola revelaba el infalible procedimiento para descubrir los tesoros *soterrados*. Aunque afectaba *Benina* no dar crédito a tales historias, ello es que no perdió sílaba del relato que Almudena le hizo. La cosa era muy sencilla, por él pintada, aunque las dificultades prácticas para llegar a producir el mágico efecto saltaba a la vista. La persona que quisiera saber, *siguro, siguro*, dónde había dinero escondido, no tenía más que abrir un hoyo en la tierra y estarse dentro de él cuarenta días, en paños menores, sin otro alimento que harina de cebada sin sal ni más ocupación que leer un libro santo, de luengas hojas, y meditar, meditar sobre las profundas verdades que aquellas escrituras contenían...

—¿Y eso tengo que hacerlo yo?—dijo *Benina* impaciente—. ¡Apañado estás! ¿Y ese libro está escrito en tu lengua? Tonto, ¿cómo voy a leer yo esos garrapatos, si en mi propio castellano natural me estorba lo negro?

—*Leyerlo* mí..., *leyer* tú.

—Pero en ese agujero bajo tierra, que será la casa de los topos, ¿podemos estar los dos?

—*Siguro.*

—Bueno. Y para poder ver bien la letra de ese libro —dijo con sorna la *dama*—, llevarás antiparras de ciego...

—Mí saberlo de *memueria*—replicó, impávido, el africano.

La *operación*, pasados los cuarenta días de penitencia, terminaba por escribir en un papelito, como los de cigarro, ciertas palabras mágicas que él sabía, él solo; luego se soltaba el papelito en el aire, y mientras el viento lo llevaba de aquí para allá, ella y él rezarían devotamente oraciones *mochas,* sin quitar los ojos del papel volante. Allí donde cayese se encontraría, cavando, cavando, cl tesoro soterrado, probablemente una gran olla repleta de monedas de oro.

Manifestó *Benina* su incredulidad soltando la risa; pero alguna huella dejaba en su espíritu la nueva quisicosa para encontrar tesoros, porque con toda formalidad se dejó decir:

—No creo yo que haya dinero enterrado en los campos. Puede que en tu tierra se den esos casos; pero lo que es aquí..., donde lo tienes es en los patios, en las corraladas, debajo del suelo de las leñeras, almacenes y bodegas, y, si a mano viene, empotrado en las paredes...

—Mismo poder yo *discubrierlo* él... Yo *dicir* ti, si tú *quiriendo* mí, si tú casar *migo*.

—Ya trataremos de eso más despacio—dijo *Benina* quitándose el pañuelo y volviéndoselo a poner, señal de impaciencia y ganas de marcharse.

—No *dirti* tú, *amri*, no—murmuró el ciego quejumbroso, agarrándola por la falda.

—Es tarde, hijo, y hago falta en casa.

—Tú *migo* siempre.

—No puede ser por ahora. Ten paciencia, hijo.

Poseído nuevamente de furor, al sentir que se levantaba, se arrojó sobre ella, clavándole la zarpa en los brazos y manifestando con rugidos, más que con voces, su ardiente anhelo de tenerla en su compañía.

—Mí *quiriendo* ti... Matar mí *ajogar* mismo yo en río si tú no *venier* mí...

—Déjame, por Dios, Almudena—dijo con acento de aflicción la *dama*, creyendo vencerle mejor con súplicas afectuosas—. Yo te quiero, pero me llaman mis obligaciones.

—Matar yo *galán bunito*—gritó el ciego apretando los puños y dando algunos pasos hacia la anciana, que, medrosa, se había apartado de él.

—Ten juicio; si no, no te quiero... Vámonos. Si me prometes ser bueno y no pegarme, iremos juntos.

—*Piegar* ti no, no..., *quiriendo* ti más que a la bendita luz.

—Pues si no pegas, vamos—dijo *Benina*, aproximándose cariñosa y cogiéndole por el brazo.

Apaciguado el buen Mordejai, emprendieron otra vez la marcha hacia arriba, y por el camino dijo el ciego a la *dama* que se había despedido de Santa Casilda por romper con la Pedra; y como los tiempos venían malos y no se ganaban perras, pensaba trasladarse aquella misma tarde a las Cambroneras, *cabe* el Puente de Toledo, pues en aquel barrio había estancias para dormir por sólo diez céntimos cada noche. No aprobó *Benina* el cambio de domicilio, porque allí, según había oído, vivían en grande estrechez e incomodidad los pobres, amontonados y revueltos en cuartuchos indecentes; pero él insistió, dolorido y melancólico, asegurando que *quería estar mal*, hacer penitencia, pasarse los días *yorando, yorando*, hasta conseguir que *Adonai* ablandase el corazón de la mujer amada. Suspiraron ambos y silenciosos subieron toda la calle de Toledo.

Como *Benina* le ofreciese un duro para la mudanza, Almudena expresó un desinterés sublime:

—No *querier* mí *diniero*... *Diniero* cosa puerca..., asco diniero... Mí *quirier amri...*, *muquier* mía *migo*.

—Bueno, bueno; ten paciencia—le dijo *Benina*, temerosa de que se descompusiera al final de la jornada—. Yo te prometo que mañana hablaremos de eso.

—¿*Viner* tú Cambroneras?

—Sí, te lo prometo.

—Mí no *golver pirroquia*... Carga mi *genta suberbiosa*. Casiana, Eliseo..., asco mí *genta*. Mí pedir *Puenta Tolaido*...

—Espérame mañana... y prométeme tener juicio.

—*Yorando, yorando* mí.

—¿Pero a qué vienen esos lloriqueos?... Almudenilla, si·yo te quiero... *Amos*, no me des disgustos.

—*Ora ti*, casa tuya, ver *galán bunito*, *jacer* tú cariños él.

—¿Yo? ¡Estás fresco! ¡Sí, sí, para él estaba! ¿Pero

tú qué te has creído? ¡Valiente caso hago yo de esa estantigua! Tiene más años que la Cuesta de la Vega; es pariente de mi señora, y por encargo de ésta se le recogió para llevarle a casa.

—¡*Mam'rracho* él!

—¡Y tan mamarracho! Ni hay comparanza entre él y tú... En fin, chico; tengo mucha prisa. Adiós. Hasta mañana.

Aprovechando un momento en que el marroquí se quedaba como lelo, apretó a correr, dejándole arrimadito a la pared, junto a la tienda llamada del *Botijo*. Era la única forma posible de separación, dada la tenaz adherencia del pobre ciego. Desde lejos le miró *Benina*, inmóvil, la cabeza caída. Pasado un rato, se dejó caer en el suelo, y allí le vieron toda la tarde los transeúntes, sentado, mudo, la negra mano extendida.

No encontró la Nina en su casa grandes novedades, como por tal no se tuviera el contento de doña Paca, que no cesaba de alabar la finura de su huésped y la gracia con que a la conversación traía los recuerdos de Algeciras y Ronda. Sentíase la buena señora transportada a sus verdes años; casi olvidaba su pobreza, y movida del generoso instinto que en aquella edad primera había sido fundamento de su carácter imprevisor y de sus desgracias, propuso a Nina que se trajeran para Frasquito dos botellas de Jerez, pavo en gelatina, huevo hilado y cabeza de jabalí.

—Sí, señora—replicó la criada—, todo eso traeremos, y luego nos vamos a la cárcel para ahorrar a los tenderos el trabajo de llevarnos. ¿Pero usted se ha vuelto loca? Para esta noche haré unas sopas de ajo con huevo y *sansacabó*. Crea usted que a ese caballero le sabrán a gloria, acostumbrado como está a comistrajos indecentes.

—Bueno, mujer. Se hará lo que tú quieras.

—En vez de cabeza de jabalí, pondremos cabeza de ajo.

—Creo, con tu permiso, que en todas las circunstancias, aunque sea sacrificándose, debe una portarse como quien es. En fin, ¿cuánto dinero tenemos?

—Eso a usted no le importa. Déjeme a mí, que ya sabré arreglarme. Cuando se acabe, no es usted quien ha de ir a buscarlo.

—Ya, ya sé que irás tú y lo buscarás. Yo no sirvo para nada.

—Sí sirve usted; y ahora, ayúdeme a pelar estas patatitas.

—Lo que quieras... ¡Ah!..., se me olvidaba. Frasquito toma té..., y como está tan delicadillo, hay que traerlo bueno.

—Del mejor. Iré por él a la China.

—No te burles. Vas a la tienda, y pides del que llaman *mandarín*. Y de paso te traes un quesito bueno para postre...

—Sí, sí..., eche usted y no se derrame.

—Ya ves que está acostumbrado a comer en casas grandes.

—Justamente: como la taberna de Boto, en la calle del Avemaría..., ración de guisado, a real; con pan y vino, treinta y cinco céntimos.

—Estás hoy... que no se te puede aguantar. Pero a todo me avengo, Nina. Tú mandas.

—¡Ay, si yo no mandara, bonitas andaríamos! Ya

nos habrían llevado a San Bernardino o al mismísimo Pardo.

Bromeando así llegó la noche, y cenaron frugalmente, alegres los tres y resignados con la pobreza, mal tolerable y llevadero cuando no falta un pedazo de pan con que matar el hambre. Y el historiador debe hacer constar, asimismo, que el buen temple en que estaba doña Paca se torció un poco al recogerse las dos en la alcoba, la señora en su cama, *Benina* en el suelo, por haber cedido su lecho a Frasquito. Como la viuda de Zapata era tan voluble de genio, en un instante, sin que se supiera el motivo, pasaba de la bondad apacible a la ira insana, de la credulidad infantil a la desconfianza marrullera, de las palabras razonables a los disparates más absurdos. Conocía muy bien la criada este fácil girar de los pensamientos y la voluntad de su señora, a quien comparaba con una veleta; y sin tomar a pecho sus displicencias y raptos de ira, esperaba que cambiase el viento. En efecto, éste variaba de improviso, rolando al cuadrante bueno, y si en un momento la malva se había convertido en cardo, en otro momento tornaba a su primera condición.

El mal humor de doña Paca en la noche a que me refiero debe atribuirse, según datos fehacientes, a que Frasquito, en sus conversaciones de la tarde y en los ratos de la cena y sobremesa de ésta, mostró por *Benina* unas preferencias que lastimaron profundamente el amor propio de la viuda infeliz. A *Benina* manifestaba el buen señor casi exclusivamente su gratitud, reservando para la señora una cortés deferencia; para *Benina* eran todas sus sonrisas, sus frases más ingeniosas, la ternura de sus ojos lánguidos, como de carnero a medio morir, y a tantas indiscreciones unió Ponte la de llamarla *ángel* como unas doscientas veces en el curso de la frugal cena.

Y dicho esto, oigamos a doña Paca, entre sábanas metida, mientras la otra se acostaba en el suelo:

—Pues hija, nadie me quita de la cabeza que le has dado un bebedizo a este pobre señor. ¡Vaya cómo te quiere! Si no fueras una vieja feísima y sin ninguna gracia, creería que le habías hecho tilín... Cierto que eres buena, caritativa, que sabes ganar la simpatía por lo bien que atiendes a todo y por tu dulzura y ese modito suave..., que bien podría engañar a los que no te conocen... Pero con todas esas prendas, imposible que un hombre tan corrido se prende de ti... Si te lo crees y por ello estás inflada de orgullo, mi parecer es que no te compongas, pobre Nina. Siempre serás lo que fuiste..., y no temas que yo le quite a don Frasquito la ilusión, contándole tus malas mañas, lo sisona que eras y otras cosillas, otras cosillas que tú sabes y yo también...

Callaba *Benina*, tapándose la boca con la sábana, y esta humildad y moderación encendieron más el rencorcillo de la viuda de Zapata, que prosiguió molestando a su compañera:

—Nadie reconoce como yo tus buenas cualidades, porque las tienes; pero hay que ponerte siempre a distancia, no dejarte salir de tu baja condición, para que no te desmandes, para que no te subas a las barbas de los superiores. Acuérdate de las dos veces que tuve que echarte de mi casa por sisona... ¡A tal extremo llegó tu descaro, ¿qué digo descaro?, tu cinismo en aquel vicio feo, que... vamos, yo, que jamás he·hecho una cuenta, ni me gusta, veía mi dinero

pasando de mi bolsillo al tuyo... en chorro continuo!... Pero ¿qué? ¿No dices nada?... ¿No contestas?
¿Te has vuelto muda?

—Sí, señora, me he vuelto muda—fue la única respuesta de la buena mujer—. Puede que cuando la
señora se canse y cierre el pico, lo abra yo para decirle..., en fin, **no digo nada.**

Capítulo 26

—¡Ja, ja!... Di lo que quieras... —prosiguió doña Paca—. ¿Te atreverás a decir algo ofensivo de mí? ¡Que no he sabido llevar el Cargo y Data! ¿Y qué? ¿Quién te ha dicho a ti que las señoras son tenedoras de libros? El no llevar cuentas ni apuntar nada no era más que la forma natural de mi generosidad sin límites. Yo dejaba que todo el mundo me robase; veía la mano del ladrón metiéndose en mi bolsillo, y me hacía la tonta... Yo he sido siempre así. ¿Es esto pecado? El Señor me lo perdonará. Lo que Dios no perdona, *Benina,* es la hipocresía, los procederes solapados y el estudio con que algunas personas componen sus actos para parecer mejores de lo que son. Yo siempre he llevado el alma en mi rostro y me he presentado a los ojos de todo el mundo como soy, como era, con mis defectos y cualidades, tal como Dios me hizo... ¿Pero tú no tienes nada que contestarme?... ¿O es que no se te ocurre nada para defenderte?

—Señora, callo, porque estoy dormida.

—No, tú no duermes, es mentira; la conciencia no te deja dormir. Reconoces que tengo razón, y que eres de las que se componen para disimular y esconder sus maldades... No diré que sean precisamente *maldades,* tanto, no. Soy generosa en esto como en todo, y diré *flaquezas*..., pero ¡qué flaquezas! Somos frágiles; verdaderamente, tú puedes decir: «No me

llamo *Benina*, sino Fragilidad...» Pero no te apures,
pues ya sabes que no he de ir con cuentos al señor
de Ponte para desprestigiarte y deshojar la flor de
sus ilusiones... ¡Qué risa!... No viendo en ti, como
no puede verlo, una figura elegante, ni un rostro fresco y sonrosado, ni modales finos, ni educación de señora, ni nada de eso, que es por lo que se enamoran
los hombres, habrá visto..., ¿qué? Por Dios que no
acierto. Si tú fueras franca, que no lo eres, ni lo
serás nunca... ¿Oyes lo que digo?

—Sí, señora, oigo.

—Si tú fueras franca, me dirías que el señor de
Ponte te llama *ángel* por lo bien que haces las sopas
de ajo, acartonaditas... ¿Y te parece a ti que esto es
suficiente motivo para que a una mujer la llamen
ángel con todas sus letras?

—¿Pero a usted qué le importa?... Deje al señor
De Ponte Delgado que me ponga los motes que
quiera.

—Tienes razón, sí, sí... Puede que te lo diga iróni-
camente, que estos señorones, muy curtidos en sociedad, emplean a menudo la ironía, y cuando parece
que nos alaban, lo que hacen es tomarnos el pelo,
como suele decirse... Por si el hombre va por derecho y se ha prendado de ti con buen fin..., que todo
podría ser, *Benina*..., se ven cosas muy raras..., tú
debes proceder con lealtad y confesarle tus máculas,
no vaya a creer Frasquito que la pureza de los ángeles del cielo es cualquier cosa comparada con tu pureza. Si así no lo haces, eres una mala mujer... La
verdad, Nina, en estos casos, la verdad. El hombre se
ha creído que eres un prodigio de conversación, ¡ja,
ja!..., que has hecho un milagro, pues milagro sería,

en plena vida de Madrid y en la clase de servicio do-
méstico, una virginidad de sesenta años... Puedes
plantarte en los cincuenta y cinco, si así te conviene... Pero si le engañas en la edad, que ésta es super-
chería muy corriente en nuestro sexo, no andes con
bromas en lo que es de ley moral, Nina; eso, no.
Mira, hija, yo te quiero mucho, y como señora tuya
y amiga te aconsejo que le hables clarito, que le
cuentes tus faltas y caídas. Así el buen señor no se
llamará a engaño, si andando el tiempo descubre lo
que tú ahora le ocultaras. No, Nina, no; hija mía, dile
todo, aunque se te ponga la cara muy colorada y se
te congestione la verruga que llevas en la frente. Confiesa tu grave falta de aquellos tiempos, cuando con-
tabas treinta y cinco años..., y ten valor para decirle:
«Señor don Frasquito, yo quise a un guardia civil
que se llamaba Romero, el cual me tuvo trastornada
más de dos años y al fin se negó a casarse conmigo...» Vamos, mujer, no es para que te pongas como
la grana. Después de todo, ¿qué ha sido ello? Querer
a un hombre. Pues para eso han venido las mujeres
al mundo: para querer a los hombres. Tuviste la desgracia de tropezar con uno que te salió malo. Cuestión de suerte, hija. Ello es que estuviste loca por
él... Bien me acuerdo. No te podía aguantar; no ha-
cías nada al derecho. Sisabas de lo lindo, y mientras
tú no tenías un traje decente, a él no le faltaban
buenos puros... A mí, que veía tus padecimientos y
tu ceguera, pues atormentada y sin un día de tranquilidad, en vez de huir del suplicio, ibas a él; a mí,
que vi todo esto, nadie tiene que contármelo, Nina.
Conozco la historia, aunque no la sé toda entera, porque algo me has ocultado siempre..., y a mí me refi-

rieron cosas que no sé si son ciertas o no... Dijéronme que de tus amores tuviste...

—Eso no es verdad.

—Y que lo echaste a la Inclusa...

—Eso no es verdad—repitió *Benina* con acento firme y sonora voz, incorporándose en el lecho.

Al oírla calló súbitamente doña Paca, como el ra-
toncillo nocturno que cesa de roer al sentir los pasos
o la voz del hombre. Oyóse tan sólo, durante largo
rato, alguno que otro suspiro hondísimo de la señora,
que después empezó a quejarse y a gruñir por lo
bajo. La otra no chistaba. Había hecho rápida crisis
el genio de la infeliz señora, determinándose un brusco giro de la veleta. La ira y displicencia trocáronse
al punto en blandura y mimo. No tardó en presentarse el síntoma más claro de la sedación, que era un
vivo arrepentimiento de todo lo que había dicho y la
vergüenza de recordarlo, pues no significaban otra
cosa los gruñidos y el quejarse de imaginarios dolores. Como *Benina* no respondiera a estas demostraciones, doña Paca, ya cerca de medianoche, se arrancó a llamarla:

—Nina, Nina, ¡si vieras qué mala estoy! ¡Vaya una
nochecita que estoy pasando! Parece que me aplican
un hierro caliente al costado y que me arrancan a
tirones los huesos de las piernas. Tengo la cabeza
como si me hubieran sacado los sesos, poniéndome
en su lugar miga de pan y perejil muy picadito... Por
no molestarte, no te he dicho que me hagas una ta-
cita de tila, que me refriegues la espalda y que me
des una papeleta de salicilato, de bromuro o de su-
fonal... Esto es horrible. Estás dormida como un

cesto. Bien, mujer, descansa, engorda un poquito...
No quiero molestarte.

Sin despegar los labios, abandonaba Nina el jergón, y, echándose una falda, hacía la taza de tila en
la cocina económica, y antes o después daba la medicina a la enferma, y luego las friegas, y por fin acos-
tábase con ella para arrullarla como a un niño hasta
que conseguía dormirla. Anhelando olvidar la señora
su anterior desvarío, creía que el mejor medio era
borrar no expresiones cariñosas las malévolas ideas
de antes, y así, mientras su compañera la arrullaba,
decíale:

—Si yo no te tuviera, no sé qué sería de mí. Y luego me quejo de Dios, y le digo cosas, y hasta le in-
sulto, como si fuera un cualquiera. Verdad que me
priva de muchos bienes, pero me ha dado tu compañía y amistad, que vale más que el oro y la plata y
los brillantes... Y ahora que me acuerdo, ¿qué me
aconsejas tú que debo hacer para el caso de que vuel-
van don Francisco Morquero y don José María Porcell con aquella embajada de la herencia?...

—Pero, señora, si eso lo ha soñado usted..., y los
tales caballeros hace mil años que están muy achan-
taditos debajo de la tierra.

—Dices bien: yo lo soñé... Pero si no aquéllos,
otros puede que vengan con la misma música el mejor día.

—¿Quién dice que no? ¿Ha soñado usted con cajas
vacías? Porque eso es señal de herencia segura.

—Y tú, ¿qué has soñado?

—¿Yo? Anoche, que nos encontrábamos con un
toro negro.

—Pues eso quiere decir que descubriremos un te-

soro escondido... Mira, tú, ¿quién nos dice que en
esta casa antigua, que habitaron en otro tiempo co-
merciantes ricos, no hay dentro de tal pared o tabi-
que alguna olla bien repleta de peluconas?

—Yo he oído contar que en el siglo pasado vivieron
aquí unos almacenistas de paños, poderosos, y cuando se murieron... no se encontró dinero ninguno.
Bien pudiera ser que los emparedaran. Se han dado
casos, muchos casos.

—Yo tengo por cierto que dinero hay en esta finca... Pero a saber dónde demontres lo escondieron
esos indinos. ¿No habría manera de averiguarlo?

—¡No sé..., no sé!—murmuró *Benina*, dejando volar su mente vagorosa hacia los orientales conjuros
propuestos por Almudena.

—Y si en las paredes no, debajo de los baldosines
de la cocina o de la despensa puede estar lo que aquellos señores escondieron, creyendo que lo iban a
disfrutar en el otro mundo.

—Podrá ser... Pero es más probable que sea en las
paredes o, un suponer, en los techos, entre las vigas...

—Me parece que tienes razón. Lo mismo puede ser
arriba que abajo. Yo te aseguro que cuando piso
fuerte en los pasillos y en el comedor, y se estremece
todo el caserón como si quisiera derrumbarse, me
parece que siento un ruidillo..., así como de metales
que suenan y hacen tilín... ¿No lo has sentido tú?

—Sí, señora.

—Y si no, haz la prueba ahora mismo. Date unos
paseos por la alcoba, pisando fuerte, y oiremos...

Hízolo *Benina* como su señora mandaba, con no
menos convicción y fe que ella, y, en efecto..., oyeron un retintín metálico, que no podía provenir más

que de las enormes cantidades de plata y oro (más oro que plata seguramente) empotradas en la vetusta fábrica. Con esta ilusión se durmieron ambas y en sueños seguían oyendo el tin, tin...

La casa era como un inmenso cuerpo, y sudaba, y por cada uno de los infinitos poros soltaba una onza, o centén, o monedita de veintiuno y cuartillo.

Capítulo 27

A la mañanita del siguiente día iba *Benina* camino de las Cambroneras con su cesta al brazo, pensando, no sin inquietud, en las exaltaciones del buen Almudena, que le llevarían pronto a la locura si ella, con su buena maña, no lograba contenerle en la razón. Más abajo de la Puerta de Toledo encontró a *la Burlada* y a otra pobre que pedía con un niño cabezudo. Díjole su compañera *de parroquia* que había trasladado su domicilio al Puente, por no poderse arreglar en el *riñón de Madrid* con la carestía de los alquileres y la mezquindad del fruto de la limosna. En una casucha junto al río le daba hospedaje por poco más de nada, y a esta ventaja unía la de ventilarse bien en los paseos que se daban mañana y tarde, del río al *punto* y del *punto* al río. Interrogada por *Benina* acerca del ciego moro y de su vivienda, respondió que le había visto junto a la Fuentecilla, pasado el Puente, pidiendo; pero que no sabía dónde moraba.

—Vaya con Dios, señora—dijo *la Burlada*, despidiéndose—. ¿No va usted hoy al *punto*? Yo sí..., porque aunque poco se gana, allí tiene una su arreglo. Ahora me dan todas las tardes un buen *platao* de comida en *ca* el señor banquero, que vive mismamente de cara a la entrada por la calle de las Huertas, y vivo como una canóniga, gozando ver cómo se le afila la jeta a *la Caporala* cuando la muchacha del señor banquero me lleva mi gran cazolón de comestible... En fin, con esto y algo que cae, vivimos, *doña Benina*, y puede una *chincharse* en las ricas. Adiós, que lo pase bien y que encuentre a su moro con salud... Vaya, conservarse.

Siguió cada cual su rumbo, y a la entrada del Puente dirigióse *Benina* por la calzada en declive que a mano derecha conduce al arrabal llamado de las Cambroneras, a la margen izquierda del Manzanares, en terreno bajo. Encontróse en una como plazoleta, limitada en el lado del Poniente por un vulgar edificio, al Sur por el pretil del contrafuerte del Puente y a los otros dos lados por desiguales taludes y terraplenes arenosos, donde nacen silvestres espinos, cardos y raquíticas hierbas. El sitio es pintoresco, ventilado y casi puede decirse alegre, porque desde él se dominan las verdes márgenes del río, los lavaderos y sus tenderijos de trapos de mil colores. Hacia Poniente se distingue la sierra, y a la margen opuesta del río, los cementerios de San Isidro y San Justo, que ofrecen una vista grandiosa con tanto copete de panteones y tanto verdor oscuro de cipreses... La melancolía inherente a los camposantos no les priva, en aquel panorama, de su carácter decorativo, como un buen telón agregado por el hombre a los de la Naturaleza.

Al descender pausadamente hacia la explanada vio la mendiga dos burros..., ¿qué digo dos?, ocho, diez o más burros, con sus collarines de encarnado rabioso, y junto a ellos grupos de gitanos tomando el sol, que ya inundaba el barrio con su luz esplendorosa, dando risueño brillo a los colorines con que se decoraban brutos y personas. En los animados corrillos todo era risas, chacota, correr de aquí para

allá. Las muchachas saltaban; los mozos corrían en
su persecución; los chiquillos, vestidos de harapos,
daban volteretas, y sólo los asnos se mantenían graves y reflexivos en medio de tanta inquietud y alga-
rabía. Las gitanas viejas, algunas de tez curtida y
negra, comadreaban en corrillo aparte, arrimaditas
al edificio grandón, que es una casa de corredor de
regular aspecto. Dos o tres niñas lavaban trapos en
el charco que hacia la mitad de la explanada se forma
con las escurriduras y desperdicios de la fuente ve-
cinal. Algunas de estas niñas eran de tez muy oscura,
casi negra, que hacía resaltar las filigranas colgadas
de sus orejas; otras, de color de barro; todas ágiles,
graciosas, esbeltísimas de talle y sueltas de lengua.
Buscó la anciana entre aquella gente caras conocidas;
y mira por aquí y por allá, creyó reconocer a un gitano que en cierta ocasión había visto en el Hospital,
yendo a recoger a una amiga suya. No quiso acer-
carse al grupo en que el tal con otros disputaba
sobre un burro, cuyas mataduras eran objeto de vivas discusiones, y aguardó ocasión favorable. Esta
no tardó en venir, porque se enredaron a trompada
limpia dos churumbeles, el uno con las perneras
abiertas de arriba abajo, mostrando las negras cani-
llas; el otro con una especie de turbante en la cabeza, y por todo vestido un chaleco de hombre; acudió el gitano a separarlos; ayudóle *Benina*, y a ren-
glón seguido le embocó en esta forma:

—Dígame, buen amigo: ¿ha visto por aquí ayer y
hoy a un ciego moro que le llaman Almudena?

—Sí, señora: *halo visto...*, *jablao* con él—replicó
el gitano, mostrando dos carreras de dientes ideales
por su blancura, igualdad y perfecta conservación,

que se destacaban dentro del estuche de dos labios
enormes y carnosos, de un violado retinto—. Le *vide*
en la puente…, díjome que moraba *dende* anoche en
las casas de Ulpiano… y que… no sé qué más…
Desapártese, buena mujer, que esta bestia es *mu des-
considerá* y cocea.

Huyó *Benina* de un brinco, viendo cerca de sí las
patas traseras de un grandísimo burro, que dos gan-
dules apaleaban, como para conocerle las mañas y
proveer a su educación asnal y gitanesca, y se fue
hacia las casas que le indicó con un gesto el de la
perfecta dentadura.

Arranca de la explanada un camino o calle tortuosa
en dirección a la puente segoviana. A la izquierda,
conforme se entra en él, está la casa de corredor,
vasta colmena de cuartos pobres que valen seis pesetas al mes, y siguen las tapias y dependencias de
una quinta o granja que llaman de Valdemoro. A la
derecha, varias casas antiquísimas, destartaladas, con
corrales interiores, rejas mohosas y paredes sucias,
ofrecen el conjunto más irregular, vetusto y mísero
que en arquitectura urbana o campesina puede verse.
Algunas puertas ostentan lindos azulejos·con la figura de San Isidro y la fecha de la construcción, y en
los ruinosos tejados, llenos de jorobas, se ven torcidas veletas de chapa de hierro, graciosamente labra-
do. Al aproximarse, notando *Benina* que alguien se
asomaba a una reja del piso bajo, hizo propósito de
preguntar: era un burro blanco, de orejas desmedi-
das, las ·cuales enfiló hacia afuera cuando ella se
puso al habla. Entró la anciana en el primer corral,
empedrado, todo baches, con habitaciones de puertas desiguales y cobertizos o cajones vivideros, cu-

biertos de chapa de latón enmohecido. En la única pared blanca o menos sucia que las demás, vio un barco pintado con almazarrón, fragata de tres palos, de estilo infantil, con chimenea de la cual salían curvas de humo. En aquella parte, una mujer esmirriada lavaba pingajos en una artesa: no era gitana, sino *paya*. Por las explicaciones que ésta le dio, en la parte de la izquierda vivían los gitanos con sus pollinos, en pacífica comunidad de habitaciones; por lecho de unos y otros, el santo suelo, los dornajos sirviendo de almohadas a los racionales. A la derecha, y en cuadras también borriqueñas, no menos inmundas que las otras, acudían a dormir de noche muchos pobres de los que andan por Madrid: por diez céntimos se les daba una parte del suelo, y a vivir. Detalladas las señas de Almudena por *Benina,* afirmó la mujer que, en efecto, había dormido allí; pero con los demás pobres se había largado tempranito, pues no brindaban aquellos dormitorios a la pereza. Si la *señora* quería algún recado para el ciego moro, ella se lo daría, siempre y cuando viniese la segunda noche a dormir.

Dando las gracias a la esmirriada, salió *Benina* y se fue por toda la calle adelante, atisbando a un lado y otro. Esperaba distinguir en alguno de aquellos calvos oteros la figura del marroquí tomando el sol o entregado a sus melancolías. Pasadas las casas de Ulpiano, no se ven a la derecha más que taludes áridos y pedregosos, vertederos de escombros, escorias y arena. Como a cien metros de la explanada hay una curva o más bien zigzag, que conduce a la estación de las Pulgas, la cual se reconoce desde abajo por la mancha de carbón en el suelo, las empalizadas de cerramiento de vía y algo que humea y bulle por encima de todo esto. Junto a la estación, al lado de Oriente, un arroyo de aguas de alcantarilla, negras como tinta, baja por un cauce abierto en los taludes, y, salvando el camino por una atarjea, corre a fecundar las huertas antes de verterse en el río. Detúvose allí la mendiga, examinando con su vista de lince el zanjón, por donde el agua se despeña con turbios espumarajos, y las huertas, que a mano izquierda se extienden hasta el río, plantadas de acelgas y lechugas. Aún sigiuió más adelante, pues sabía que al africano le gustaba la soledad del campo y la ruda intemperie. El día era apacible: luz vivísima acentuaba el verde chillón de las acelgas y el morado de las lombardas, derramando por todo el paisaje notas de alegría. Anduvo y se paró varias veces la anciana, mirando las huertas, que recreaban sus ojos y su espíritu, y los cerros áridos, y nada vio que se pareciese a la estampa de un moro ciego tomando el sol. De vuelta a la explanada, bajó a la margen del río y recorrió los lavaderos y las casuchas que se apoyaban en el contrafuerte, sin encontrar ni rastros de Mordejai. Desalentada, se volvió a los Madriles de arriba, con propósito de repetir al día siguiente sus indagaciones.

En su casa no encontró novedad; digo, sí: encontró una, que bien pudiera llamarse maravilloso suceso, obra del subterráneo genio *Samdai*. A poco de entrar, díjole doña Paca con alborozo:

—Pero, mujer, ¿no sabes?... Deseaba yo que vinieras para contártelo...

—¿Qué, señora?

—Que ha estado aquí don Romualdo.

—¡Don Romualdo!... Me parece que usted sueña.

—No sé por qué... ¿Es cosa del otro mundo que ese señor venga a mi casa?

—No; pero...

—Por cierto que me ha dado que pensar... ¿Qué sucede?

—No sucede nada.

—Yo creí que había ocurrido algo en casa del señor sacerdote, alguna cuestión desagradable contigo, y que venía a darme las quejas.

—No hay nada de eso.

—¿No le viste tú salir de casa? ¿No te dijo que acá venía?

—¡Qué cosas tiene! Ahora me va a decir a mí el señor adónde va cuando sale.

—Pues es muy raro...

—Pero, en fin, si vino, a usted le diría...

—¿A mí qué había de decirme, si no le he visto?... Déjame que te explique. A las diez bajó a hacerme compañía, como acostumbra, una de las chiquillas de la cordonera, la mayor, Celedonia, que es más lista que la pólvora. Bueno: a eso de las doce menos cuarto, tilín, llaman a la puerta. Yo dije a la chiquilla: «Abre, hija mía, y a quienquiera que sea le dices que no estoy.» Desde el escándalo que me armó aquel tunante de la tienda no me gusta recibir a nadie cuando no estás tú... Abrió Celedonia... Yo sentía desde aquí una voz grave, como de persona principal, pero no pude entender nada... Luego me contó la niña que era un señor sacerdote...

—¿Qué señas?

—Alto, guapo... Ni viejo, ni joven.

—Así es—afirmó *Benina*, asombrada de la coincidencia—. ¿Pero no dejó tarjeta?

—No, porque se le había olvidado la cartera.

—¿Y preguntó por mí?

—No. Sólo dijo que deseaba verme para un asunto de sumo interés.

—En ese caso, volverá.

—No muy pronto. Dijo que esta tarde tenía que irse a Guadalajara. Tú habrás oído hablar de ese viaje.

—Me parece que sí... Algo dijeron de bajar a la estación, y de la maleta, y no sé qué.

—Pues ya ves... Puedes llamar a Celedonia para que te lo explique mejor. Dijo que sentía tanto no encontrarme... Que a la vuelta de Guadalajara vendría... Pero es raro que no te haya hablado de ese asunto de interés que tiene que tratar conmigo. ¿O es que lo sabes y quieres reservarme la sorpresa?

—No, no; yo no sé nada del asunto ése... ¿Y está segura la Celedonia del nombre?

—Pregúntaselo... Dos o tres veces repitió: «Dile a tu señora que ha estado aquí don Romualdo.»

Interrogada la chiquilla, confirmó todo lo expresado por doña Paca. Era muy lista, y no se le escapaba una sola palabra de las que oyera al señor eclesiástico, y describía con fiel memoria su cara, su traje, su acento... *Benina*, confusa un instante por la rareza del caso, lo dio pronto al olvido por tener cosas de más importancia en que ocupar su entendimiento. Halló a Frasquito tan mejorado, que acordaron levantarle del lecho; mas al dar los primeros pasos por la habitación y pasillo, encontróse el galán con la novedad de que la pierna derecha se le había quedado un poco inválida... Esperaba, no obstante, que con la buena alimentación y el ejercicio recobraría dicho miembro su actividad y firmeza. Pronto le darían de alta. Su reconocimiento a las dos señoras, y principalmente a *Benina*, le duraría tanto como la vida... Sentía nuevo aliento y esperanzas nuevas, presagios risueños de obtener pronto una buena colocación que le permitiera vivir desahogadamente, tener hogar propio, aunque humilde, y... En fin, que estaba el hombre animado, y con la inagotable farmacia de su optimismo se restablecía más pronto.

Como a todo atendía Nina, y ninguna necesidad de las personas sometidas a su cuidado se le olvidaba, creyó conveniente avisar a las señoras de la Costanilla de San Andrés, que de seguro habrían extrañado la ausencia de su dependiente.

—Sí, hágame el favor de llevarles un recadito de mi parte—dijo el galán, admirando aquel nuevo rasgo de precisión—. Dígales usted lo que le parezca, y de seguro me dejará en buen lugar.

Así lo hizo *Benina* a prima noche, y a la mañana siguiente, con la fresca, emprendió de nuevo su caminata hacia el Puente de Toledo.

Capítulo 28

Encontróse a un anciano harapiento que solía pedir, con una niña en brazos, en el Oratorio del Olivar, el cual le contó llorando sus desdichas, que serían bastante a quebrantar las peñas. La hija de tal, madre de la criatura y de otra que enferma quedara en casa de una vecina, se había muerto dos días antes «de miseria, señora, de cansancio, de tanto padecer echando los *gofes* en busca de un medio panecillo». ¿Y qué hacía él ahora con las dos crías, no teniendo para mantenerlas, si para él solo no sacaba? El Señor le había dejado de su mano. Ningún santo del cielo le hacía ya maldito caso. No deseaba más que morirse, y que le enterraran pronto, pronto, para no ver más el mundo. Su única aspiración mundana era dejar colocaditas a las dos niñas en algún *arrecogimiento* de los muchos que hay para *párvulas de ambos sexos*. ¡Y para que se viera su mala sombra!... Había encontrado un alma caritativa, un señor eclesiástico, que le ofreció meter a las nenas en un asilo; pero cuando creía tener arreglado el negocio, venía el demonio a descomponerlo...

—Verá usted, señora: ¿conoce por casualidad a un señor sacerdote muy apersonado, que se llama don Romualdo?

—Me parece que sí—repuso la mendiga, sintiendo de nuevo una gran confusión o vértigo en su cabeza

—Alto, bien plantado, hábitos de paño fino, ni viejo ni joven...

—¿Y dice que se llama don Romualdo?

—Don Romualdo, sí, señora.

—¿Será... por casualidad uno que tiene una sobrina nombrada doña Patros?

—No sé cómo la llaman; pero sobrina tiene..., y guapa. Pues verá usted mi perra suerte. Quedó en darme, ayer por la tarde, la razón. Voy a su casa y me dicen que se había marchado a Guadalajara.

—Justamente...—dijo *Benina*, más confusa, sintiendo que lo real y lo imaginario se revolvían y entrelazaban en su cerebro—. Pero pronto vendrá.

—A saber si vuelve.

Díjole después el pobre viejo que se moría de hambre; que no había entrado en su boca, en tres días, más que un pedazo de bacalao crudo que le dieron en una tienda, y algunos corruscos de pan, que mojaba en la fuente para reblandecerlos, porque ya no tenía hueso en la boca. Desde el día de San José, que quitaron la sopa en el Sagrado Corazón, no había ya remedio para él; en parte alguna encontraba amparo; el cielo no le quería, ni la tierra tampoco. Con ochenta y dos años, cumplidos el 3 de febrero, San Blas bendito, un día después de la Candelaria, ¿para qué quería vivir más ni qué se le había perdido por acá? Un hombre que sirvió al Rey doce años; que durante cuarenta y cinco había picado miles de miles de toneladas de piedra en *esas carreteras de Dios*, y que siempre fue bien mirado y *puntoso*, nada tenía que hacer ya, más que encomendarse al sepulturero para que le pusiera mucha tierra, mucha tierra encima y apisonara bien. En cuantito que colocara a las dos

criaturas, se *acostaría* para no levantarse hasta el
día del Juicio por la tarde..., ¡y se levantaría el último! Traspasada de pena *Benina* al oír la referencia
de tanto infortunio, cuya sinceridad no podía poner
en duda, dijo al anciano que la llevara a donde estaba la niña enferma, y pronto fue conducida a un
cuarto lóbrego, en la planta baja de la casa grande
de corredor, donde juntos vivían por el pago de tres
pesetas al mes, media docena de pordioseros con sus
respectivas proles. La mayor parte de éstos hallábanse a la sazón en Madrid, buscando la santa *perra*.
Sólo vio *Benina* una vieja, petiseca y dormilona, que
parecía alcoholizada, y una mujer panzuda, tume-
facta, de piel vinosa y tirante, como la de un coram-
bre repleto, con la cara erisipelada, mal envuelta en
trapos de distintos colores. En el suelo, sobre un colchón flaco, cubierto de pedazos de bayeta amarilla
y de jirones de mantas morellanas, yacía la niña
enferma, como de seis años, el rostro lívido, los puños cerrados en la boca.

—Lo que tiene esta criatura es hambre—dijo *Benina*, que habiéndola tocado en la frente y manos
la encontró fría como el mármol.

—Puede que así sea, porque cosa caliente no ha
entrado en nuestros cuerpos desde ayer.

No necesitó más la bondadosa anciana para que
se le desbordase la piedad, que caudalosa inundaba
su alma; y llevando a la realidad sus intenciones con
la presteza que era en ella característica, fue al instante a la tienda de comestibles, que en el ángulo
de aquel edificio existe, y compró lo necesario para
poner un puchero inmediatamente, tomando además
huevos, carbón, bacalao..., pues ella no hacía nunca

las cosas a medias. A la hora ya estaban remediados aquellos infelices, y otros que se agregaron, inducidos del olor que por toda la parte baja de la colmena prontamente se difundió. Y el Señor hubo de recompensar su caridad deparándole, entre los mendigos que al festín acudieron, un lisiado sin piernas, que andaba con los brazos, él cual le dio por fin noticias verídicas del extraviado Almudena.

Dormía el moro en las casas de Ulpiano, y el día se lo pasaba rezando de firme y tocando en un guitarrillo de dos cuerdas que de Madrid había traído, todo ello sin moverse de un apartado muladar que cae debajo de la estación de las Pulgas, por la parte que mira hacia la puente segoviana. Allá se fue *Benina* despacito, porque el sujeto que la guiaba era de lenta andadura, como quien anda con las nalgas encuadernadas en suela, apoyándose en las manos, y éstas en dos zoquetes de palo. Por el camino, el hombre *de medio cuerpo arriba* aventuró algunas indicaciones críticas acerca del moro y de su conducta un tanto estrafalaria. Creía él que Almudena era en su tierra clérigo, quiere decirse, presbítero del *Zancarrón*, y en aquellos días hacía las penitencias de la Cuaresma *majometana*, que consisten en dar zapatetas en el aire, comer sólo pan y agua y mojarse las palmas de la mano con saliva.

Lo que canta con la cítara ronca debe de ser cosa de funerales de allá, porque suena triste y dan ganas de llorar oyéndolo. En fin, señora, allí le tiene usted tumbado sobre la alfombra de picos y tan quieto que parece que lo han vuelto de piedra.

Distinguió, en efecto, *Benina* la inmóvil figura del ciego en un vertedero de escorias, cascote y basuras que hay entre la vía y el camino de las Cambroneras, en medio de una aridez absoluta, pues ni árbol, ni mata, ni ninguna especie vegetal crecen allí. Siguió adelante el despernado, y *Benina*, con su cesta al brazo, subió gateando por la escombrera, no sin trabajo, pues aquel material suelto de que formado estaba el talud se escurría fácilmente. Antes de que ganar pudiera la altura en que el africano se encontraba, anunció a gritos su llegada, diciéndole:

—¡Pero, hijo, vaya un sitio que has ido a escoger para ponerte al sol! ¿Es que quieres secarte y volverte cuero para tambores?... ¡Eh..., Almudena, que soy yo, que soy yo la que sube por estas escaleras alfombradas!... Chico, ¿pero qué?... ¿Estás tonto, estás dormido?

El marroquí no se movía, la cara vuelta hacia el sol, como un pedazo de carne que se quisiera tostar. Tiróle la anciana una, dos, tres piedrecillas, hasta que consiguió acertarle. Almudena se movió con estremecimiento y, poniéndose de rodillas, exclamó:

—¡B'nina, tú B'nina!

—Sí, hijo mío: aquí tienes a esta pobre vieja, que viene a verte al yermo donde moras. ¡Pues no te ha dado mala ventolera! ¡Y que no me ha costado poco trabajo encontrarte!

—¡B'nina!—repitió el ciego con emoción infantil, que se revelaba en un raudal de lágrimas y en el temblor de manos y pies—. Tú *vinir* cielo.

—No, hijo, no—replicó la buena mujer, llegando por fin junto a él y dándole palmetazos en el hombro—. No vengo del cielo, sino que subo de la tierra por estos malditos peñascales. ¡Vaya una idea que te ha dado, pobre morito! Dime: ¿y es tu tierra así?

No contestó Mordejai a esta pregunta; callaron ambos. El ciego la palpaba con su mano trémula, como queriendo verla por el tacto.

—He venido—dijo al fin la mendiga—porque me pensé, un suponer, que estarías muerto de hambre.

—Mí no *comier*...

—¿Haces penitencia? Podías haberte puesto en mejor sitio...

—Este *micor*..., monte *bunito*.

—¡Vaya un monte! ¿Y cómo llamas a esto?

—Monte *Sinaí*... Mí estar *Sinaí*...

—Donde tú estás es en Babia.

—Tú *vinir* con ángeles, *B'nina*..., tú *vinir* con fuego.

—No, hijo; no traigo fuego ni hace falta, que bastante achicharradito estás aquí. Te estás quedando más seco que un bacalao.

—*Micor*..., mí *quierer seco*... y *arder* como *paixa*...

—En paja te convertirías si yo te dejara. Pero no te dejo, y ahora vas a comer y beber de lo que traigo en mi cesta.

—Mí no *comier*..., mí ser *squieleto*.

Sin esperar a más razones, Almudena extendió las manos, palpando en el suelo. Buscaba su guitarro, que *Benina* vio y cogió, rasqueando sus dos cuerdas destempladas.

—¡*Dami, dami!*—le dijo el ciego, impaciente, tocado de inspiración.

Y agarrando el instrumento, pulsó las cuerdas, y de ellas sacó sonidos tristes, broncos, sin armónica concordancia entre sí. Y luego rompió a cantar en lengua arábiga una extraña melopea, acompañándose con sonidos secos y acompasados que de las dos cuerdas sacaba. Oyó *Benina* este canticio con cierto

recogimiento, pues aunque nada sacó en limpio de la
letra gutural y por extremo áspera, ni en la cadencia
del son encontró semejanza con los estilos de acá,
ello es que la tal música resultaba de una melancolía intensa. Movía el ciego sin cesar su cabeza, cual si
quisiera dirigir las palabras de su canto a diferentes
partes del cielo, y ponía en algunas endechas una
vehemencia y un ardor que denotaban el entusiasmo
de que estaba poseído.

—Bueno, hijo, bueno—le dijo la anciana cuando
terminó de cantar—. Me gusta mucho tu música...
Pero ¿el estómago no te dice que a él no le catequi-
zas con esas coplas y que le gustan más las buenas
magras?

—*Comier* tú..., *mí* cantar... *Comier* yo con alegría
de ser tú *migo*.

—¿Te alimentas con tenerme aquí? ¡Bonita sustancia!

—Mí *quierer* ti...

—Sí, hijo, quiéreme; pero haz cuenta de que soy
tu madre y que vengo a cuidar de ti.

—Tú ser *bunita*.

—¡*Miá* que yo bonita..., con más años que San Isidro, y esta miseria y esta facha!

No menos inspirado hablando que cantando, Almudena le dijo:

—Tú ser *com* la *zucena, branca*... *Com* palmera del
D'sierto cintura tuya..., rosas y *casmines* boca tuya...,
la estrella de la tarde *ojitas tuyas*.

—¡María Santísima! Todavía no me había yo enterado de lo bonita que soy.

—*Donzellas tudas, invidia* de ti *tenier* ellas... *Hi-*

ciéronte manos Dios con *regocijación*. Loan ti ángeles con cítara.

—¡San Antonio bendito!... Si quieres que te crea todas esas cosas, me has de hacer un favor: comer lo que te traigo. Después que tengas llena la barriga hablaremos, pues ahora no estás en tus cabales.

Diciéndolo, iba sacando de la cesta pan, tortilla, carne fiambre y una botella de vino. Enumeraba las provisiones, creyendo que así le despertaría el apetito, y como argumento final le dijo:

—Si te empeñas en no comer, me enfado, y no vuelvo más a verte. Despídete de mi boca de rosas y de mis ojitos como las estrellas del cielo... Y luego has de hacer todo lo que yo te mande: volverte a Madrid y vivir en tu casita como antes vivías.

—Si tú casar *migo*, sí... Si no casar, no.

—¿Comes o no comes? Porque yo no he venido aquí a perder el tiempo echándote sermones—declaró *Benina*, desplegando toda la energía de su acento—. Si te empeñas en ayunar, me voy ahora mismo.

—*Comier* tú...

—Los dos. He venido a verte y a que almorcemos juntos.

—¿Casar tú *migo*?

—¡Ay qué pesado el hombre! Pareces un chiquillo. Me veré obligada a darte un par de mojicones... Ea, morito, come y aliméntate, que ya se tratará lo del casorio. ¿Piensas que voy yo a tomar un marido seco al sol y que se va quedando como un pergamino?

Con estas y otras razones logró convencerle, y al fin el desdichado dejó de hacer ascos a la comida. Empezando con repulgos, acabó por devorar con vo-

racidad. Pero no abandonaba su tema, y entre bocado y bocado decía:

—*Casar* yo *tigo*..., *dirnos terra* mía... Yo casar por
arreligión tuya si *quierer* tú... Tú casar por *arreligión*
mía, si *quierer* ella... Mí ser *d'Israel*... *Bautisma ja-
cieron* mí señoritas *confirencia*... Poner mí nombre
Joseph Marien Almudena...

—José María de la Almudena. Si eres cristiano, no
me hables a mí de otras *arreligiones* malas.

—No haber más que un Dios, uno solo, sólo El
—exclamó el ciego, poseído de exaltación mística—.
El *malecina* a los quebrantados de corazón... El contar número estrellas, y a *tudas* ellas por nombre
llama. Adoran *Adonai* el animal y *tuda cuatropea*, y
el pájaro de ala... ¡*Halleluyah!*...

—Hombre, sí, cantemos ahora las aleluyas para que
no nos haga daño la comida.

—Voz de *Adonai* sobre las aguas, sobre aguas *mochas*. La voz de *Adonai* con *forza*, la voz de *Adonai*
con *jermosura*. La voz de *Adonai* quiebra los *alarzes*
del Lebanón y Tsión como fijos de unicornios...
La voz de *Adonai* corta llamas fuego, *face* temblar
D'sierto; fará temblar *Adonai D'sierto* de Kader...
La voz de *Adonai face adoloriar* ciervas... En palacio
suyo *tudas* decir *grolia*. *Adonai* por el diluvio se
asentó... *Adonai* bendecir su *puelbro* con paz...

Aún prosiguió recitando oraciones hebraicas en castellano del siglo xv, que en la memoria desde la infancia conservaba, y *Benina* le oía con respeto, aguardando que terminase para traerle a la realidad y suje-
tarle a la vida común. Discutieron un rato sobre la
conveniencia de tornar a la posada de Santa Casilda;
mas no parecía él dispuesto a complacerla en extre-

mo tan importante mientras no le diese ella palabra
formal de aceptar su negra mano. Trató de explicar
la atracción que, en el estado de su espíritu, sobre él
ejercían los áridos peñascales y escombreras en que
a la sazón se encontraba. Realmente, ni él sabía ex-
plicárselo ni *Benina* entenderlo; pero el observador
atento bien puede entrever en aquella singular querencia un caso de atavismo o de retroacción instintiva hacia la antgüedad, buscando la semejanza geo-
gráfica con las soledades pedregosas en que se inició
la vida de la raza... ¿Es esto un desatino? Quizás no.

Capítulo 29

Con todo su ingenio y travesura no pudo la anciana convencer al marroquí de la oportunidad de volverse al Madrid alto.

—Y no sé—le dijo, echando mano de todos los argumentos—, no sé cómo vas a arreglarte para vivir en este monte de tus penitencias. Porque tú no pides; aquí nadie ha de traerte el garbanzo, como no sea yo; y yo, si ahora tengo algún dinero, pronto me quedaré sin una mota y tendré que volver a pedirlo con vergüenza. ¿Esperas tú que aquí te caiga el maná?

—*Cader* sí *manjá*—replicó Almudena con profunda convicción.

—Fíate de eso... Pero dime otra cosa, hijito: ¿habrá por aquí dinero enterrado?

—Haber *mocha, mocha.*

—Pues, hijo, a ver si lo sacas, que en este caso no perderías el tiempo. Pero, ¡quiá!, no creo yo que las papas que tú cuentas ni las hechicerías que te has traído de tu tierra de infieles... No, no: aquí no hay salvación para el pobre; y eso de sacar tesoros, o de que le traigan a uno las carretadas de piedras preciosas, me parece a mí que es conversación.

—Si tú casar *migo*, mí *encuentrar tesoro mocha.*

—Bueno, bueno... Pues ponte a trabajar para la averiguación de dónde está la tinaja llena de dinero.

Yo vendré a sacarla, y como sea verdad, a casarnos tocan.

Diciéndolo, recogía en su cesta los restos de comida para marcharse. Almudena se opuso a que se fuese tan pronto; pero ella insistía en retirarse, con la firmeza que gastaba en toda ocasión:

—¡Pues estaría bueno que me quedara yo aquí, puesta al sol y al aire como un pellejo en secadero de curtidores! Y dime, Almudenita: ¿me vas tú a mentener aquí? Y a mi señora, ¿quién le mantiene el pico?

Esta referencia a la casa de la señora despertó en Mordejai el recuerdo del *galán bunito;* y como se excitara más de la cuenta con tal motivo, apresuróse *Benina* a calmarle con la noticia de que Ponte se había marchado ya a sus palacios aristocráticos y de que ni ella ni su ama doña Francisca querían trato ni roce con aquel viejo camastrón, que les había dado un mal pago, despidiéndose a la francesa y *quedándoles a deber* el pupilaje. Tragóse el africano esta bola con infantil candor; y haciendo prometer y jurar a su amiga que a verle volvería diariamete mientras él continuase en aquella obligación de sus acerbas penitencias, la dejó marchar. Fuese *Benina* por arriba, prefiriendo subir hacia la estación, como salida más cómoda y practicable.

De vuelta a casa, lo primero que su señora le preguntó fue si sabía cuándo regresaba de Guadalajara don Romualdo, a lo que respondió ella que no se tenían aún noticias seguras del regreso del señor. Nada ocurrió aquel día digno de notarse, sino que Ponte mejoraba rápidamente, poniéndose muy gozoso con la visita de Obdulia, que estuvo cuatro horas platicando con él y con su mamá de cosas elegantes y de sucesos rondeños anteriores en cuarenta años a la época presente. Debe hacerse notar también que a *Benina* se le iba mermando el dinero, pues comió allí la *niña*, y fue preciso añadir merluza al ordinario condumio, y además dátiles y pastas para postres. Con el gasto de aquellos días, con las prodigalidades caritativas en las Cambroneras, los duros que restaron del préstamo de la *Pitusa*, después de saldados débitos apremiantes, se iban reduciendo por horas, hasta quedar en uno solo, o poco más, el día de la tercera escapatoria al arrabal del Puente de Toledo.

Es cosa averiguada que en aquella tercera excursión le salió al encuentro el anciano del día anterior, que dijo llamarse Silverio, y con él iban, formados como en línea de batalla, otros míseros habitantes de aquellos humildes caseríos, llevando de intérprete al hombre despernado, que se expresaba con soltura, como si con esta facultad le compensara la Naturaleza por la horrible mutilación de su cuerpo. Y fue y dijo, en nombre del gremio de pordioseros allí presente, que la señora debía distribuir sus beneficios entre todos sin distinción, pues todos eran igualmente acreedores a los frutos de su inmensa caridad. Respondióles *Benina* con ingenua sencillez que ella no tenía frutos ni cosa alguna que repartir y que era tan pobre como ellos. Acogidas estas expresiones con absoluta incredulidad, y no sabiendo el lisiado qué oponer a ellas, pues toda su oratoria se le había consumido en el primer discurso, tomó la palabra el viejo Silverio, y dijo que ellos no se habían caído de ningún nido, y que bien a la vista estaba que la señora no era lo que parecía, sino una *dama disfrazada* que con trazas y pingajos de *mendiga de punto* se iba por aquellos sitios para *desanimar* la verdadera pobreza y remediarla. Tocante a esto del disfraz no había duda, porque ellos la conocían de años atrás. ¡Ah!, y cuando vino *la otra vez* la *señora disfrazada*, a todos les había socorrido igualmente. Bien se acordaban él y otros de la cara y modos de la tal, y podían atestiguar que era la misma, la misma que en aquel momento estaban viendo con sus ojos y palpando con sus manos.

Confirmaron todos a una voz lo dicho por el octogenario Silverio, el cual hubo de añadir que por santa fue tenida la señora de antes, y por santísima tendrían a la presente, respetando su disfraz, y poniéndose todos de rodillas ante ella para adorarla. Contestó *Benina* con gracejo que tan santa era ella como su abuela, y que miraran lo que decían y volvieran de su grave error. En efecto: había existido años atrás una señora muy linajuda, llamada doña Guillermina Pacheco, corazón hermoso, espíritu grande, la cual andaba por el mundo repartiendo los dones de la caridad, y vestía humilde traje, sin faltar a la decencia, revelando en su modestia soberana la clase a que pertenecía. Aquella dignísima señora ya no vivía. Por ser demasiado buena para el mundo, Dios se la llevó al Cielo cuando más falta nos hacía por acá. Y aunque viviera, *amos*, ¿cómo podía ser confundida con ella, con la infeliz *Benina*? A cien leguas se conocía en ésta a una mujer de pueblo, criada de servir. Si por su traje pobrísimo, lleno de remiendos y zurcidos, por sus alpargatas rotas, no comprendían ellos la diferencia entre una cocinera jubilada y una señora nacida de marqueses, pues bien pudiera ésta vestirse de máscara, en otras cosas no cabía engaño ni equivocación: por ejemplo, en el habla. Los que oyeron la palabra de doña Guillermina, que se expresaba al igual de los mismos ángeles, ¿cómo podían confundirla con quien decía las cosas en lenguaje ordinario? Había nacido ella en un pueblo de Guadalajara, de padres labradores, viniendo a servir a Madrid cuando sólo contaba veinte años. Leía con dificultad, y de escritura estaba tan mal, que apenas ponía su nombre: *Benina de Casia*. Por este apellido, algunos guasones de su pueblo se burlaban de ella diciendo que *venía* de Santa Rita. Total: que ella no era santa, sino muy pecadora, y no tenía nada que ver con la doña Guillermina de marras, que ya gozaba de Dios. Era una pobre como ellos, que vivía de limosna y se las gobernaba como podía para mantener a los suyos. Habíala hecho Dios generosa, eso sí; y si algo poseía, y encontraba personas más necesitadas que ella, le faltaba tiempo para desprenderse de todo..., y tan contenta.

No se dieron por convencidos los miserables, dejados de la mano de Dios, y alargando las suyas escuálidas, con afligidas voces pedían a *Benina* de Casia que les socorriese. Andrajosos y escuálidos niños se unieron al coro, y agarrándose a la falda de la infeliz alcarreña le pedían pan, pan. Compadecida de tantas desdichas, fue la anciana a la tienda, compró una docena de panes altos y, diviéndolos en dos, los repartió entre la miserable cuadrilla. La operación se dificultó en extremo, porque todos se abalanzaban a ella con furia, cada uno quería recibir su parte antes que los demás y alguien intentó apandar dos raciones. Diríase que se duplicaban las manos en el momento de mayor barullo o que salían otras de debajo de la tierra. Sofocada, la buena mujer tuvo que comprar más libretas, porque dos o tres viejas a quienes no tocó nada ponían el grito en el cielo y alborotaban el barrio con sus discordias y lastimeros chillidos.

Ya se creía libre de tales moscones cuando la llamó con roncas voces una mujer que llevaba en brazos a un niño cabezudo, monstruoso. Al punto en ella reconoció a la que había visto con *la Burlada* días antes, camino de la Puerta de Toledo. Pretendía la tal que *Benina* subiese con ella a un cuarto alto de la casa de corredor, donde le mostraría el más lastimoso cuadro que podría imaginarse. Prestóse *Benina* a subir, porque más podía en ella siempre la piedad que la conveniencia, y por la escalera le explicaba la otra la situación de su desdichada familia. No era casada; pero *por lo civil* había tenido dos niños que se le habían muerto de garrotillo uno tras otro, con diferencia de seis días. Aquel que llevaba, de cabeza deforme, no era suyo, sino de una compañera que andaba con un ciego *de violín*, borracha ella y, si a mano venía, *tomadora*. La que contaba estas tristezas llamábase Basilisa; tenía a su padre baldadito, de andar en el río cogiendo anguilas, con el agua hasta los corbejones; a su hermana Cesárea, bizmada de los golpes que le dio su querido, un silbante, un golfo, un *rata*, «a quien tiene usted toda la noche jugando al mus en *cas* del *Comadreja*, Mediodía Chica». ¿Conoce la señora ese *establecimiento*?

—De nombre—dijo *Benina*, medianamente interesada en la historia.

—Pues ese sinvergüenza, tras apalear a mi hermana, nos empeñó los mantones y las enaguas. Debe

usted de conocerlo, porque otro más granuja no lo
hay en Madrid. Le llaman por mal nombre *Si Toséis
Toméis*..., y por abreviar le decimos *Toméis*.

—No le conozco... Yo no me trato con gente de ésa.

Subieron, y en uno de los cuartos más estrechos
del corredor alto vio *Benina* el tremendo infortunio
de aquella familia. El viejo reumático parecía loco;
en la desesperación que le causaban sus dolores, vo-
ciferaba, blasfemando, y Cesárea, de la inanición que
la consumía, estaba como idiota y no hacía más que
dar azotes en las nalgas a un chico mocoso, lloricón
y que ponía los ojos en blanco de la fuerza de sus
berridos y contorsiones. En medio de este desbarajuste, las dos mujeres expresaron a *Benina* que su
mayor apuro, a más del hambre, era pagar al casero,
que no las dejaba vivir, reclamando a todas horas las
tres semanas que se debían. Contestó la anciana que,
con gran sentimiento, no se hallaba en disposición de
sacarlas del compromiso, por carecer de dinero,
y lo único que podía ofrecerles era una peseta para
que se remediaran aquel día y el siguiente. Traspasa-
do el corazón de lástima, se despidió de la infeliz
patulea, y aunque se mostraron las dos mujeres agradecidas, bien se conocía que algún reconcomio se les
quedaba dentro del cuerpo por no haber recibido el
socorro que esperaban.

En la escalera detuvieron a *Benina* dos vejanconas,
una de las cuales le dijo con mal modo:

—¡Vaya, que confundirla a usted con doña Guillermina!... ¡Zopencos, más que burros! Si aquélla era
un ángel vestido de persona, y ésta... bien se ve que
es una *tía ordinaria*, que viene acá dándose el pisto
de repartir limosnas... ¡Señora!... ¡Vaya una seño-

ra!..., apestando a cebolla cruda..., y con esas manos de fregar... Ahora se dan santas del *pan pringao*..., y... ¡a cuarto las imágenes; *caras de Dios* a cuarto!

No hizo caso la buena mujer y siguió su camino; pero en la calle, o como quiera que se llame aquel espacio entre casas, se vio importunada por sinnúmero de ciegos, mancos y paralíticos, que le pedían con tenaz insistencia pan o perras con que comprarlo. Trató de sacudirse el molesto enjambre; pero la seguían, la acosaban, no la dejaban andar. No tuvo más remedio que gastarse en pan otra peseta y repartirlo presurosa. Por fin, apretando el paso, logró ponerse a distancia de la enfadosa pobretería y se encaminó al vertedero donde esperaba encontrar al buen Mordejai. En el propio sitio del día anterior estaba mi hombre aguardándola ansioso; y no bien se juntaron, sacó ella de la cesta los víveres que llevaba y se pusieron a comer. Mas no quería Dios que aquella mañana le saliesen las cosas a *Benina* conforme a su buen corazón y caritativas intenciones, porque no hacía diez minutos que estaban comiendo, cuando observó que en el camino, debajito del vertedero, se reunían gitanillos maleantes, alguno que otro lisiado de mala estampa y dos o tres viejas desarrapadas y furibundas. Mirando al grupo idílico que en la escombrera formaban la anciana y el ciego, toda aquella gentuza empezó a vociferar. ¿Qué decían? No era fácil entenderlo desde arriba. Palabras sueltas llegaban...; que si era santa de pega; que si era una ladrona que se fingía beata para robar mejor; que si era una lamecirios y chupalámparas... En fin, aquello se iba poniendo malo, y no tardó en demostrarlo una piedra, ¡pim!, lanzada por mano vigorosa, y que *Benina* recibió en la paletilla... Al poco rato, ¡pim, pam!, otra y otras. Levantáronse ambos despavoridos, y recogiendo en la cesta la comida, pensaron en ponerse en salvo. La *dama* cogió por el brazo a su caballero y le dijo:

—Vámonos, que nos matan.

Capítulo 30

Trepando difícilmente por el declive pedregoso, cayendo y levantándose a cada instante, cogidos del brazo, las cabezas gachas, huían del formidable tiroteo. Este llegó a ser tan intenso, que no había respiro entre golpe y golpe. A *Benina* le tocaron los proyectiles en partes vestidas, donde no podían hacer gran daño; pero Almudena tuvo la desgracia de que un guijarro le cogiese la cabeza en el momento de volverse para increpar al enemigo, y la descalabradura fue tremenda. Cuando llegaron jadeantes y doloridos a un sitio resguardado de la terrible lluvia de piedras, la herida del marroquí chorreaba sangre, tiñendo de rojo su faz amarilla. Lo extraño era que el descalabrado callaba, y la que había salido ilesa ponía el grito en el cielo, pidiendo rayos y centellas que confundieran a la infame cuadrilla. La suerte les deparó un guardagujas, que vivía en una caseta próxima al lugar del siniestro, hombre reposado y pío, que, demostrando tener en poco a las víctimas del atentado, las acogió como buen cristiano en su vivienda humilde, compadecido de su desgracia. A poco llegó la guardesa, que también era compasiva, y lo primero que hicieron fue dar agua a *Benina* para que le lavase la herida a su compañero, y de añadidura sacaron vinagre y trapos para hacer vendas. El moro no decía más que:

—*Amri, ¿pieldra* ti no?

—No, hijo: no me ha tocado más que una china en el cogote, que no me ha hecho sangre.

—¿*Dolier* ti?

—Poco…, no es nada.

—Son los *embaixos*…, *espirtos* malos de *soterrá*.

—¡Indecentes, granujas! ¡Lástima de pareja de la Guardia Civil, o siquiera del Orden!

Con los procedimientos más elementales le hicieron la cura al pobre ciego, restañándole la sangre y poniéndole vendas que le tapaban uno de los ojos; después le acostaron en el suelo, porque se le iba la cabeza y no podía tenerse en pie. Volvió la mendiga a sacar de su cesta el pan y la carne a medio comer, ofreciendo partir con sus generosos protectores; pero estos, en vez de aceptar, les brindaron con sardinas y unos churros que les habían sobrado de su almuerzo. Hubo por una y otra parte ofrecimientos, finuras y delicadezas, y cada cual, al fin, se quedó con lo suyo. Pero *Benina* aprovechó las buenas disposiciones de aquella honrada gente para proponerles que albergasen al ciego en la caseta hasta que ella pudiese prepararle alojamiento en Madrid. No había que pensar en que volviese a las Cambroneras, donde, sin duda, le tenían mala voluntad. A Madrid y a su casa de ella no podía conducirlo, porque ella servía en una casa, y él… En fin, que no era fácil explicarlo…, y si los señores guardagujas pensaban mal de las relaciones entre *Benina* y el moro, que pensaran.

—Miren ustedes—dijo la anciana, viéndoles perplejos y desconfiados—, no poseo más dinero que esta peseta y estas perras. Tómenlas y tengan aquí al pobre ciego hasta mañana. El no les molestará, porque es bueno y honrado. Dormirá en este rincón con solo que le den una manta vieja, y tocante a comer, de lo que ustedes tengan.

Después de corta vacilación aceptaron el trato, y, permitiéndose dar un consejo a la para ellos extraña pareja, dijo el guarda:

—Lo que deben hacer ustedes es dejarse de andar de vagancia por calles y caminos, donde todo es ajetreo y malos pasos, y ver de meterse o que los metan en un asilo, la señora en las *ancianitas*, el señor en otro recogimiento que hay para ciegos, y así tendrían asegurado el comer y el abrigo por todo el tiempo que vivieran.

Nada contestó Almudena, que amaba la libertad y la prefería trabajosa y miserable a la cómoda sujeción del asilo. *Benina*, por su parte, no queriendo entrar en largas explicaciones ni desvanecer el error de aquella buena gente, que sin duda les creía asociados para la vagancia y el merodeo, se limitó a decir que no se recogían en un *establecimiento* por causa de la mucha *existencia* de pobres, y que sin recomendaciones y tarjetas de personajes no había manera de conseguir plaza. A esto respondió la guardesa que podrían lograr sus deseos de *recogerse* si se entendían con un señor muy piadoso que anda en estas cosas de asilos; un sacerdote... que le llaman don Romualdo.

—¡Don Romualdo!... ¡Ah!, sí, ya sé; digo, no le conozco más que de nombre. ¿Es un señor cura, alto y guapetón, que tiene una sobrina llamada doña Patros, que bizca un poco?

Al decir esto sintió la *Benina* que se renovaba en su mente la extraña confusión y mezcolanza de lo real y lo imaginado.

—Yo no sé si bizca o no bizca la sobrina...—prosiguió la guardesa—. Pero sé que el don Romualdo es de tierra de Guadalajara.

—Es verdad... Y ahora se ha ido a su pueblo... Por cierto que le proponen para obispo y habrá ido a traer los papeles.

Convinieron todos en que el don Romualdo misterioso no vendría del pueblo sin traerse los papeles, y en seguida se cerró trato para el hospedaje y custodia de Almudena en la caseta por veinticuatro horas, dando *Benina* la peseta y *perras* que tenía (menos tres piezas chicas que guardó aparte), comprometiéndose los otros a cuidar del ciego como si fuera su hijo. Aún tuvo la pobre Nina que bregar un poquito con el marroquí, empeñado en que le llevara *sigo;* pero al fin pudo convencerle, encareciéndole el peligro de que la herida de la cabeza le trajera algún trastorno grave si no se estaba quietecito.

—*Amri, golver ti* mañana—decía el infeliz al despedirla—. Si dejar mí solo, *murierme yo migo.*

Prometió la anciana solemnemente volver a su compañía, y se fue melancólica, revolviendo en su magín las tristezas de aquel día, a las cuales se unían presagios negros, barruntos de mayores afanes, porque se había quedado sin un cuarto por dejarse llevar del ímpetu caritativo de su corazón dando tanta limosna. Seguramente vendrían para ella grandes apreturas, pues tenía que devolver pronto a *la Pitusa* sus joyas, allegar recursos para mantener a la señora y a su huésped, socorrer a Almudena, etc. Tantas obligaciones se había echado encima, que ya no sabía cómo atender a ellas.

Llegó a su casa, después de hacer sus compras a

crédito, y encontrando a Frasquito muy bien propuso a doña Paca darle de alta y que se fuera a desempeñar sus obligaciones y a ganarse la vida. Asintió a ello la señora, y la tristeza de ambas se aumentó con la noticia traída por la criada de Obdulia, de que esta se había puesto muy malita, con alta fiebre, delirio y un traqueteo de nervios que daba compasión. Allá se fue *Benina*, y después de avisar a los suegros de la señorita para que la atendieran, volvió a tranquilizar a la mamá. Mala tarde y peor noche pasaron, pensando en las dificultades y aprietos que de nuevo se les ofrecían, y a la siguiente mañana la infeliz mujer ocupaba su puesto en San Sebastián, pues no había otra manera de defenderse de tantas y tan complejas adversidades. Cada día mermaba su crédito, y las obligaciones contraídas en la calle de la Ruda o en las tiendas de la calle Imperial la abrumaban. Viose en la necesidad de salir también al pordioseo de tarde y un ratito por la noche, pretextando tener que llevar un recado a la *niña*. En la breve campaña nocturna sacaba escondido un velo negro, viejísimo, de doña Paca, para entapujarse la cara; y con esto y unos espejuelos verdes que para el caso guardaba, hacía divinamente el tipo de señora ciega vergonzante, arrimadita a la esquina de la calle de Barrionuevo, atacando con quejumbroso reclamo a media voz a todo cristiano que pasaba. Con tal sistema, y *trabajando* tres veces por día, lograba reunir algunos cuartos; mas no todo lo necesario para sus atenciones, que no eran pocas, porque Almudena se había puesto mal y seguía en la caseta de las Pulgas. Nada cobraba el guardagujas por hospedaje del infeliz moro; pero había que llevar a este la comida.

Obdulia no entraba en caja: era forzoso asistirla de medicamentos y caldos, pues los suegros se llamaban Andana y no era cosa de mandarla al Hospital. Tenía, pues, sobre sí la heroica mujer carga demasiado fuerte; pero la soportaba, y seguía con tantas cruces a cuestas por la empinada senda, ansiosa de llegar, si no a la cumbre, adonde pudiera. Si se quedaba en mitad del camino, tendría la satisfacción de haber cumplido con lo que su conciencia le dictaba.

Por la tarde, pretextando compras, pedía en la puerta de San Justo, o junto al palacio arzobispal, pero no podía entretenerse mucho porque su tardanza no inquietara demasiado a la señora. Al volver una tarde de su petitorio, sin más *ganancia* que una perra chica, se encontró con la novedad de que doña Paca, acompañada de Frasquito, había ido a visitar a Obdulia. Díjole además la portera que momentos antes había subido a la casa un señor sacerdote, alto, de buena presencia, el cual, cansado de llamar, se fue, dejando un recadito en la portería.

—¡Ya!... Es don Romualdo...

—Así, dijo, sí, señora. Ya ha venido dos veces, y...

—¿Pero se marcha otra vez a Guadalajara?

—De allá vino ayer tarde. Tiene que hablar con doña Paca y volverá cuando pueda.

Ya tenía *Benina* un espantoso lío en la cabeza con aquel dichoso clérigo, tan semejante, por las señas y el nombre, al suyo, al de su invención; y pensaba si, por milagro de Dios, habría tomado cuerpo y alma de persona verídica el ser creado en su fantasía por un mentir inocente, obra de las aflictivas circunstancias.

—En fin, veremos lo que resulta de todo esto —se

dijo subiendo pausadamente la escalera—. Bien venido sea ese señor cura si viene a traernos algo.

Y de tal modo arraigaba en su mente la idea de que se convertía en real el mentido y figurado sacerdote alcarreño, que una noche, cuando pedía con antiparras y velo, creyó reconocer en una señora que le dio dos céntimos a la mismísima doña Patro, la sobrina que bizcaba una miaja.

Pues, señor, doña Paca y Frasquito trajeron la buena noticia de que Obdulia se restablecía lentamente.

—Mira, Nina—le dijo la viuda—; como quiera que sea has de llevar a Obdulia una botella de amontillado. A ver si te la fían en la tienda; y si no, busca el dinero como puedas, que lo que tiene la *niña* es debilidad.

La otra se mostró conforme con esta esplendidez, por no chocar, y se puso a hacer la cena. Taciturna estuvo hasta la hora de acostarse, y doña Francisquita se incomodó con ella porque no la entretenía como otras veces, con festivas conversaciones. Sacó fuerzas de flaqueza la heroica anciana, y con su espíritu muy turbado, su mente llena de presagios sombríos, empezó a despotricar como una taravilla para que se embelesara la señora con unas cuantas chanzonetas y mil tonterías imaginadas y pudiera coger el sueño.

Capítulo 31

Repuesto de su herida el ciego moro, volvió a pedir, a instancia de su amiga, pues no estaban los tiempos para pasarse la vida al sol tocando la vihuela. Las necesidades aumentaban, imponíase la dura realidad y era forzoso sacar las perras del fondo de la masa humana, como de un mar rico en tesoros de todas clases. No pudo Almudena resistir a la enérgica sugestión de la *dama* y poco a poco se fue curando de aquellas murrias y del delirio místico y penitencial que le desconcertó días antes. Convinieron, tras empeñada discusión, en trasladar su *punto* de San Sebastián a San Andrés, porque Almudena conocía en esta parroquia a un señor clérigo muy bondadoso, que en otra ocasión le había protegido. Allí se fueron, pues; y aunque también en San Andrés había *Caporalas* y Eliseos con distintos nombres, por ser estos caracteres como fruto natural de la vida en todo grupo o familia de la sociedad humana, no parecían tan despóticos y altaneros como en la otra parroquia. El clérigo que al marroquí protegía era un joven muy listo, algo arabista y hebraizante, que solía echar algún párrafo con él, no tanto por caridad como por estudio. Una mañana observó *Benina* que el curita joven salía de la Rectoral acompañado de otro sacerdote, alto, bien parecido, y hablaron los dos mirando al ciego moro. Sin duda decían algo referente a él, a su origen, a su habla y religión endemoniadas. Después uno y otro clérigos en ella se fijaron. ¡Qué vergüenza! ¿Qué pensarían, qué dirían de ella? Suponíanla quizá compañera del africano, su mujer quizá, su...

En fin, que el presbítero alto y guapetín se fue hacia la Cava Baja, y el otro, el sabio, se dignó parlotear un rato con Almudena en lengua arábiga. Después se fue hacia *Benina* y con todo miramiento le dijo:

—Usted, *doña Benigna*, bien podría dejarse de esta vida, que a su edad es tan penosa. No está bien que ande tras el moro como la soga tras el caldero. ¿Por qué no entra en la *Misericordia*? Ya se lo he dicho a don Romualdo y ha prometido interesarse...

Quedóse atónita la buena mujer y no supo qué contestar. Por decir algo, expresó su agradecimiento al señor de Mayoral, que así nombraban al clérigo erudito, y añadió que ya había reconocido en el otro señor sacerdote al benéfico don Romualdo.

—Ya le he dicho también—agregó Mayoral—que es usted criada de una señora que vive en la calle Imperial, y prometió informarse de su comportamiento antes de recomendarla...

Poco más dijo, y *Benina* llegó al mayor grado de confusión y vértigo de su mente, pues el sacerdote alto y guapetón que poco antes viera concordaba con el que ella, a fuerza de mencionarlo y describirlo en un mentir sistemático, tenía fijo en su caletre. Ganas sintió de correr por la Cava Baja, a ver si le encontraba, para decirla: «Señor don Romualdo, perdóneme si *le he inventado*. Yo creí que no había mal en esto. Lo hice porque la señora no me descubriera que salgo todos los días a pedir limosna para mantenerla. Y si esto de *aparecerse* usted ahora con cuerpo y vida de persona es castigo mío, perdóneme Dios, que no lo volveré a hacer. ¿O es usted otro don Romualdo? Para que yo salga de esta duda que me atormenta hágame el favor de decirme si tiene una sobrina bizca, y una hermana que se llama doña Josefa, y si le han propuesto para obispo, como se merece, y ojalá fuera verdad. Dígame si es usted el mío, mi don Romualdo, u otro, que yo no sé de dónde puede haber salido, y dígame también qué demontres tiene que hablar con la señora, y si va a darle las quejas porque yo he tenido el atrevimiento de *inventarle*.»

Esto le habría dicho si encontrándole hubiera; pero no hubo tal encuentro ni tales palabras fueron pronunciadas. Volvióse a casa muy triste; ya no se apartó de su mente la idea de que el benéfico sacerdote alcarreño no era invención suya, de que todo lo que soñamos tiene su existencia propia y de que las mentiras entrañan verdades. Pasaron dos días en esta situación, sin más novedad que un crecimiento horroroso de las dificultades económicas. Con tanto pordiosear mañana y tarde, nunca le salía la cuenta; no había ya ningún nacido que le fiara valor de un real; *la Pitusa* amenazóla con *dar parte* si no le devolvía en breve término sus alhajas. Faltábale ya la energía y sus grandes ánimos flaqueaban; perdía la fe en la Providencia y formaba opinión poco lisonjera de la caridad humana; todas sus diligencias y correrías para procurarse dinero no le dieron más resultado que un duro que le prestó por pocos días Juliana, la mujer de Antoñito. La limosna no bastaba ni con mucho; en vano se privaba ella hasta de su ordinario alimento para disimular en casa la escasez; en vano iba con las alpargatas rotas, magullándose los pies. La economía, la sordidez misma, eran ineficaces: no había más remedio que sucumbir y caer diciendo: «Llegué hasta donde pude; lo demás hágalo Dios, si quiere.»

Un sábado por la tarde se colmaron sus desdichas con un inesperado y triste incidente. Salió a pedir en San Justo. Almudena hacía lo mismo en la calle del Sacramento. Estrenóse ella con diez céntimos, inaudito golpe de suerte, que consideró de buen augurio. ¡Pero cuán grande era su error, al fiarse de estas golosinas que nos arroja el destino adverso para atraernos y herirnos más cómodamente! Al poco rato del feliz estreno se apareció un individuo de la ronda secreta que, empujándola con mal modo, le dijo:

—Ea, buena mujer, eche usted a andar para adelante... Y vivo, vivo...

—¿Qué dice?...

—Que se calle y ande...

—¿Pero adónde me lleva?

—Cállese usted, que le tiene más cuenta... ¡Hala!, a San Bernardino.

—¿Pero qué mal hago yo... señor?

—¡Está usted pidiendo!... ¿No le dije a usted ayer qué el señor gobernador no quiere que se pida en esta calle?

—Pues manténgame el señor gobernador, que yo de hambre no he de morirme, por Cristo... ¡Vaya con el hombre!...

—¡Calle usted, *so borracha!*... ¡Andando digo!

—¡Que no me empuje!... Yo no soy *criminala...*

Yo tengo familia, conozco quien me abone... Ea, que no voy a donde usted quiere llevarme...

Se arrimó a la pared; pero el fiero polizonte la despegó del arrimo con un empujón violentísimo. Acercáronse dos de Orden público, a los cuales el de la ronda mandó que la llevaran a San Bernardino, juntamente con toda la demás pobretería de ambos sexos que en la tal calle y callejones adyacentes encontraran. Aún trató *Benina* de ganar la voluntad de los guardias, mostrándose sumisa en su viva aflicción. Suplicó, lloró amargamente; mas lágrimas y ruegos fueron inútiles. Adelante, siempre adelante, llevando a retaguardia al ciego africano, que en cuanto se enteró de que la *recogían* se fue hacia los del Orden, pidiéndoles que a él también le echasen la red y al mismo infierno le llevaran, con tal que no le separasen de ella. Presión grande hubo de hacer sobre su espíritu la desgraciada mujer para resignarse a tan atroz desventura... ¡Ser llevada a un recogimiento de mendigos callejeros como son conducidos a la cárcel los rateros y malhechores! ¡Verse imposibilitada de acudir a su casa a la hora de costumbre y de atender al cuidado de su ama y amiga! Cuando consideraba que doña Paca y Frasquito no tendrían qué comer aquella noche, su dolor llegaba al frenesí: hubiera embestido a los corchetes para deshacerse de ellos si fuerza tuviera contra dos hombres. Apartar no podía del pensamiento la consternación de su señora infeliz, cuando viera que pasaban horas, horas... y la Nina sin aparecer. ¡Jesús, Virgen Santísima! ¿Qué iba a pasar en aquella casa? Cuando no se hunde el mundo por sucesos tales, seguro es que no se hundirá jamás... Más allá de las Caba-

llerizas trató nuevamente de enternecer con razones
y lamentos al corazón de sus guardianes. Pero ellos
cumplían una orden del jefe, y si no la cumplían,
mediano réspice les echarían. Almudena callaba, andando agarradito a la falda de *Benina*, y no parecía
disgustado de la recogida y conducción al depósito
de mendicidad.

Si lloraba la pobre postulante, no lloraba menos
el cielo, concordando con ella en sombría tristeza,
pues la llovizna que a caer empezó en el momento
de la recogida fue creciendo hasta ser copiosa lluvia,
que la puso perdida de pies a cabeza. Las ropas de
uno y otro mendigos chorreaban; el sombrero hongo
de Almudena parecía la pieza superior de la fuente
de los Tritones: poco le faltaba ya para tener verdín.
El calzado ligero de *Benina*, destrozado por el mucho
andar de aquellos días, se iba quedando a pedazos en
los charcos y barrizales en que se metía. Cuando llegaron a San Bernardino, pensaba la anciana que mejor estaría descalza.

—*Amri*—le dijo Almudena cuando traspasaban la
triste puerta del asilo municipal—, no *yorar* ti...
Aquí bien *tigo migo*... No *yorar* ti... *contentado* mí...
Dar sopa, dar pan nosotras...

En su desolación no quiso *Benina* contestarle. De
buena gana le habría dado un palo. ¿Cómo había de
hacerse cargo aquel vagabundo de la razón con que
la infeliz mujer se quejaba de su suerte? ¿Quién sino
ella comprendería el desamparo de su señora, de su
amiga, de su hermana, y la noche de ansiedad que
pasaría, ignorante de lo que pasaba? Y si le hacían
el favor de soltarla al día siguiente, ¿con qué razones, con qué mentiras explicaría su larga ausencia,

su desaparición súbita? ¿Qué podría decir ni qué invento sacar de su fecunda imaginación? Nada, nada: lo mejor sería desechar todo embuste, revelando el secreto de su mendicidad, nada vergonzosa por cierto. Pero bien podía suceder que doña Francisca no lo creyese y que se quebrantara el lazo de amistad que desde tan antiguo las unía; y si la señora se enojaba de veras, arrojándola de su lado, Nina se moriría de pena, porque no podía vivir sin doña Paca, a quien amaba por sus buenas cualidades y casi casi por sus defectos. En fin, después de pensar todo esto, y cuando la metieron en una gran sala, ahogada y fétida, donde había como un medio centenar de ancianos de ambos sexos, concluyó por echarse en los brazos amorosos de la resignación, diciéndose: «Sea lo que Dios quiera. Cuando vuelva a casa diré la verdad; y si la señora está viva para cuando yo llegue y no quiere creerme, que no me crea; y si se enfada, que se enfade; y si me despide, que me despida; y si me muero, que me muera.»

Capítulo 32

Aunque Nina no lo pensara y dijera, bien se comprenderá que el desasosiego y consternación de doña Paca en aquella triste noche superaron a cuanto pudiera manifestar el narrador. A medida que avanzaba el tiempo sin que la criada volviese al hogar crecía la angustia del ama, quien, si al principio echó de menos a su compañera por la falta que en el orden material hacía, pronto se inquietó más, pensando en la desgracia que habría podido ocurrirle: cogida de coche, verbigracia, o muerte repentina en la calle. Procuraba el bueno de Frasquito tranquilizarla, pero inútilmente. Y el desteñido viejo tenía que callarse cuando su paisana le decía:

—¡Pero si nunca ha pasado esto; nunca, querido Ponte! Ni una sola vez ha faltado de casa en tantísimos años.

Surgieron dificultades graves para cenar formalmente, y nada se adelantaba con que las chiquillas de la cordonera se brindasen oficiosas a sustituir a la criada ausente. Verdad que doña Paca perdió en absoluto el apetito, y lo mismo, o poco menos, le pasaba a su huésped. Pero como no había más remedio que tomar algo para sostener las fuerzas, ambos se propinaron un huevo batido en vino y unos pedacitos de pan. De dormir, no se hable. La señora contaba las horas, medias y cuartos de la noche por los relojes de la vecindad, y no hacía más que medir el pasillo de punta a punta, atenta a los ruidos de la escalera. Ponte no quiso ser menos; la galantería le obligaba a no acostarse mientras su amiga y protectora estuviese en vela, y para conciliar las obligaciones de caballero con su fatiga de convaleciente, descabezó un par de sueñecitos en una silla. Para esto hubo de adoptar postura violenta, haciendo almohada de sus brazos, cruzados sobre el respaldo, y al dormirse se le quedó colgando la cabeza, de lo que le sobrevino un tremendo tortícolis a la mañana siguiente.

Al amanecer de Dios, vencida del cansancio doña Paca, se quedó dormidita en un sillón. Hablaba en sueños y su cuerpo se sacudía de rato en rato con estremecimientos nerviosos. Despertó sobresaltada, creyendo que había ladrones en la casa, y el día claro, con el vacío de la ausencia de Nina, le resultó más triste y solitario que la noche. Según Frasquito, que en esto pensaba cuerdamente, ningún rastro parecía más seguro que informarse de los señores en cuya casa servía *Benina* de asistenta. Ya lo había pensado también su paisana la tarde anterior; pero como ignoraba el número de la casa de don Romualdo en la calle de la Greda, no se determinaron a emprender las averiguaciones. Por la mañana, habiéndose brindado el portero a inquirir el paradero de la extraviada sirviente, se le mandó con el encargo, y a la hora volvió diciendo que en ninguna portería de tal calle daban razón.

Y a todas estas no había en la casa más que algún resto de cocido del día anterior, casi avinagrado ya, y mendrugos de pan duro. Gracias que los vecinos, enterados del conflicto tan gave, ofrecieron a la ilus-

tre viuda algunos víveres; este, sopas de ajo; aquel,
bacalao frito; el otro, un huevo y media botella de
peleón. No había más remedio que alimentarse haciendo de tripas corazón, porque la naturaleza no
espera: es forzoso vivir, aunque el alma se oponga,
encariñada con su amiga la muerte. Pasaban lentas
las horas del día, y tanto Ponte como su paisana no
podían apartar su atención de todo ruido de pasos
que sonaba en la escalera. Pero tantos desengaños
sufrieron que, al fin, rendidos y sin esperanza, se
sentaron uno frente a otro, silenciosos, con reposo
y gravedad de esfinges, y mirándose confirieron táci-
tamente la solución del enigma a la divina voluntad.
Ya se sabría el paradero de Nina o los motivos de
su ausencia cuando Dios se dignara darlos a conocer por los medios y caminos a que nunca alcanza
nuestra previsión.

Las doce serían ya cuando sonó un fuerte campa-
nillazo. La dama rondeña y el galán de Algeciras saltaron, cual muñecos de goma, en sus respectivos
asientos.

—No, no es ella—dijo doña Paca con gran des-
aliento—. Nina no llama así.

Y como quisiese Frasquito salir a la puerta, le detuvo ella con una observación muy en su punto:

—No salga usted, Ponte, que podría ser uno de
esos gansos de la tienda que viene a darme un mal
rato. Que abra la niña. Celedonia, corre a abrir y entérate bien: si es alguno que nos trae noticias de
Nina, que pase. Si es alguien de la tienda, le dices
que no estoy.

Corrió la chiquilla y volvió desalada al instante
diciendo:

—Señora, don Romualdo.

Efecto de gran intensidad emocional que casi era terrorífica. Ponte dio varias vueltas de peonza sobre un pie y doña Paca se levantó y volvió a caer en el sillón como unas diez veces, diciendo:

—Que pase... Ahora sabremos... ¡Dios mío, don Romualdo en casa!... A la salita, Celedonia, a la salita... Me echaré la falda negra... Y no me he peinado... ¡Con qué facha le recibo!... Que pase, niña... Mi falda negra.

Entre el algecireño y la chiquilla la vistieron de mala manera, y con la prisa le ponían la ropa del revés. La señora se impacientaba, llamándoles torpes y dando pataditas. Por fin se arregló de cualquier modo, pasóse un peine por el pelo y dando tumbos se fue a la salita donde aguardaba el sacerdote, en pie, mirando las fotografías de personas de la familia, única decoración de la mezquina y pobre estancia.

—Dispénseme usted, señor don Romualdo—dijo la viuda de Zapata, que de la emoción no podía tenerse en pie y hubo de arrojarse en una silla, después de besar la mano al sacerdote—. Gracias a Dios que puedo manifestar a usted mi gratitud por su inagotable bondad.

—Es mi obligación, señora...—repuso el clérigo un tanto sorprendido—, y nada tiene usted que agradecerme.

—Y dígame ahora, por Dios—agregó la señora, con tanto miedo de oír una mala noticia que apenas hablar podía—; dígamelo pronto. ¿Qué ha sido de mi pobre Nina?

Sonó este nombre en el oído del buen sacerdote

como el de una perrita que a la señora se le había perdido.

—¿No parece...?—le dijo por decir algo.

—¿Pero usted no sabe...? ¡Ay, ay! Es que ha ocurrido una desgracia y quiere ocultármelo por caridad.

Prorrumpió en acerbo llanto la infeliz dama y el clérigo permaneció perplejo y mudo.

—Señora, por piedad, no se aflija usted... Será o no será lo que usted supone.

—¡Nina, Nina de mi alma!

—¿Es persona de su familia, de su intimidad? Explíqueme...

—Si el señor don Romualdo no quiere decirme la verdad por no aumentar mi tribulación, yo se lo agradezco infinito... Pero vale más saber... ¿O es que quiere darme la noticia poquito a poco, para que me impresione menos?...

—Señora mía—dijo el sacerdote con impaciente franqueza, ávido de aclarar las cosas—. Yo no le traigo a usted noticias buenas ni malas de la persona por quien llora, ni sé qué persona es esa, ni en qué se funda usted para creer que yo...

—Dispénseme, señor don Romualdo. Pensé que la *Benina*, mi criada, mi amiga y compañera más bien, había sufrido algún grave accidente en su casa de usted, o al salir de ella, o en la calle, y...

—¿Qué más?... Sin duda, señora doña Francisca Juárez, hay en esto un error que yo debo desvanecer diciendo a usted mi nombre: Romualdo Cedrón. He desempeñado durante veinte años el arciprestazgo de Santa María de Ronda, y vengo a manifestar a usted, por encargo expreso de los demás testamentarios, la última voluntad del que fue mi amigo del

alma, Rafael García de los Antrines, que Dios tenga
en su santa gloria.

Si doña Paca viera que se abría la tierra y salían
de ella escuadrones de diablos, y que por arriba el
cielo se descuajaraba, echando de sí legiones de ángeles, y unos y otros se juntaban formando una inmensa falange gloriosa y bufonesca, no se quedara
más atónita y confusa. ¡Testamento, herencia! ¿Lo
que decía el clérigo era verdad o una ridícula, des-
piadada burla? ¿Y el tal sujeto era persona real o
imagen fingida en la mente enferma de la dama infeliz? La lengua se le pegó al paladar y· miraba a
don Romualdo con aterrados ojos.

—No es para que usted se asuste, señora. Al contrario: yo tengo la satisfacción de comunicar a doña
Francisca Juárez el término de sus sufrimientos. El
Señor, que ha probado sin duda ya con creces su
conformidad y resignación, quiere premiar ahora estas virtudes sacándola a usted de la tristísima situación en que ha vivido tantos años.

A doña Paca le caía un hilo de lágrimas de cada
ojo y no acertaba a proferir palabra. ¡Cuál sería su
emoción, cuáles su sorpresa y júbilo, que se borró
de su mente la imagen de *Benina*, como si la ausencia y pérdida de esta fuese suceso ocurrido muchos
años antes!

—Comprendo—prosiguió el buen sacerdote endere-
zando su cuerpo y aproximando el sillón para tocar
con su mano el brazo de doña Francisca—, comprendo su trastorno... No se pasa bruscamente del infortunio al bienestar sin sentir una fuerte sacudida. Lo
contrario sería peor... Y puesto que se trata de cosa
importante, que debe ocupar con preferencia su aten-

ción, hablemos de ello, señora mía, dejando para después ese otro asunto que la inquieta... No debe usted afanarse tanto por su criada o amiga... ¡Ya parecerá!

Esta frase llevó de nuevo al espíritu de doña Paca la idea de Nina y el sentimiento de su misteriosa desaparición. Notando en el *ya parecerá* de don Romualdo una intención benévola y optimista, dio en creer que el buen señor, después que despachase el asunto principal, le hablaría del caso de la anciana, que, sin duda, no era de suma gravedad. Pronto la mente de la señora, con rápido giro de veleta, tornó a la idea de la herencia, y a ella se agarró, dejando lo demás en el olvido y observando el presbítero su ansiedad de informes, se apresuró a satisfacerla.

—Pues ya sabrá usted que el pobre Rafael pasó a mejor vida el once de febrero...

—No lo sabía, no, señor. Dios le haya dado su descanso..., ¡ay!

—Era un santo. Su único error fue abominar del matrimonio, despreciando los excelentes partidos que sus amigos le proponíamos. Los últimos años vivió en un cortijo llamado las *Higueras de Juárez*...

—Lo conozco. Esa finca fue de mi abuelo.

—Justamente: de don Alejandro Juárez... Bueno; pues Rafael contrajo en las *Higueras* la afección del hígado que le llevó al sepulcro a los cincuenta y cinco años de edad. ¡Lástima de mocetón, casi tan alto como yo, señora; con una musculatura no menos vigorosa que la mía, y un pecho como el de un toro, y aquel rostro rebosando vida!...

—¡Ay!...

—En nuestras cacerías del jabalí y del venado nunca conseguí cansarle. Su amor propio era más fuerte que su complexión fortísima. Desafiaba los chubascos, el hambre y la sed... Pues vea usted aquel roble quebrarse como una caña. A los pocos meses de caer enfermo se le podían contar los huesos al través de la piel..., se fue consumiendo, consumiendo...

—¡Ay!...

—¡Y con qué resignación llevaba su mal, y qué bien se preparó para la muerte, mirándola como una sentencia de Dios, contra la cual no debe haber protesta, sino más bien una conformidad alegre! ¡Pobre Rafael, qué pedazo de ángel!...

—¡Ay!...

—Yo no vivía en Ronda, porque tenía intereses en mi pueblo que me obligaron a fijar mi residencia en Madrid. Pero cuando supe la gravedad del amigo queridísimo, me planté allá... Un mes le acompañé y asistí... ¡Qué pena!... Murió en mis brazos.

—¡Ay!...

Estos ayes eran suspiros que a doña Paca se le salían del alma como pajaritos que escapan de una jaula abierta por los cuatro costados. Con noble sinceridad, sin dejar de acariciar en su pensamiento la probable herencia, se asociaba al duelo de don Romualdo por el generoso solterón rondeño.

—En fin, señora mía: murió como católico ferviente, después de otorgar testamento...

—¡Ay!...

—En el cual deja el tercio de sus bienes a su sobrina en segundo grado, Clemencia Sopelana, ¿sabe usted?, la esposa de don Rodrigo del Quintanar, hermano del marqués de Guadalerce. Los otros dos tercios los destina, parte a una fundación piadosa, parte a mejorar la situación de algunos de sus parientes que, por desgracias de familia, malos negocios u otras adversidades y contratiempos han venido a menos. Hallándose usted y sus hijos en este caso, claro está que son de los más favorecidos, y...

—¡Ay!... Al fin Dios ha querido que yo no me muera sin ver el término de esta miseria ignominiosa. ¡Bendito sea una y mil veces el que da y quita los males, el Justiciero, el Misericordioso, el Santo de los Santos!...

Con tal efusión rompió en llanto la desdichada doña Francisca, cruzando las manos y poniéndose de hinojos, que el buen sacerdote, temeroso de que tanta sensibilidad acabase en una pataleta, salió a la puerta, dando palmadas, para que viniese alguien a quien pedir un vaso de agua.

Capítulo 33

Acudió el propio Frasquito con el socorro del agua, y don Romualdo, en cuanto la señora bebió y se repuso de su emoción, dijo al desmedrado caballero:

—Si no me equivoco, tengo el honor de hablar con dos Francisco Ponte Delgado..., natural de Algeciras... Por muchos años. ¿Es usted primo en tercer grado de Rafael Antrines, de cuyo fallecimiento tendrá noticia?

—¿Falleció?...¡Ay, no lo sabía!—replicó Ponte muy cortado—. ¡Pobre Rafaelito! Cuando yo estuve en Ronda el año cincuenta y seis, poco antes de la caída de Espartero, él era un niño, tamaño así. Después nos vimos en Madrid dos o tres veces... El solía venir a pasar aquí temporadas de otoño; iba mucho al Real y era amigo de los Ustáriz; trabajaba por Ríos Rosas en las elecciones y por los Ríos Acuña... ¡Oh, pobre Rafael! ¡Excelente amigo, hombre sencillo y afectuoso, gran cazador!... Congeniábamos en todo, menos en una cosa: él era muy campesino, muy amante de la vida rústica, y yo detesto el campo y los arbolitos. Siempre fui hombre de poblaciones, de grandes poblaciones...

—Siéntese usted aquí—le dijo don Romualdo, dando tan fuerte palmetazo en un viejo sillón de muelles que de él se levantó espesa nube de polvo.

Un momento después habíase enterado el galán fiambre de su participación en la herencia del primo

Rafael, quedándose en tal manera turulato, que hubo de beberse, para evitar un soponcio, toda el agua que dejara doña Francisca. No estará de más señalar ahora la perfecta concordancia entre la persona del sacerdote y su apellido Cedrón, pues por la estatura, la robustez y hasta por el color podía ser comparado a un corpulento cedro; que entre árboles y hombres, mirando a los caracteres de unos y otros, también hay concomitancias y parentescos. Talludo es el cedro, y además bello, noble, de madera un tanto quebradiza, pero grata y olorosa. Pues del mismo modo era don Romualdo: grandón, fornido, atezado, y al propio tiempo excelente persona, de intachable conducta en lo eclesiástico, cazador, hombre de mundo en el grado que puede serlo un cura, de apacible genio, de palabra persuasiva, tolerante con las flaquezas humanas, caritativo, misericordioso, en suma, con los procedimientos metódicos y el buen arreglo que tan bien se avenían con su desahogada posición. Vestía con pulcritud, sin alardes de elegancia; fumaba sin tasa buenos puros, y comía todo lo que demandaba el sostenimiento de tan fuerte osamenta y de musculatura tan recia. Enormes pies y manos correspondían a su corpulencia. Sus facciones bastas y abultadas no carecían de hermosura, por la proporción y buen dibujo; hermosura de mascarón escultórico, miguel-angelesco, para decorar una imposta, ménsula o el centro de una cartela, echando de la boca guirnaldas y festones.

Entrando en pormenores, que los herederos de Rafael ahelaban conocer. Cedrón les dio noticias prolijas del testamento que tanto doña Paca como Ponte oyeron con la religiosa atención que fácilmente se supone. Eran testamentarios, además del señor Cedrón, don Sandalio Maturana y el marqués de Guadalerce. En la parte que a las dos personas allí presentes interesaba, disponía Rafael lo siguiente: a Obdulia y a Antoñito, hijos de su primo Antonio Zapata, les dejaba el cortijo de Almoraima, pero solo en usufructo. Los testamentarios les entregarían el producto de aquella finca, que dividida en dos mitades pasaría a los herederos del Antonio y de la Obdulia, al fallecimiento de estos. A doña Francisca y a Ponte les asignaba pensión vitalicia, como a otros muchos parientes, con la renta de títulos de la Deuda, que constituían una de las principales riquezas del testador.

Oyendo estas cosas, Frasquito se atusaba sobre la oreja los ahuecados mechones de su melena, sin darse un segundo de reposo. Doña Francisca, en verdad, no sabía lo que pasaba: creía soñar. En un acceso de febril júbilo salió al pasillo gritando:

—¡Nina, Nina, ven y entérate!... ¡Ya somos ricas..., digo, ya no somos pobres!...

Pronto acudió a su mente el recuerdo de la desaparición de su criada, y volviendo al lado de Cedrón, le dijo entre sollozos:

—Perdóneme: ya no me acordaba de que he perdido a la compañera de mi vida...

—Ya parecerá—repitió el clérigo—, y también Frasquito, como un eco:

—Ya parecerá.

—Si se hubiera muerto—indicó doña Francisca—, creo que la intensidad de mi alegría la haría resucitar.

—Ya hablaremos de esa señora—dijo Cedrón—.
Antes acabe de enterarse de lo que tanto le interesa.
Los testamentarios, atentos a que usted, lo mismo
que el señor, se hallan en situación muy precaria,
por causas que no quiero examinar ahora ni hay para
qué, han decidido..., para eso y para mucho más les
autoriza el testador, dándoles facultades omnímo-
das..., han decidido, mientras se pone en regla todo
lo concerniente al testamento, liquidación para el
pago de derechos reales, etcétera, etcétera..., han decidido, digo...

Doña Paca y Frasquito, de tanto contener el aliento, hallábanse ya próximos a la asfixia.

—Han decidido, mejor dicho, decidieron o decidi-
mos..., de esto hace dos meses..., señalar a ustedes
la cantidad mensual de cincuenta duros como asig-
nación provisional, o si se quiere, anticipo, hasta que
determinemos la cifra exacta de la pensión. ¿Está
comprendido?

—Sí, señor; sí, señor..., comprendido, perfectamente comprendido—clamaron los dos al unísono.

—Antes hubieran uno y otro recibido este jicarazo
—dijo el clérigo—; pero me ha costado un trabajo
enorme averiguar dónde residían. Creo que he preguntado a medio Madrid..., y por fin... No ha sido
poca suerte encontrar juntas en esta casa a las dos
piezas, perdonen el término de caza, que vengo per-
siguiendo como un azacán desde hace tantos días.

Doña Paca le besó la mano derecha y Frasquito
Ponte la izquierda. Ambos lagrimeaban.

—Dos meses de pensión han devengado ustedes
ya, y ahora nos pondremos de acuerdo para las for-

malidades que han de llenarse a fin de que uno y
otro perciban desde luego...

Llegó a creer Ponte que hacía una rápida ascensión
en globo y se agarró con fuerza a los brazos del sillón, como el aeronauta a los bordes de la barquilla.

—Estamos a sus órdenes—manifestó doña Francisca en voz alta; y para sí: «Esto no puede ser; esto
es un sueño.»

La idea de que no pudiera Nina enterarse de tanta
felicidad enturbió la que en aquel momento inundaba su alma. A este pensamiento hubo de responder,
por misteriosa concatenación, el de Ponte Delgado,
que dijo:

—¡Lástima que Nina, ese ángel, no esté presente!...
Pero no debemos suponer que le haya pasado nin-
gún accidente grave. ¿Verdad, señor don Romualdo?
Ello habría sido...

—Me dice el corazón que está buena y sana, que
volverá hoy...—declaró doña Paca con ardiente optimismo, viendo todas las cosas envueltas en osado
celaje—. Por cierto que... Perdone usted, señor mío:
hay tal confusión en mi pobre cabeza... Decía que...
Al anunciarse el señor don Romualdo en mi casa yo
creí, fijándome solo en el nombre, que era usted el
dignísimo sacerdote en cuya casa es asistenta mi
Benina. ¿Me equivoco?

—Creo que sí.

—Es propio de las grandes almas caritativas es-
conderse, negar su propia personalidad, para de este
modo huir del agradecimiento y de la publicidad, de
sus virtudes... Vamos a cuentas, señor don Romualdo, y hágame el favor de no hacer misterio de sus

grandes virtudes. ¿Es cierto que por la fama de estas le proponen para obispo?

—¡A mí!... No ha llegado a mí noticia.

—¿Es usted de Guadalajara o su provincia?

—Sí, señora.

—¿Tiene usted una sobrina llamada doña Patros?

—No, señora.

—¿Dice usted la misa en San Sebastián?

—No, señora; la digo en San Andrés.

—¿Y tampoco es cierto que hace días le regalaron a usted un conejo de campo?...

—Podría ser... ja... ja..., pero no recuerdo...

—Sea como fuere, señor don Romualdo, usted me asegura que no conoce a mi *Benina.*

—Creo..., vamos, no puedo asegurar que no me es desconocida, señora mía. Antójaseme que la he visto.

—¡Oh!, bien decía yo que..., señor de Cedrón, ¡qué alegría me da!

—Tenga usted calma. Veamos: ¿esa *Benina* es una mujer vestida de negro, así como de sesenta años, con una verruga en la frente?...

—La misma, la misma, señor don Romualdo: muy modosita, algo vivaracha, a pesar de su edad.

—Más señas: pide limosna y anda por ahí con un ciego africano llamado Almudena.

—¡Jesús!—exclamó con estupefacción y susto doña Paca—. Eso no, ¡válgame Dios!, eso no... Veo que no la conoce usted.

Y con una mirada puso por testigo a Frasquito de la veracidad de su denegación. Miró también Ponte al clérigo, después a la señora, atormentado por ciertas dudas que inquietaron su conciencia.

—*Benina* es un ángel—se permitió decir tímidamente—. Pida o no limosna, y esto yo no lo sé, es un ángel, palabra de honor.

—¡Quite usted allá!... ¡Pedir mi *Benina*... y andar por esas calles con un ciego!...

—Moro, por más señas—indicó don Romualdo.

—Yo debo manifestar—dijo Ponte con honrada sinceridad—que no hace muchos días, pasando yo por la plaza del Progreso, la vi sentada al pie de la estatua, en compañía de un mendigo ciego, que por el tipo me pareció... oriundo del Riff.

El aturdimiento, el vértigo mental de doña Paca fueron tan grandes, que su alegría se trocó súbitamente en tristeza y dio en creer que cuanto decían allí era ilusión de sus oídos, ficticios los seres con quienes hablaba y mentira todo, empezando por la herencia. Temía un despertar lúgubre. Cerrando los ojos, se dijo: «¡Dios mío, sácame de tan terrible duda; arráncame esta idea!... ¿Es esto mentira, es esto verdad? ¡Yo heredera de Rafaelito Antrines; yo con medios de vivir!... ¡Nina pidiendo limosna; Nina con un rifeño!»

—Bueno—exclamó al fin con súbito arranque—. Pues viva Nina y viva con su moro, y con toda la morería de Argel, y véala yo, y vuelva a casa, aunque se traiga al africano metido en la cesta.

Echóse a reír don Romualdo, y explicando el cuándo y cómo de conocer a *Benina*, dijo que por un amigo suyo, coadjutor en San Andrés, clérigo de mucha ilustración y humanista muy aprovechado, que picaba en las lenguas orientales, había conocido al árabe Almudena. Con él vio a una mujer que le acompañaba, de la cual le dijeron que a una señora viuda servía, andaluza por más señas, habitante en la calle Imperial.

—No pude menos de relacionar estas referencias con la señora doña Francisca Juárez, a quien yo no había tenido el gusto de ver todavía, y hoy, al oír a usted lamentarse de la desaparición de su criada, pensé y dije para mí: «Si la mujer que se ha perdido es la que yo creo, busquemos el caldero y encontraremos la soga; busquemos al moro y encontraremos a la odalisca; digo, a esa que llaman ustedes...»

—Benigna de Casia..., de Casia, sí, señor, de donde viene la broma de que es parienta de Santa Rita.

Añadió el señor de Cedrón que, no por sus merecimientos, sino por la confianza con que le distinguían los fundadores del asilo de ancianos y ancianas de *la Misericordia*, era patrono y mayordomo mayor del mismo; y como a él se dirigían las solicitudes de ingreso, no daba un paso por la calle sin que le acometieran mendigos importunos, y se veía continuamente asediado de recomendaciones y tarjetazos pidiendo la admisión.

—Podríamos creer—añadió—que es nuestro país inmensa gusanera de pobres y que debemos hacer de la nación un asilo sin fin, donde quepamos todos, desde el primero al último. Al paso que vamos, pronto seremos el más grande hospicio de Europa. He recordado esto porque mi amigo Mayoral, el cleriguito aficionado a letras orientales, me habló de recoger en nuestro asilo a la compañera de Almudena.

—Yo le suplico a usted, mi señor don Romualdo —dijo doña Francisca enteramente trastornada ya—, que no crea nada de eso; que no haga ningún caso

de las *Beninas* figuradas que puedan salir por ahí, y
se atenga a la propia y legítima Nina; a la que va
de asistenta a su casa de usted todas las mañanas,
recibiendo allí tantos beneficios como los he recibido
yo por conducto de ella. Esta es la verdadera; esta
es la que hemos de buscar y encontraremos con la
ayuda del señor de Cedrón y de su digna hermana
doña Josefa, y de su sobrina doña Patros... Usted
me negará que la conoce por hacer un misterio de
su virtud y santidad; pero esto no le vale; no, señor.
A mí me consta que es usted santo y que no quiere
que le descubran sus secretos de caridad sublime; y
como me consta, lo digo. Busquemos, pues, a Nina,
y cuando a mi compañía vuelva, gritaremos las dos:
¡Santo, santo, santo!

Sacó en limpio de esta perorata el señor de Cedrón que doña Francisca Juárez nó tenía la cabeza
buena; y creyendo que las explicaciones y el conten-
der sobre lo mismo no atenuarían su trastorno, puso
punto final en aquel asunto y se despidió, quedando
en volver al día siguiente para el examen de papeles y la entrega, mediante recibo en regla de las cantidades devengadas ya por los herederos.

Duró largo rato la despedida, porque tanto doña
Paca como Frasquito repitieron, en el tránsito desde la salita a la escalera, sus expresiones de gratitud
como unas cuarenta veces, con igual número de besos, más bien más que menos, en la mano del sacerdote. Y cuando desapareció por la escalera abajo el
gran Cedrón y se vieron solos de puerta adentro la
dama rondeña y el galán de Algeciras, dijo ella:

—Frasquito de mi alma, ¿es verdad todo esto?

—Eso mismo iba yo a preguntar a usted... ¿Estaremos soñando? ¿Usted qué cree?

—¿Yo?..., no sé..., no puedo pensar... Me falta la inteligencia, me falta la memoria, me falta el juicio, me falta Nina.

—A mí también me falta algo... No sé discurrir.

—¿Nos habremos vuelto tontos o locos?...

—Lo que yo digo: ¿por qué nos niega don Romualdo que su sobrina se llama Patros, que le proponen para obispo y que le regalaron un conejo?

—Lo del conejo no lo negó..., dispense usted. Dijo que no se acordaba.

—Es verdad... ¿Y si ahora, el don Romualdo que acabamos de ver nos resultase un ser figurado, una creación de la hechicería o de las artes infernales..., vamos, que se nos evaporara y convirtiera en humo, resultando todo una ilusión, una sombra, un desvarío?...

—¡Señora, por la Virgen Santísima!

—¿Y si no volviese más?

—¡Si no volviese!... ¡Que no vuelve, que no nos entregará la... los...!

Al decir esto, la cara flácida y desmayada del buen Frasquito expresaba un terror trágico. Se pasó la mano por los ojos y, lanzando un graznido, cayó en el sillón con un accidente cerebral, semejante al de la noche lúgubre, entre las calles de Irlandeses y Mediodía Grande.

Capítulo 34

Gracias a los cuidados de doña Paca, asistida de las chicas de la cordonera, pronto se repuso Ponte de aquella nueva manifestación de su mal, y al anochecer, conversando con la dama rondeña, convinieron ambos en que don Romualdo Cedrón era un ser efectivo y la herencia una verdad incuestionable. No obstante, entre la vida y la muerte estuvieron hasta el siguiente día, en que se les apareció por segunda vez la imagen del benéfico sacerdote, acompañado de un notario, que resultó antiguo conocimiento de doña Francisca Juárez de Zapata. Arreglado el asunto, previo examen de papeles, en lo que no hubo dificultad, recibieron los herederos de Rafaelito Antrines, a cuenta de su pensión, cantidad de billetes de Banco que a entrambos pareció fabulosa, por causa, sin duda, de la absoluta limpieza de sus respectivas arcas. La posesión del dinero, acontecimiento inaudito en aquellos tristes años de su vida, produjo en doña Paca un efecto psicológico muy extraño: se le anubló la inteligencia; perdió hasta la noción del tiempo; no encontraba palabras con que expresar las ideas, y estas zumbaban en su cabeza como las moscas cuando se estrellan contra un cristal, queriendo atravesarlo para pasar de la oscuridad a la luz. Quiso hablar de su Nina y dijo mil disparates. Como se oye un rumor de lejanas disputas, de las cuales solo se perciben sílabas y voces sueltas, oía que Frasquito

y los otros dos señores hablaban del asunto; creyó
entender que la fugitiva parecería, que ya se había
encontrado el rastro, pero nada más... Los tres hombres estaban en pie, el notario junto a Cedrón. Chiquitín y con perfil de cotorra, parecía un perico que
se dispone a encaramarse por el tronco de un árbol.

Despidiéronse al fin los amables señores con ofrecimientos y cortesías afectuosas, y solos la rondeña
y el de Algeciras, se entretuvieron, durante mediano
rato, en dar vueltas de una parte a otra de la casa,
entrando sin objeto ni fin alguno ya en la cocina, ya
en el comedor, para salir al instante, cambiando alguna frase nerviosa cuando uno con otro se tropeza-
ban. Doña Paca, la verdad sea dicha, sentía que se
le aguaba la felicidad por no poder hacer partícipe
de ella a su compañera y sostén en tantos años de penuria. ¡Ah! Si Nina entrara en aquel momento, ¡qué
gusto tendría su ama en darle la gran sorpresa, mostrándose primero muy afligida por la falta de cuartos,
y enseñándole después el puñado de billetes! ¡Qué
cara pondría! ¡Cómo se le alargarían los dientes!
¡Y qué cosas haría con aquel montón de metálico!
Vamos, que Dios, digan lo que dijeren, no hace nunca las cosas completas. Así en lo malo como en lo
bueno, siempre se deja un rabillo para que lo desue-
lle el destino. En las mayores calamidades permite
siempre un respiro; en las dichas que su misericordia concede, *se le olvida* siempre algún detalle, cuya
falta *lo echa todo a perder*.

En uno de aquellos encuentros, de la sala a la cocina y de la cocina a la alcoba, propuso Ponte a su
paisana celebrar el suceso yéndose los dos a comer
de fonda. El la convidaría gustoso, correspondiendo

con tan corto obsequio a su generosa hospitalidad. Respondió doña Francisca que ella no se presentaría en sitios públicos mientras no pudiera hacerlo con la decencia de ropa que le correspondía, y como su amigo le dijera que comiendo fuera de casa se ahorraba la molestia de cocinar en la propia sin más ayuda que las chiquillas de la cordonera, manifestó la dama que mientras no volviese Nina no encendería lumbre, y que todo cuanto necesitase lo mandaría traer de casa de Botín. Por cierto que se le iba despertando el apetito de manjares buenos y bien condimentados... ¡Ya era tiempo, Señor! Tantos años de forzados ayunos, bien merecía que se cantara el ¡alleluya! de la resurrección.

—Ea, Celedonia, ponte tu falda nueva, que vas a casa de Botín. Te apuntaré en un papelito lo que quiero, para que no te equivoques.

Dicho y hecho. ¿Y qué menos había de pedir la señora, para hacer boca en aquel día fausto, que dos gallinas asadas, cuatro pescadillas fritas y un buen trozo de solomillo, con la ayuda de jamón en dulce, huevo hilado y acompañamiento de una docena de bartolillos?... ¡Hala!

No logró la dama, con este anuncio de un reparador banquete, sujetar la imaginación y la voluntad de Frasquito, que desde que tomó el dinero se sentía devorado por un ansia loca de salir a la calle, de correr, de volar, pues alas creyó que le nacían.

—Yo, señora, tengo que hacer esta tarde... Me es imprescindible salir... Además, necesito que me dé un poco el aire... Siento así como un poco de mareo... Me conviene el ejercicio, crea usted que me conviene... También me urge mucho avistarme con mi sastre, aunque no sea más que para ponerme al tanto de las modas que ahora corren, y ver de preparar alguna prenda... Soy muy dificultoso y tardo mucho en decidirme por esta o la otra tela.

—Sí, sí, vaya a sus diligencias; pero no se corra mucho, y vea en este suceso feliz, como lo veo yo, una lección que nos da la Providencia. Por mi parte, me declaro convencida de lo buenos que son el orden y el arreglo y hago propósito firme de apuntar todo, todito lo que gasto.

—Y el ingreso también... Lo mismo haré yo, es decir, lo he hecho; pero no me ha valido, crea usted, amiga de mi alma, que no me ha valido.

—Teniendo renta segura, el toque está en acomodar las entradas a las salidas, y no extralimitarse... Por Dios, querido Ponte, no hagamos otra vez la barbaridad de reírnos del balance y de la... Ahora reconozco que Trujillo tiene razón.

—Más balances he hecho yo, señora, que pelos tengo en la cabeza, y también le digo a usted que no me han valido más que para calentarme la *ídem*.

—Ya que Dios nos ha favorecido, seamos ordenados; yo me atrevería a rogar a usted que, si no le sirve de molestia y *va de compras*, me traiga un libro de contabilidad, agenda o como se llame.

¡Pues no faltaba más! No un libro, sino media docena le traería Frasquito con mil amores; y prometiéndolo así, se lanzó a la calle, ávido de aire, de luz, de ver gente, de recrearse en cosas y personas. Del tirón, andando maquinalmente, se fue hasta el paseo de Atocha, sin darse cuenta de ello. Luego volvió hacia arriba, porque más le gustaba verse entre casas que entre árboles. Francamente, los árboles le eran antipáticos, sin duda porque, pasando junto a ellos en horas de desesperación, creía que le ofrecían sus ramas para que se ahorcara. Internándose en las calles sin dirección fija, contemplaba los escaparates de sastre, con exhibición de hermosas telas; los de corbatas y de camisería elegante. No dejaba de echar también un vistazo a los *restaurants*, y en general a todas las tiendas, que en su larga vida de penuria bochornosa había mirado con desconsuelo.

Pasó en esta vagancia dichosa algunas horas, sin cansancio. Sentíase fuerte, saludable y hasta robusto. Miraba cariñoso, o con cierto airecillo de protección, a cuantas mujeres hermosas o aceptables a su lado pasaban. Un escaparate de perfumería de buen tono le sugirió una idea feliz: había echado sus canas al aire de una manera indecorosa, sin aliñarlas y componerlas con el negro disimulo del tinte, y aquella hermosa tienda le ofrecía ocasión de remediar tan grave falta, inaugurando allí la campaña de restauración de su existencia, que debía comenzar por la restauración de su averiado rostro. Allí cambió, pues, el primer billete de la *resma* que le diera don Romualdo Cedrón; después de hacerse presentar diferentes artículos, hizo provisión abundante de los que creía más necesarios, y pagando sin regateos ordenó que le llevasen a la casa de doña Francisca el voluminoso paquete de sus compras de droguería olorosa y colorante.

Al salir de allí pensaba en la conveniencia de procurarse pronto una casa de huéspedes decente y no muy cara, apropiada a la pensión que disfrutaba, pues de ningún modo se excedería en sus gastos.

A los dormitorios de Bernarda no volvería más, como no fuera a pagarle las siete noches debidas y a decirle cuatro verdades. Y divagando y haciendo risueños cálculos, llegó la hora en que el estómago empezó a indicarle que no se vive sólo de ilusiones. Problema: ¿dónde comería? La idea de meterse en un *restaurant* de los buenos fue prontamente desechada. Imposible presentarse hecho un tipo. ¿Iría, siguiendo la rutina de sus tiempos miserables, al figón de Boto? ¡Oh, no!... Siempre le habían visto allí teñido. Extrañarían verle en repentina vejez, lleno de canas... Por fin, acordándose de que debía al honrado Boto un piquillo de anteriores comistrajos, creyó que debía ir allí y corresponder con un pago puntual a la confianza del dueño del establecimiento, dándole la excusa de su grave enfermedad, que bien claramente en su despintado rostro se pintaba. Encaminó sus pasos a la calle del Avemaría y entró un poquito avergonzado en la taberna haciendo como que se sonaba al atravesar la pieza exterior, para taparse la cara con el pañuelo. Estrecho y ahogado es aquel recinto para la mucha parroquia que a él concurre, atraída por la baratura y buen condimento de los guisotes que allí se despachan. A la taberna propiamente dicha, no muy grande, sigue un pasillo angosto, donde también hay una mesa, con su banco pegado a la pared, y luego una estancia reducida y baja de techo a la cual se sube por dos escalones, con las mesas largas a un lado y otro, sin más espacio entre embas que el preciso para que entre y salga el chiquillo que sirve. En esta parte del establecimiento se ponía siempre Ponte, creyéndose allí más apartado de la curiosidad y el fisgoneo de los consumidores, y ocupaba el hueco de mesa que veía libre, si en efecto lo había, pues se daban casos de estar todo completo y los parroquianos como sardinas en banasta.

Aquella tarde, noche ya, se coló Frasquito en el departamento interior con buena suerte, pues no había más que tres personas y una de las mesas estaba vacía. Sentóse en el rincón, junto a la puerta, sitio muy recogido, en el cual no era fácil que le vieran desde el *público*, es decir, desde la taberna, y... Otro problema: ¿qué pediría? Ordinariamente, el aflictivo estado de su peculio le obligaba a limitarse a un real de guisado, que con pan y vino representaba un gasto total de cuarenta céntimos, o a igual ración de bacalao en salsa. Uno u otro condumio, con el pan alto, que aprovechaba hasta la última miga, comiéndoselo con el caldo y la racioncita de vino, le ofrecían una alimentación suficiente y sabrosa. En ciertos días solía cambiar el guiso por el estofado, y en ocasiones muy contadas, por la pepitoria. Callos, caracoles, albóndigas y otras porquerías, jamás las probó.

Bueno, pues aquella noche pidió al chico relación completa de lo que había, y mostrándose indeciso, como persona desganada que no encuentra manjar bastante incitante para despertar su apetito, se resolvió por la pepitoria.

—¿Le duelen a usted las muelas, señor de Ponte? —preguntó el chico, viendo que no se quitaba el pañuelo de la cara.

—Sí, hijo..., un dolor horrible. No me traigas pan alto, sino francés.

Frente a Frasquito se sentaban dos que comían guisado, en un solo plato grande, ración de dos reales, y más allá, en el ángulo opuesto, un individuo que despachaba pausada y metódicamente una ración de caracoles. Era verdaderamente el tal una máquina para comerlos, porque para cada pieza empleaba de un modo invariable los mismos movimientos de la boca, de las manos y hasta de los ojos. Cogía el molusco, lo sacaba con un palito, se lo metía en la boca, chupaba después el agüilla contenida en la cáscara, y al hacer esto dirigía una mirada rencorosa a Frasquito Ponte; luego dejaba la cáscara vacía y cogía otra llena, para repetir la misma función, siempre a compás, con igualdad de gestos y mohínes al sacar el bicho, y al comerlo, con igualdad de miradas: una de simpatía hacia el caracol en el momento de cogerlo, otra de rencor hacia Frasquito en el momento de chupar.

Pasó tiempo, y el hombre aquel, de rostro jimioso y figura mezquina, continuaba acumulando cáscaras vacías en un montoncillo, que crecía conforme mermaba el de las llenas; y Ponte, que le tenía delante, principiaba a inquietarse de las miradas furibundas que como figurilla mecánica de caja de música le echaba, a cada vuelta de manubrio, el comedor de caracoles.

Capítulo 35

Sentía Ponte Delgado vivas ganas de pedir explicaciones al tipo aquel por su mirar impertinente. La causa de éste no podía ser otra que la novedad que Frasquito ofrecía al público con el despintado de su rostro, y el buen caballero se decía:

—¿Pero qué le importa a nadie que yo me *arregle* o deje de *areglarme?* Yo hago de mi fisonomía lo que me da la gana, y no estoy obligado a dar gusto a los señores presentándoles siempre la misma cara. Con la vieja, lo mismo que con la joven, sé yo hacerme respetar y dejar bien puesto mi decoro.

Ya se proponía contraponer al mirar cargantísimo de aquel punto una ojeada de desprecio, cuando el de los caracoles, vaciado, comido y chupado el último y puesta la cáscara en su sitio, pagó el gasto; se colocó en los hombros la capa, que se le había caído; encasquetóse la gorrilla, y levantándose se fue derecho al desteñido caballero, y con muy buen modo le dijo:

—Señor de Ponte, perdóneme que le haga una pregunta.

Por el tono cordial del individuo, comprendió Frasquito que era un infeliz, de estos que expresan con el modo de mirar todo lo contrario de lo que son.

—Usted dirá...

—Perdone, señor de Ponte... Quería saber, siempre que usted no lo lleve a mal, si es verdad que

Antonio Zapata y su hermana han tenido una herencia de *tantismos* millones.

—Hombre, tanto como de millones, no creo... Diré a usted: mi parte en la herencia, como la que también disfruta doña Francisca Juárez, no pasa de una pensión, cuya cuantía no sabemos aún a punto fijo. Pero podré darle a usted dentro de poco noticias exactas. ¿Por casualidad es usted periodista?

—No, señor; soy pintor heráldico.

—¡Ah! Yo creía que era usted de estos que averiguan cosas para ponerlas en los periódicos.

—Lo que yo pongo es anuncios. Porque como el arte heráldico está tan por los suelos, me dedico al corretaje de reclamos y avisos... Antonio y yo trabajamos en competencia y nos hacemos una guerra espantosa. Por eso, al saber que Zapata es rico, quiero que usted influya con él para que me traspase sus negocios. Soy viudo y tengo seis hijos.

Al decir esto, poniendo en su tono tanta sinceridad como hombría de bien, clavada en el rostro de su interlocutor una mirada semejante a la del asesino en el momento de dar el golpe a su víctima. Antes de que Ponte le contestara, prosiguió diciendo:

—Yo sé que usted es amigo de la familia, y que *habla* con doña Obdulia... Y a propósito: doña Obdulia, o su señora madre, ahora que son ricas, querrán *sacar título*. Yo que ellas lo sacaría, siendo, como son, de la Grandeza de España. Pues que no se olvide usted de mí, señor de Ponte... Aquí tiene mi tarjeta. Yo les compongo el escudo y el árbol genealógico, y la ejecutoria en letra antigua, con iniciales en purpurina, a menor precio que se lo haría

el pintor más pintado. Puede usted juzgar de mi trabajo por los modelos que tengo en casa.

—Yo no puedo asegurarle a usted—dijo Frasquito,
dándose mucha importancia con un palillo entre los
dientes—que saquen título ni que no saquen título.
Nobleza les sobra para ello por los cuatro costados,
pues así los Juárez como los Zapatas y los Delgados
y Pontes, son de lo más alcurniado de Andalucía.

—Los Pontes tienen una puente sínople sobre gules
y cuarteles de azur y oro...

—Verdad... Por mi parte no pienso sacar título ni
mi herencia es para tanto... Esas señoras, no sé...
Obdulia merece ser Duquesa, y lo es por la figura
y el tono, aunque no se decida a ponerse la corona.
De Emperatriz le corresponde, como hay Dios. En
fin, yo no me meto... Y dejando a un lado la herál-
dica, vamos a otra cosa.

En esto, el de los caracoles se había sentado junto
a Frasquito y con su mirar siniestro era el terror de
los parroquianos que les rodeaban.

—Puesto que usted se dedica al corretaje de anuncios, ¿podría indicarme una buena casa de huéspedes?...

—Precisamente hoy *he hecho* dos... Aquí las tengo
en mi cartera para *Imparcial* y *Liberal*. Entérese usted... Son de lo bueno: «Habitaciones hermosas, comida a la francesa, cinco platos..., treinta reales.»

—Me convendría más barata..., de catorce o dieciséis reales.

También las *hago*... Mañana podré darle una lista
de seis lo menos, todas de confianza.

Les cortó el diálogo la aparición repentina de Antonio Zapata, que entró sofocado, metiendo ruido,

bromeando a gritos con el dueño del establecimiento
y con varios parroquianos. Subió al cuarto interior y,
tirando sobre la mesa la voluminosa cartera que llevaba y echándose atrás el sombrero, se sentó junto
a Frasquito y el de los caracoles.

—¡Vaya una tarde, caballeros; vaya una tarde!
—exclamó, fatigado; y al chiquillo que servía le
dijo—: No tomo nada. He comido ya... Mi señora
madre nos ha metido en el cuerpo una gallina a mi
mujer y a mí..., y encima tira de *champagne*..., y tira
de bartolillos.

—¡Chico, quien te tose ahora!...—le dijo el de los
caracoles, la palabra dulce, el mirar terrorífico—.
Y es preciso que me des pronto una razón: ¿me
cedes o no me cedes tu negocio?

—¡Buena se puso mi mujer cuando le propuse no
trabajar más! Creí que me mordía y que me sacaba
los ojos. Nada: que seguiremos lo mismo, ella en su
máquina, yo en mis anuncios, porque eso de la herencia no sabemos qué papeleta será... Amigo Ponte,
¿conoce usted esa finca de la Almoraina? ¿Cuánto
nos dará de renta?

—No puedo precisarlo—replicó Frasquito—. Sé que
es una magnífica posesión, con monte, potrero, tierras de sembradura, *ainda mais*, el mejor puesto
de Andalucía para codornices cuando van a pasar
el Estrecho.

—Allá nos iremos una temporada... Pero mi mujer,
ni *pa* Dios quiere que deje yo este oficio de pateta.
Aguántate por ahora, Polidura, que con mi Juliana
no se juega: le tengo más miedo que a una leona
con hambre... Y cuéntame, ¿qué has hecho hoy?...

¡Ah!, ya no me acordaba: mi madre quiere comprar una araña...

—¡Una araña!

—Sí, hombre, o lámpara colgante para el comedor. Me ha dicho si sabemos de alguna buena y vistosa, de lance...

—Sí, sí—replicó Polidura—. En la almoneda de la calle Campomanes la tenemos.

—Otra... También quiere saber si se proporcionarán alfombras de moqueta y terciopelo en buen uso.

—Eso, en la almoneda de la plaza de Celenque. Aquí lo tengo: «Todo el mobiliario de una casa. Horas, de una a tres. No se admiten prenderos.»

—Mi hermana, que entre paréntesis se zampó esta tarde media gallina, lo que quiere es un landó de cinco luces...

—¡Atiza!

—Yo he aconsejado a Obdulia—indicó Frasquito con gravedad—que no tenga cocheras, que se entienda con un alquilador.

—Claro... Pero no dará *pa* tanto el cortijo de pateta. ¡Landó de cinco luces! Y que tiren de él las burras de leche del *señó* Jacinto.

Soltó la risa Polidura; mas notando que al algecireño le sabían mal aquellas bromas, quiso variar de conversación al instante. El desvergonzado Antonio Zapata se permitió decir a Ponte:

—Con franqueza, don Frasco: creo que está usted mejor así.

—¿Cómo?

—Sin betún. Bonita figura de caballero anciano y respetable. Convénzase de que con el tinte no con-

sigue usted parecer más joven; lo que parece es...
un féretro.

—Querido Antonio—replicó Ponte haciendo repulgos con boca y nariz para disimular su ira y figurar
que seguía la broma—, nos gusta a los viejos espan-
tar a los muchachos para que..., nos dejen en paz.
Los chicos del día, por querer saberlo todo, no saben nada...

El pobre señor, azorado, no sabía qué decir. Sus
tonterías envalentonaron a Zapata, que prosiguió
mortificándole:

—Y ahora que estamos en fondos, amigo Ponte, lo
primero que tiene usted que hacer es jubilar el *sar-
cófago*.

—¿Qué?

—El sombrero de copa que tiene usted para los
días de fiesta y que es de la moda que se gastaba
cuando ahorcaron a Riego.

—¿Qué entiende usted de modas? Estas se renue-
van y las formas de ayer vuelven a *llevarse* mañana.

—Así será en la ropa; pero en las personas, el que
pasó, pasado se queda. No le quedan a usted más
que los *pinreles*. Los juanetes que debía tener en
ellos se le han subido a la cabeza... Sí, sí..., yo digo
que usted piensa con los callos.

Ya le faltaba poco a Frasquito para estallar en ira,
y de fijo le hubiera tirado a la cabeza el plato, el
vaso de vino y hasta la mesa, si Polidura no tratara
de atenuar la maleante burla con estas palabras con-
ciliadoras:

—Cállate, tonto, que el señor Ponte no ha entrado
en *Villavieja* y lleva sus añitos mejor que nosotros.

—No es viejo, no... Es de *cuando Fernando VII gastaba paletot*... Pero, en fin, si se ofende, me callo... Señor de Ponte, sabe que se le quiere y que si gasto estas bromas es por pasar el rato. No haga usted caso, *maestro*, y hablemos de otra cosa.

—Sus chanzas son un poco impertinentes—dijo Frasquito con dignidad—, y si se quiere, irrespetuosas... Pero es usted un chiquillo, y...

—¡*Pata*!... Ea, se acabó. Voy a preguntarle una cosa, respetable señor de Ponte: ¿en qué empleará usted los primeros cuartos de la pensión?

—En una obra de justicia y de caridad. Le compraré unas botas a *Benina* cuando parezca, si parece, y un traje nuevo.

—Pues yo le compraré un vestido de odalisca. Es lo que le cuadra desde que se ha dedicado a la vida mora.

—¿Qué dice usted? ¿Se sabe dónde está ese ángel?

—Ese ángel está en El Pardo, que es el paraíso adonde son llevados los angelitos que piden limosna sin licencia.

—Bromas de usted.

—¡Humoradas de la vida, señor de Ponte! Yo sabía que Nina se arrimaba a la puerta de San Sebastián por pescar algún ochavo... La necesidad es terrible consejera. ¡Cuando la pobre Nina lo hacía...! Pero yo no supe hasta hoy que anda emparejada con un moro ciego, y que de ahí le viene su perdición.

—¿Está usted seguro de lo que dice?

—Lo he visto. A mamá no he querido decirle nada, porque no se disguste; pero... ya estoy al tanto. En una redada que echaron los policías, cogieron a Nina y al otro y les zamparon en San Bernardino. De allí me les empaquetaron para El Pardo, de donde me mandó Nina un papelito, diciéndome que *haga un empeño* para que la suelten... Veréis lo que hice esta mañana: alquilé una bicicleta y me fui al Pardo... Antes que se me olvide: si sabe mi mujer que he paseado en bicicleta, tendremos bronca en casa. Tú, Polidura, ten cuidado de no venderme; ya sabes cómo las gasta Juliana... Pues sigo: me planté allá, y la vi: la pobre está descalza y con los trapitos en jirones. Da pena verla. El moro es tan celoso, ¡Dios!, que cuando me oyó hablar con ella se puso frenético y me quiso pegar... *«Galán bunito—decía, mi matar galán bunito.»* Por no escandalizar no le di un par de morradas...

—Yo no creo que *Benina*, a sus años...—indicó Frasquito tímidamente.

—¿Qué ha de hacer usted más que encontrar muy naturales los pinitos de los ancianos?

—En fin—dijo Polidura arrojando todo el furor de su mirada sobre Antonio—, haz por sacarla. Habrá que buscar un empeño en el Gobierno Civil.

—Sí, sí... Gestionemos inmediatamente—propuso Ponte—. ¿Será todavía gobernador *Pepe Alcañices?*

—¡Hombre, por Dios! ¿Quién dice? ¿El duque de Sexto? Usted se empeña en no pasar del año de *la Nanita.*

—Si eso es del tiempo de la guerra de Africa, señor de Ponte, o poco después—afirmó el de los caracoles—. Yo me acuerdo..., cuando la unión liberal... Era ministro de la Gobernación don José Posada Herrera. Yo estaba en *La Iberia* con Calvo Asensio, Carlos Rubio y don Práxedes... Pues apenas ha llovido desde entonces...

—Sea lo que quiera, señores—añadió Frasquito poniéndose en la realidad—, hay que sacar a Nina...

—Hay que sacarla.

—Con su morito a rastras. Mañana mismo iré a ver a un amigo que tengo en la Delegación... Pero no se olviden: tú, Polidura, ten cuidado y no *metas la pata*... Si sabe Juliana que alquilé la bicicleta, ya tengo *máquina* para un semestre.

—¿Va usted a volver al Pardo?...

—Puede. Y usted, ¿maneja el pedal?

—No lo he probado. En todo caso, yo iría a caballo.

—Anda, anda, y qué calladito se lo tenía. ¿Monta usted a la inglesa o a la española?

—Yo no sé... Solo sé que monto bien. ¿Quiere usted verlo?

—Hombre, sí... Vaya, una apuestita: si no se rompe usted la cabeza, pago el alquiler del caballo.

—Y si usted no se desnuca en la máquina, la pago yo.

—Convenido. ¿Y tú, Polidura?

—¿Yo?... En el coche de San Francisco.

—Pues allá los tres. *Sus* convido a caracoles.

—Yo convido a lo que quieran—dijo Frasquito levantándose—; y si conseguimos traernos a Nina y al rifeño, convite general.

—El *disloque*...

Capítulo 36

No se consolaba doña Paca de la ausencia de Nina, ni aun viéndose rodeada de sus hijos, que fueron a participar de su ventura y a darle parte principal de la que ellos saboreaban con la herencia. Con aquel cambio de impresiones placenteras, fácilmente se transportaba el espíritu de la buena señora al séptimo cielo, donde se le aparecían risueños horizontes; pero no tardaba en caer en la realidad, sintiendo el vacío por la falta de su compañera de trabajos. En vano la volandera imaginación de Obdulia quería llevársela, cogida por los cabellos, a dar volteretas en la región de lo ideal. Dejábase conducir doña Francisca, por su natural afición a estas correrías; pero pronto se volvía para acá, dejando a la otra, desmelenada y jadeante, de nube en nube y de cielo en cielo. Había propuesto la *niña* a su mamá vivir juntas, con el decoro que su posición le permitía. *De hecho* se separaba de Luquitas, señalándole una pensión para que viviera; tomarían un hotel con jardín; se abonarían a dos o tres teatros; buscarían relaciones y amistades de gente distinguida...

—Hija, no te corras tanto, que aún no sabes lo que te rentará tu mitad de la Almoraima; y aunque yo, por lo que recuerdo de esa hermosa finca, calculo que no será un grano de anís, bueno es que sepas qué tamaño ha de tener la sábana antes de estirar la pierna.

Al decir esto, hablaba la viuda de Zapata con las ideas de la práctica Nina, que se renovaban en su mente y en ella lucían como las estrellas en el cielo. Por de pronto, Obdulia dejó su casa de la calle de la Cabeza, instalándose con su madre, movida del propósito de buscar pronto vivienda mejor, nueve-cita y en sitio alegre, hasta que llegara el día de sentar sus reales en el hotel que ambicionaba. Aun-que más moderada que su hija en el prurito de gran-dezas, sin duda por el vapuleo con que la domara la implacable experiencia, doña Paca se iba también del seguro, y creyéndose razonable, dejábase vencer de la tentación de adquirir superfluidades dispendio-sas. Se le había metido entre ceja y ceja la compra de una buena lámpara para el comedor, y hasta que viese satisfecho su capricho no podía tener sosiego la pobre señora. El maldito Polidura le proporcionó el *negocio*, encajándole un disforme mamotreto, que apenas cabía en la casa y que, colgado en su sitio, tocaba en la mesa con sus colgajos de cristal. Como pronto habían de tener casa de techos altos, esto no era inconveniente. También le hizo adquirir el de los caracoles unos muebles chapeados de palosanto y al-gunas alfombras buenas, que tuvieron el acierto de no colocar, extendiendo solo retazos allí donde ca-bían para darse el gusto de pisar en blando.

Obdulia no cesaba de dar pellizcos al tesoro de su mamá para adquirir tiestos de bonitas plantas en los próximos puestos de la plazuela de Santa Cruz, y en dos días puso la casa que daba gloria verla: los sucios pasillos se trocaron en verjeles y la sala en risueño pensil. En previsión de la vida de hotel, ad-quirió también plantas decorativas de gran tamaño, latanias, palmitos, *ficus* y helechos arborescentes. Veía doña Francisca con gozo la irrupción del reino vegetal en su triste morada, y ante tanta belleza sentía emociones propiamente infantiles, como si al cabo de la vejez volviera a jugar con los nacimientos.

—¡Benditas sean las flores—decía, paseándose por sus encantados jardines—, que dan alegría a las casas, y bendito sea Dios, que si no nos permite disfrutar del campo, nos consiente, *por poco dinero*, que traigamos el campo a casa!

Todo el día se lo pasaba Obdulia cuidando sus macetas, y tanto las regaba, que en algún momento faltó poco para que se hiciera preciso atravesar a nado el trayecto desde la salita al comedor. Ponte la incitaba con sus ponderaciones y aspavientos a seguir comprando flores y a convertir su casa en jardín botánico, o poco menos. Por cierto que el primero y segundo día de aquella vida nueva tuvo que reñir doña Paca al buen Frasquito, porque siempre que salía se le olvidaba llevarle el libro de cuentas que le había encargado. El galán manido se disculpaba con la muchedumbre de sus ocupaciones, hasta que una tarde entró con diversos paquetes de compras, y la dama rondeña vio entre estos el libro, del cual se apoderó al instante con ganas de inaugurar en él la cuenta y razón de un porvenir dichoso.

—Pasaré en seguida todo lo que tengo apuntado en este papelito—dijo—: lo que se trae de casa de Botín, la araña, las alfombras, varias cosillas..., medicamentos..., en fin, todito. Y ahora, hija mía, a ver cómo me das nota clara de tanta y tanta flor, para apuntarlas *ce* por *be*, sin que se escape ni una hoja...

Pon mucho cuidado para que salga el balance... ¿Verdad, Frasquito, que tiene que salir el balance?

Curiosa, como hembra, no pudo menos de guluzmear en los paquetes que llevó Ponte.

—¿A ver qué trae usted ahí? Mire que no he de permitirle tirar el dinero. Veamos: un hongo claro... Bien, me parece muy bien. A buen gusto nadie le gana. Botas altas... ¡Hombre, qué elegantes! Vaya un pie; ya querrían muchas mujeres... Corbatas: dos, tres... Mira, Obdulia, qué bonita esta verde con motas amarillas. Un cinturón que parece un corsé-faja. Bueno debe de ser esto para evitar que crezca el vientre... Y esto, ¿qué es?... ¡Ah!, espuelas. Pero Frasquito, por Dios, ¿para qué quiere usted espuelas?

—Ya..., es que va a salir a caballo—dijo Obdulia gozosa—. ¿Pasará por aquí? ¡Ay, qué pena no verle!... ¿Pero a quién se le ocurre vivir en este cuartucho interior, sin un solo agujero a la calle?

—Cállate, mujer; pediremos a la vecina, doña Justa, la profesora en partos, que nos permita pasar y asomarnos cuando el caballero nos ronde la calle... ¡Ay, pobre Nina, cuánto se alegraría también de verle!

Explicó Ponte Delgado su inopinado renacer a la vida hípica, por el compromiso en que se veía de ir al Pardo en excursión de recreo con varios amigos *de la mejor sociedad*. El solo iba a caballo; los demás a pie o en bicicleta. De las distintas clases de *sport* o deportes hablaron un rato con grande animación, hasta que les interrumpió la entrada de Juliana, la mujer de Antonio, que desde la noticia de la herencia frecuentaba el trato de su suegra y su cuñada. Era mujer garbosa, simpática, viva de genio, de tez blanca y magnífico pelo negro, peinado con arte. Cubría su cuerpo con mantón alfombrado y la cabeza con pañuelo de seda de cuarteles chillones; calzaba preciosas botinas, y sus bajos denotaban limpieza y un buen avío de ropa.

—¿Pero esto es el Retiro, o la Alameda de Osuna? —dijo al ver el enorme follaje de arbustos y flores—. ¿A qué viene tanta *vegetación?*

—Caprichos de Obdulia—replicó doña Paca, que se sentía dominada por el carácter, ya enérgico, ya bromista, de su graciosa nuera—. Esta monomanía de hacer de mi casa un bosque me está costando un dineral.

—Doña Paca—le dijo su nuera cogiéndola sola en el comedor—, no sea usted tan débil de naturaleza y déjese guiar por mí, que no he de engañarla. Si hace caso de las bobadas de Obdulia, pronto se verá usted tan perdida como antes, porque no hay pensión que baste cuando falta el arreglo. Yo suprimiría el bosque y las fieras..., dígolo por ese orangután mal *pintao* que han traído ustedes a casa, y que deben poner en la calle más pronto que la vista.

—El pobre Ponte se va mañana a su casa de huéspedes.

—Déjese llevar por mí, que entiendo del gobierno de una casa... Y no me salga con la matraca del librito de llevar cuentas. La persona que tiene el arreglo en su cabeza no necesita apuntar nada. Yo no sé hacer un número, y ya ve cómo me las compongo. Siga mi consejo: múdese a un cuarto baratito y viva como una pensionista de circunstancias, sin echar humos ni ponerse a farolear. Haga lo que yo, que me estoy donde estaba, y no dejaré mi trabajo hasta que no vea claro eso de la herencia y me entere de lo que da de sí el cortijo. Quítele a su hija de la cabeza lo del hotel si no quieren verse por puertas, y tome una criada que les guise, y ataje el chorro de dinero que se va todos los días a la tienda de Botín.

Conforme con estas ideas se mostraba doña Francisca, asintiendo a todo, sin atreverse a contradecirla ni a oponer una sola objeción a tan juiciosos consejos. Sentíase oprimida bajo la autoridad que las ideas de Juliana revelaban con solo expresarse, y ni la ribeteadora se daba cuenta de su influjo gobernante ni la suegra de la pasividad con que se sometía. Era el eterno predominio de la voluntad sobre el capricho y de la razón sobre la insensatez.

—Esperando que vuelva Nina—indicó tímidamente la señora—, he pedido a Botín...

—No piense usted más en la Nina, doña Paca, ni cuente con ella aunque la encontremos, que ya lo voy dudando. Es muy buena, pero ya está caducada, mayormente, y no le sirve a usted para nada. Además, ¿quién nos dice que quiere volver, si sabemos que por su voluntad se ha ido? Le gusta andar de pingo, y no hará usted carrera de ella como la prive de estarse la mitad del día tomando medidas a las calles.

Para no perder ripio, insistió Juliana en la recomendación que ya había hecho a su suegra de una buena criada para todo. Era su prima Hilaria, joven, fuerte, limpia y hacendosa..., y de fiel, no se dijera. Ya vería pronto la *diferiencia* entre la honradez de Hilaria y las rapiñas de otras.

—¡Ay!... Pero es muy buena la Nina—exclamó doña Paca, rebulléndose bajo las garras de la ribeteadora para defender a su amiga.

—Muy buena, sí, y debemos socorrerla... No faltaba más..., darle de comer... Pero, créame, doña Paca, no hará usted nada de provecho sin mi prima. Y para que no dude más y se quite quebraderos de cabeza, esta misma tarde, anochecido, se la mando.

—Bueno, hija, que venga y se encargará de la casa... Y a propósito: aquí hay una gallina asada que se va a perder. Ya me indigesta tanta gallina. ¿Quieres llevártela?

—¿Cómo no? Venga.

—También quedaron cuatro chuletas. Ponte ha comido fuera.

—Vengan.

—¿Te lo mando con Hilaria?

—No, que me lo llevo yo misma. Vamos a ver cómo me arreglo. Lo pongo todo en un plato, y el plato en una servilleta... así; agarro mis cuatro puntas...

—¿Y este pedazo de pastel?... Es riquísimo.

—Lo envuelvo en un periódico, y ¡hala, que es tarde! Y toda esta fruta, ¿para qué la quiere? Pues apenas ha traído manzanas y naranjas... Déme acá..., las pongo en mi pañuelo...

—Vas a ir cargada como un burro.

—No importa... ¡A lo que estamos, tuerta! Mañana vendré por aquí, a ver cómo anda esto, y a decirle a usted lo que tiene que hacer... Pero, cuidadito, que no salgamos con echarse en el surco y volver a las andadas. Porque si mi señora suegra se tuerce en cuanto vuelvo la espalda y empieza a derrochar y hacer disparates...

—No, no, hija... ¡Qué cosas tienes!

—Claro, que si me dice tanto así, yo no me meto en nada. Con su pan se lo coma y cada palo aguante su vela. Pero yo quiero que usted tenga *conduta* y no pase malos ratos, ni se vea, como hasta ahora, entre las uñas de los usureros.

—¡Ay, si cuanto dices es la pura razón! Tú sí que sabes, tú sí que vales, Juliana. Cierto que tienes el geniecillo un poco fuerte, pero ¿quién no ha de alabártelo, si con ese *ten con ten* has domado a mi Antonio? De un perdido has hecho un hombre de bien.

—Porque no me achico; porque desde el primer día le administré el bautismo de los cinco mandamientos: porque le chillo en cuanto le veo cerdear un poco; porque le hago andar derecho como un huso, y me tiene más miedo que los ladrones a la Guardia Civil.

—¡Y cómo te quiere!

—Es natural. Se hace una querer del marido, enjaretándose los calzones como me los enjareto yo... Así se gobiernan las casas chicas y las grandes, señora, y el mundo.

—¡Qué salero tienes!

—Alguna sal me ha puesto Dios, sobre todo en la mollera. Ya lo irá usted conociendo. Ea, que me marcho. Tengo que hacer en casa.

Mientras esto hablaban suegra y nuera, en la salita, Obdulia y Ponte departían acerca de aquella, diciendo la *niña* que jamás perdonaría a su hermano haber traído a la familia una persona tan ordinaria como Juliana, que decía *diferiencia*, *petril* y otras barbaridades. No harían nunca buenas migas. Al despedirse, Juliana dio besos a Obdulia, y a Frasquito un apretón de manos, ofreciéndose a plancharle las camisolas, al precio corriente, y a *volverle* la ropa por lo mismo o menos de lo que llevaría el sastre más barato. Además, también sabía ella cortar *para hombre;* y si quería probarlo, encargárale un traje, que de fijo no saldría menos elegante que el que le hicieran los cortadores de portal que a él le vestían. Toda la ropa de su Antonio se la hacía ella, y que dijera si andaba mal el chico..., ¡a ver! Pues a su tío Bonifacio le había hecho una americana que estrenó para ir al pueblo (Cadalso de los Vidrios) el día del Santo, y tanto gustó allí la prenda, que se la pidió prestada el alcalde para cortar otra por ella. Dio las gracias Ponte, mostrándose escéptico, con galantería, en lo concerniente a las aptitudes de las señoras para la confección de ropa masculina, y la despidieron todos en la puerta, ayudándola a cargarse los diversos bultos, atadijos y paquetes que gozosa llevaba.

Capítulo 37

No queriendo ser Obdulia inferior a su cuñada ni aparecer en la casa con menos autoridad y mangoneo que la intrusa chulita, dijo a su madre que no podría arreglarse decorosamente con una criada *para todo*, y pues Juliana impuso la cocinera, ella imponía la doncella..., ¡así! Discutieron un rato, y tales razones dio la niña en apoyo de la nueva funcionaria, que no tuvo más remedio doña Francisca que reconocer su necesidad. Sí, sí: ¿cómo se habían de pasar sin doncella? Para desempeñar cargo tan importante había elegido ya Obdulia a una muchacha finísima, educada en el servicio de casas grandes, y que se hallaba libre a la sazón, viviendo con la familia del dorador y adornista de la empresa fúnebre. Llamábase Daniela, era una preciosidad por la figura y un portento de actividad hacendosa. En fin, que doña Paca, con tal pintura, deseaba que fuese pronto la doncella fina para recrearse en el servicio que le había de prestar.

Por la noche llegó Hilaria, que se inauguró dando a doña Francisca un recado de Juliana, el cual más bien parecía una orden. Decía su prima que no pensara la señora en hacer más compras, y que cuando notase la falta de alguna cosa necesaria, le avisase a ella, que sabía como nadie tratar el género y *sacarlo* bueno y arreglado. Item: que reservase la señora la mitad lo menos del dinero de la pensión para ir des-

empeñando las infinitas prendas de ropa y objetos
diversos que estaban en *Peñíscola*, dando la preferencia a las papeletas cuyo vencimiento estuviese al
caer, y así en pocos meses podría recobrar sinfín de
cosas de mucha utilidad. Celebró doña Paca la feliz
advertencia de Juliana, que era la previsión misma,
y ofreció seguirla puntualmente o más bien obede-
cerla. Como tenía la cabeza tan mareada, efecto de
los inauditos acontecimientos de aquellos días, de la
ausencia de *Benina*, y, ¿por qué no decirlo?, del olor
de las flores que embalsamaban la casa, no le había
pasado por las mientes el revisar las resmas de papeletas que en varios cartapacios guardaba como oro
en paño. Pero ya lo haría, sí, señora, ya lo haría...,
y si Juliana quería encargarse de comisión tan fas-
tidiosa como el desempeñar, mejor que mejor. Contestó la nueva cocinera que lo mismo servía ella para
el caso que su prima, y acto continuo empezó a dis-
poner la cena, que fue muy del gusto de doña Paca
y de Obdulia.

Al día siguiente se agregó a la familia la doncella;
y tan necesarios creían hija y madre sus servicios,
que ambas se maravillaban de haber vivido tanto
tiempo sin echarlos de menos. El éxito de Daniela el
primer día fue, pues, tan franco y notorio como el
de Hilaria. Todo lo hacía bien, con arte y presteza,
adivinando los gustos y deseos de las señoras para
satisfacerlos al instante. ¡Y qué buenos modos, qué
dulce agrado, qué humildad y ganas de complacer!
Diríase que una y otra joven trabajaban desafiadas
y en competencia, apostando a cuál conquistaría más
pronto la voluntad de sus amas. Doña Francisca estaba en sus glorias, y lo único que la afligía era la

estrechez de la habitación, en la cual las cuatro mujeres apenas podían revolverse.

Juliana, la verdad sea dicha, no vio con buenos ojos la entrada de la doncella, que maldita la falta que hacía; pero por no chocar tan pronto, no dijo nada, reservándose el propósito de plantarla en la calle cuando se consolidase un poco más el dominio que había empezado a ejercer. En otras materias aconsejó y llevó a la práctica disposiciones tan atinadas, que la misma Obdulia hubo de reconocerla como maestra en el arte de gobierno. Ocupábase además en buscarles casa; pero con tales condiciones de comodidad, ventilación y baratura la quería, que no era fácil decidirse hasta no revolver bien todo Madrid. Claro es que Frasquito ya se había ido con viento fresco a su casa de pupilos (Concepción Jerónima, 37), y tan contento el hombre. No tenía doña Paca habitación para él, y aun acomodarle en el pasillo habría sido difícil, por estar lleno de plantas tropicales y alpestres; además, no era pertinente ni decoroso que un señor reputado por elegante y algo calavera viviese en compañía de cuatro mujeres solas, tres de las cuales eran jóvenes y bonitas. Fiel a la estimación que a doña Francisca debía, la visitaba Ponte diariamente mañana y tarde, y un sábado anunció para el siguiente domingo la excursión al Pardo, en que se proponía reverdecer sus aficiones y habilidades caballerescas.

¡Con qué placer y curiosidad salieron las cuatro al balcón prestado del vecino para ver al jinete! Pasó muy gallardo y tieso en un caballote grandísimo, y saludó y dio varias vueltas, parando el caballo y haciendo mil monerías. Agitaba Obdulia su pañuelo, y doña Paca, en la efusión de su amistoso cariño, no pudo menos de gritarle desde arriba:

—Por Dios, Frasquito, tenga mucho cuidado con esa bestia, no vaya a tirarle al suelo y a darnos un disgusto.

Picó espuelas el diestro jinete, trotando hacia la calle de Toledo para tomar la de Segovia y seguir por la Ronda hasta incorporarse con sus amigos en la Puerta de San Vicente. Cuatro jóvenes de buen humor formaban con Antonio Zapata la partida de ciclistas en aquella excursión alegre, y en cuanto divisaron a Ponte y su gigantesca cabalgadura, saludáronle con vítores y cuchufletas. Antes de partir en dirección a la Puerta de Hierro hablaron Frasquito y Zapata del asunto que principalmente les reunía, diciendo este que al fin, con no pocas dificultades, había conseguido la orden para que fuesen puestos en libertad *Benina* y su moro. Partieron gozosos, y a lo largo de la carretera empezó el *match* entre el jinete del caballo de carne y los del hierro, animándose y provocándose recíprocamente con alegres voces e imprecaciones familiares. Uno de los ciclistas, que era campeón laureado, iba y venía, adelantándose a los otros, y todos corrían más veloces que el jamelgo de Frasquito, quien tenía buen cuidado de no hacer locuras, manteniéndose en un paso y trote moderados.

Nada les ocurrió en el viaje de ida. Reunidos allá con Polidura y otros amigos pedestres, que habían salido con la fresca, almorzaron gozosos, pagando por mitad, según convenio, Frasquito y Antonio; visitaron rápidamente el recogimiento de pobres, sacaron a los cautivos, y a la tarde se volvieron a Madrid, echando por delante a *Benina* y Almudena. No quiso Dios que la vuelta fuese tan feliz como la ida, porque uno de los ciclistas, llamado, y no por el mal nombre, *Pedro Minio,* de la piel del diablo, había empinado el codo más de la cuenta con el almuerzo, y dio en hacer gracias con la máquina, metiéndose y sacándose por angosturas peligrosas, hasta que en uno de aquellos pasos fue a estrellarse contra un árbol y se estropeó una mano y un pie, quedándose inutilizado para continuar *pedaleando.* No pararon aquí las desdichas, y más acá de la Puerta de Hierro, ya cerca de los Viveros, el corcel de Frasquito, que sin duda estaba ya cargado del vertiginoso girar con que las bicicletas pasaban y repasaban delante de sus ojos, sintiéndose además mal gobernado, quiso emanciparse de un jinete ridículo y fastidioso. Pasaron unas carretas de bueyes con carga de retama y carrasca para los hornos de Madrid, y ya fuera que se espantase el jaco, ya que fingiera el espanto, ello es que empezó a dar botes y más botes, hasta que logró despedir hacia las nubes a su elegante caballero. Cayó el pobre Ponte como un saco medio vacío, y en el suelo se quedó inmóvil, hasta que acudieron sus amigos a levantarle. Herida no tenía, y por fortuna tampoco sufrió golpe de cuidado en la cabeza, porque conservaba su conocimiento, y en cuanto le pusieron en pie empezó a dar voces, rojo como un pavo, apostrofando al carretero que, según él, había tenido la culpa del *siniestro.* Aprovechando la confusión, el caballo, ansioso de libertad, escapó desbocado hacia Madrid, sin dejarse coger de los transeúntes que lo intentaron, y en pocos minutos Zapata y sus amigos le perdieron de vista.

Ya habían traspuesto *Benina* y Almudena, en su tarda andadura, la línea de los Viveros, cuando la anciana vio pasar, veloz como el viento, el jamelgo de Ponte, y comprendió lo que había pasado. Ya se lo temía ella, porque no estaba Frasquito para tales bromas ni su edad le consentía tan ridículos alardes de presunción. Mas no quiso detenerse a saber lo cierto del lance, porque anhelaba llegar pronto a Madrid para que descansase Almudena, que sufría de calenturas y se hallaba extenuado. Paso a paso avanzaron en su camino, y en la Puerta de San Vicente, ya cerca de anochecido, sentáronse a descansar, esperando ver pasar a los expedicionarios con la víctima en una parihuela. Pero no viéndoles en más de media hora que allí estuvieron, continuaron su camino por la Virgen del Puerto, con ánimo de subir a la calle Imperial por la de Segovia. En lastimoso estado iban los dos: *Benina,* descalza, desgarrada y sucia la negra ropa; el moro envejecido, la cara verde y macilenta; uno y otro revelando en sus demacrados rostros el hambre que habían padecido, la opresión y tristeza del forzado encierro en lo que más parece mazmorra que hospicio.

No podía apartar la Nina de su pensamiento la imagen de doña Paca, ni cesaba de figurarse, ya de un modo, ya de otro, el acogimiento que en su casa tendría. A ratos esperaba ser recibida con júbilo; a ratos temía encontrar a doña Francisca furiosa por el aquel de haber ella pedido limosna, y, sobre todo, por andar con un moro. Pero nada ponía tanta confusión y barullo en su mente como la idea de las novedades que había de encontrar en la familia, según Antonio con vagas referencias le dijera al salir

del Pardo. ¡Doña Paca, y él, y Obdulia eran ricos!
¿Cómo? Ello fue cosa súbita, traída de la noche a
la mañana por don Romualdo... ¡Vaya con don Romualdo! Lo había inventado ella, y de los senos oscuros de la invención salía persona de verdad, haciendo milagros, trayendo riquezas y convirtiendo en
realidades los soñados dones del Rey *Samdai*. ¡Quiá!
Esto no podía ser. Nina desconfiaba, creyendo que
todo era broma del guasón de Antoñito, y que en vez
de encontrar a doña Francisca nadando en la abundancia, la encontraría, ahogándose, como siempre, en
un mar de trampas y miserias.

Capítulo 38

Temblorosa llegó a la calle Imperial, y habiendo mandado al moro que se arrimara a la pared y la esperase allí, mientras ella subía y se enteraba de si podía o no alojarse en la que fue su casa, le dijo Almudena:

—No *bandonar* tú mí, *amri*.

—¿Pero estás loco? ¿Abandonarte yo ahora que estás malito, y los dos andamos tan de capa caída? No pienses tal desatino y aguárdame. Te pondré ahí enfrente, a la entrada de la calle de la Lechuga.

—¿No *n'gañar* tú mí? ¿*Golver* ti *pronta*?

—En seguidita que vea lo que ocurre por arriba, y si está de buen temple mi doña Paca.

Subió Nina sin aliento y con gran ansiedad tiró de la campanilla. Primera sorpresa: le abrió la puerta una mujer desconocida, jovenzuela, de tipo elegante, con su delantal muy pulcro. Benina creía soñar. Sin duda los demonios habían levantado en peso la casa para cargar con ella, dejando en su lugar otra que parecía la misma y era diferente. Entró la prófuga sin preguntar, con no poco asombro de Daniela, que al pronto no la conoció. ¿Pero qué significaban, qué eran, de dónde habían salido aquellos jardines, que formaban como alameda de preciosos arbustos desde la puerta, en todo lo largo del pasillo? Benina se restregaba los ojos, creyendo hallarse aún bajo la acción de las estúpidas somnolencias del Pardo, en las fétidas y asfixiantes cuadras. No, no; no era aquélla su casa, no podía ser, y lo confirmaba la aparición de otra figura desconocida, como de cocinera fina, bien puesta, de semblante altanero... Y mirando al comedor, cuya puerta al extremo del pasillo se abría, vio..., ¡santo Dios!, qué maravilla, qué cosa!... ¿Era sueño? No, no, que bien segura estaba de verlo con los ojos corporales. Encima de la mesa, pero sin tocar a ella, como suspendido en el aire, había *un montón* de piedras preciosas, con diferentes brillos, luces y matices, encarnadas unas, azules o verdes otras. ¡Jesús, qué preciosidad! ¿Acaso doña Paca, más hábil que ella, había efectuado el conjuro del Rey *Samdai*, pidiéndole y obteniendo de él las carretadas de diamantes y zafiros? Antes de que pudiera comprender que todo aquel centellear de vidrios procedía de los colgajos de la lámpara del comedor, iluminados por una vela que acababa de encender doña Paca para revisar los cuchillos que de la casa de préstamos acababa de traerle Juliana, apareció esta en la puerta del comedor, y cortando el paso a la pobre vieja le dijo, entre risueña y desabrida:

—Hola, Nina, ¿tú por aquí? ¿Has parecido ya? Creímos que te habías ido al Congo... No pases, no entres; quédate ahí, que nos vas a poner perdidos los suelos, lavados de esta tarde... ¡Bonita vienes!... Quita allá esas patas, mujer, que manchas los baldosines...

—¿En dónde está la señora?—dijo Nina, volviendo a mirar los diamantes y esmeraldas y dudando ya que fueran efectivos.

—La señora está aquí... Pero te dice que no pases, porque vendrás llena de miseria.

En aquel momento apareció por otro lado la señorita Obdulia, chillando:

—Nina, bien venida seas; pero antes de que entres en casa hay que fumigarte y ponerte en la colada... No, no te arrimes a mí. ¡Tantos días entre pobres inmundos!... ¿Ves qué bonito está todo?

Avanzó Juliana hacia ella sonriendo, pero al través de la sonrisa hubo de vislumbrar Nina la autoridad que la ribeteadora había sabido conquistar allí, y se dijo:

—Esta es la que ahora manda. Bien se le conoce el despotismo.

A las arrogancias revestidas de benevolencia con que la acogió la tirana, respondió Nina que no se iría sin ver a su señora.

—Mujer, entra, entra—murmuró desde el fondo del comedor, con voz ahogada por los sollozos, la señora doña Francisca Juárez.

Manteniéndose en la puerta, le contestó *Benina* con voz entera:

—Aquí estoy, señora, y como dicen que mancho los baldosines, no quiero pasar; digo que no paso... Me han sucedido cosas que no le quiero contar por no afligirla... Lleváronme presa, he pasado hambres..., he padecido vergüenzas, malos tratos... Yo no hacía más que pensar en la señora, en si tendría también hambre y si estaría desamparada.

—No, no, Nina: desde que te fuiste, ¡mira qué casualidad!, entró la suerte en mi casa... Parece un milagro, ¿verdad? ¿Te acuerdas de lo que hablábamos, aburriditas en esta soledad, ¡ay!, en aquellas noches de miseria y sufrimientos? Pues el milagro es una verdad, hija, y ya puedes comprender que nos lo ha hecho tu don Romualdo, ese bendito, ese arcángel, que en su modestia no quiere confesar los beneficios que tú y yo le debemos..., y niega sus méritos y virtudes..., y dice que no tiene por sobrina a doña Patros..., y que no le han propuesto para obispo... Pero es él, es él, porque no puede haber otro, no, no puede haberlo, que realice estas maravillas.

Nina no contestó sílaba, y, arrimándose a la puerta, sollozaba.

—Yo de buena gana te recibía otra vez aquí—afirmó doña Francisca, a cuyo lado, en la sombra, se puso Juliana, sugiriéndole por lo bajo lo que había de decir—; pero no cabemos en casa y estamos aquí muy incómodas... Ya sabes que te quiero, que tu compañía me agrada más que ninguna..., pero... ya ves... Mañana estaremos de mudanza y se te hará hueco en la nueva casa... ¿Qué dices? ¿Tienes algo que decirme? Hija, no te quejarás: ten presente que te fuiste de mala manera, dejándome sin una miga de pan en casa, sola, abandonada... ¡Vaya con la Nina! Francamente, tu conducta merece que yo sea un poquito severa contigo... Y para que todo hable en contra tuya, olvidaste los sanos principios que siempre te enseñé, largándote por esos mundos en compañía de un morazo... Sabe Dios qué casta de pájaro será ese y con qué sortilegios habrá conseguido hacerte olvidar las buenas costumbres. Dime, confiésamelo todo: ¿le has dejado ya?

—No, señora.

—¿Le has traído contigo?

—Sí, señora. Abajo está esperándome.

—Como eres así, capaz te creo de todo..., ¡hasta de traérmelo a casa!

—A casa le traía, porque está enfermo y no le voy a dejar en medio de la calle—replicó *Benina* con firme acento.

—Ya sé que eres buena y que a veces tu bondad te ciega y no miras el decoro.

—Nada tiene que ver el decoro con esto, ni yo falto porque vaya con Almudena, que es un pobrecito. El me quiere a mí... y yo le miro como un hijo.

La ingenuidad con que expresaba Nina su pensamiento no llegó a penetrar en el alma de doña Paca, que sin moverse de su asiento y con los cuchillos en la falda prosiguió diciéndole:

—No hay otra como tú para componer las cosas y retocar tus faltas hasta conseguir que parezcan perfecciones; pero yo te quiero, Nina; reconozco tus buenas cualidades y no te abandonaré nunca.

—Gracias, señora; muchas gracias.

—No te faltará qué comer, ni cama en que dormir. Me has servido, me has acompañado, me has sostenido en mi adversidad. Eres buena, buenísima; pero no abuses, hija; no me digas que venías a casa con el moro *de los dátiles*, porque creeré que te has vuelto loca.

—A casa le traía, sí, señora, como traje a Frasquito Ponte, por caridad... Si hubo misericordia con el otro, ¿por qué no ha de haberla con este? ¿O es que la caridad es una para el caballero de levita y otra para el pobre desnudo? Yo no lo entiendo así, yo no distingo... Por eso le traía; y si a él no le admite, será lo mismo que si a mí no me admitiera.

—A ti siempre..., digo, siempre, no..., quiero decir..., es que no tenemos hueco en casa... Somos cuatro mujeres, ya ves... ¿Volverás mañana? Coloca a ese desdichado en una buena fonda..., no, ¡qué disparate!, en el Hospital... No tienes más que dirigirte a don Romualdo... Dile de mi parte que yo le recomiendo..., que lo mire como cosa mía..., ¡ay, no sé lo que digo!..., como cosa tuya, y tan tuya... En fin, hija, tú verás... Puede que os alberguen en la casa del señor de Cedrón, que debe de ser muy grande... Tú me has dicho que es un caserón enorme, que parece un convento... Yo, bien lo sabes, como criatura imperfecta, no tengo la virtud en el grado heroico que se necesita para alternar con la pobretería sucia y apestosa... No, hija, no: es cuestión de estómago y de nervios... De asco me moriría, bien lo sabes. ¡Pues digo, con la miseria que traerás sobre ti!... Yo te quiero, Nina; pero ya conoces mi estómago... Veo una mota en la comida, y ya me revuelvo toda y estoy mala tres días... Llévate tu ropa, si quieres mudarte... Juliana te dará lo que necesites... ¿Oyes lo que te digo? ¿Por qué callas? Ya, ya te entiendo. Te haces la humilde para disimular mejor tu soberbia... Todo te lo perdono; ya sabes que te quiero, que soy buena para ti... En fin, tú me conoces... ¿Qué dices?

—Nada, señora, no he dicho nada, ni tengo nada que decir—murmuró Nina entre dos suspiros hondos—. Quédese con Dios.

—Pero no te irás enojada conmigo—añadió con trémula voz doña Paca, siguiéndola a distancia en su lenta marcha por el pasillo.

—No, señora..., ya sabe que yo no me enfado...
—replicó la anciana mirándola más compasiva que
enojada—. Adiós, adiós.

Obdulia condujo a su madre al comedor diciéndole:

—¡Pobre Nina!... Se va. Pues mira, a mí me habría
gustado ver a ese moro Muza y hablar con él...
¡Esta Juliana, que en todo quiere meterse!

Atontada por crueles dudas que desconcertaban
su espíritu, doña Francisca no pudo expresar ninguna idea y siguió revisando los cubiertos desempe-
ñados. En tanto, Juliana, conduciendo a la Nina hasta la puerta con suave opresión de su mano en la
espalda de la mendiga, la despidió con estas afectuosas palabras:

—No se apure, *señá Benina*, que nada ha de faltarle... Le perdono el duro que le presté la semana
pasada, ¿no se acuerda?

—Señora Juliana, sí que me acuerdo. Gracias.

—Pues bien: tome, además, este otro duro para
que se acomode esta noche... Váyase mañana por
casa, que allí encontrará su ropa...

—Señora Juliana, Dios se lo pague.

—En ninguna parte estará usted mejor que en
la *Misericordia*, y si quiere, yo misma le hablaré a
don Romualdo, si a usted le da vergüenza. Doña
Paca y yo la recomendaremos... Porque mi señora
madre política ha puesto en mí toda su confianza
y me ha dado su dinero para que se lo guarde... y
le gobierne la casa, y le *suministre* cuanto pueda
necesitar. Mucho tiene que agradecer a Dios por
haber caído en estas manos...

—Buenas manos son, señora Juliana.

—Vaya por casa y le diré lo que tiene que hacer.

—Puede que yo lo sepa sin necesidad de que usted me lo diga.

—Eso usted verá... Si no quiere ir por casa...

—Iré.

—Pues, *señá Benina*, hasta mañana.

—Señora Juliana, servidora de usted.

Bajó de prisa los gastados escalones, ansiosa de verse pronto en la calle. Cuando llegó junto al ciego, que en lugar próximo la esperaba, la pena inmensa que oprimía el corazón de la pobre anciana reventó en un llorar ardiente, angustioso, y, golpeándose la frente con el puño cerrado, exclamó:

—¡Ingrata, ingrata, ingrata!

—No *yorar* ti, *amri*—le dijo el ciego cariñoso, con habla sollozante—. Señora tuya mala ser, tú *ángela*.

—¡Qué ingratitud, Señor!... ¡Oh, mundo...; oh, miseria! Afrenta de Dios es hacer bien...

—*Dir* nosotros *luejos...*, *dirnos, amri... Dispreciar* ti *mondo* malo.

—Dios ve los corazones de todos; el mío también lo ve... Véalo, Señor de los cielos y la tierra, véalo pronto.

Capítulo 39

Dicho lo que antecede, se limpió las lágrimas con mano temblorosa, y pensó en tomar las resoluciones de orden práctico que las circunstancias exigían.

—*Dirnos, dirnos*—repitió Almudena cogiéndola del brazo.

—¿Adónde?—dijo Nina con aturdimiento—. ¡Ah!, lo primero a casa de don Romualdo.

Y al pronunciar este nombre, se quedó un ınstante lela, enteramente idiota.

—*R'maldo* mentira—declaró el ciego.

—Sí, sí, invención mía fue. El que ha llevado tantas riquezas a la señora será otro, algún don Romualdo de pega..., hechura del demonio. No, no, el de pega es el mío... No sé, no sé. Vámonos, Almudena. Pensemos en que tú estás malo, que necesitas pasar la noche bien abrigadito. La *señá* Juliana, que es la que ahora corta el queso en la casa de mi señora y todo lo suministra..., en buena hora sea..., me ha dado este duro. Te llevaré a los palacios de Bernarda y mañana veremos.

—Mañana *dir* nosotros *Hierusalaim*.

—¿Adónde has dicho? ¿A Jerusalén? ¿Y dónde está eso? ¡Vaya, que querer llevarme a ese punto, como si fuera, un suponer, Getafe o Carabanchel de Abajo!

—*Luejos, luejos*..., tú casar *migo* y ser *tigo migo*, uno. *Dirnos* Marsella por caminos pidiendo... En Marsella *vapora*..., pim, pam... Jaffa... ¡*Hierusa*-

laim!... Casarnos por *arreligión* tuya, por *arreligión*
mía..., *quierer* tú... *Veder* tu *sepolcro;* entrar mi
S'nagoga rezar *Adonai...*

—Espérate, hijo, ten un poco de calma, y no me
marees con las invenciones de tu cabeza *deliriosa.*
Lo primero es que te pongas bueno.

—Mí estar bueno..., mí no *c'lentura* ya..., mi *con-
tentada.* Tú *viener migo* siempre, por *mondo* grande, *caminas mochas, libertanza,* mar *terra, legría
mocha...*

—Muy bonito; pero ahora caigo en la cuenta de
que tú y yo tenemos hambre, y entraremos a cenar
en cualquier taberna. Si te parece, aquí en la Cava
Baja...

—*Onde quierer* tú, *yo quierer...*

Cenaron con relativo contento, y Almudena no cesaba de ponderar las delicias de irse juntitos a Jerusalén, pidiendo limosna por tierra y por mar, sin
prisa, sin cuidados. Tardarían meses, medio año
quizá; pero al fin darían con sus cuerpos en la
Palestina, aunque la emprendiesen por la vía terres-
tre hasta Constantinopla. ¡Pues no había pocos países bonitos que recorrer! Objetaba Nina que ella
tenía ya los huesos duros para correría tan larga,
y el africano, no sabiendo ya cómo convencerla, le
decía:

—*Ispania terra n'gratituda... Correr luejos, juyan-
do de n'gratos* ellos.

En cuanto cenaron se recogieron en casa de Bernarda, dormitorios de abajo, a dos reales cama. Muy
intranquilo estuvo Almudena toda la noche, sin poder coger el sueño, delirando con el viajecito a Jerusalén; y *Benina,* por ver de calmarle, mostrábase

dispuesta a emprender tan larga peregrinación. Inquieto y dolorido, cual si la cama fuera de zarzas punzadoras, Mordejai no hacía más que volverse de un lado para otro, quejándose de ardores en la piel y de picazones molestísimas, las cuales no eran motivadas, dicha sea la verdad, por cosa alguna tocante a la miseria que se combate con polvos insecticidas. Ello provenía quizá de un extraño giro que la fiebre tomaba, y que se manifestó a la mañana siguiente en un rojo sarpullo en brazos y piernas. El infeliz se rascaba con desesperación, y *Benina* le llevó a la calle, con la esperanza de que el aire libre y el ejercicio le servirían de alivio. Después de vagar pidiendo, por no perder la costumbre, fueron a la calle de San Carlos, y subió *Benina* a ver a Juliana, que allí le tenía su ropa, y se la dio en un lío, diciéndole que mientras gestionaban para que fuese recogida en la *Misericordia*, se albergara en cualquier casa barata, con o sin el *hombre*, aunque mejor le estaba, para su decoro, dejarse de compañía y tratos tan indecentes. Añadió que en cuanto se limpiara bien de toda la inmundicia que había traído del Pardo, podía ir a visitar a doña Paca, que gozosa la recibiría; pero que no pensase en volver a su lado, porque los hijos se oponían a ello, atentos a que su mamá estuviese bien servida y *suministrada* con regularidad. Con todo se mostró conforme la buena mujer, que en ello veía una voluntad superior incontrastable.

No era mala persona Juliana; dominante, eso sí, ávida de mostrar las grandes dotes de gobierno que le había dado Dios, mujer que no soltaba a dos tirones la presa caída en sus manos. Pero no carecía de amor al prójimo; se compadecía de *Benina*, y, habiéndole dicho esta que el moro la esperaba en la calle, quiso verle y juzgarle por sus propios ojos. Que la traza del pobre africano le pareció lastimosa, se conoció en el gesto que hizo, en la cara que puso y en el acento con que dijo:

—Ya le conocía yo a este de verle pedir en la calle del Duque de Alba. Es buen punto y muy enamorado. ¿Verdad, señor Almudena, que le gustan a usted las chicas?

—Gustar mi *B'nina, amri...*

—Ajajá... Pobre *Benina*, ¡no se le ha sentado mala mosca! Si lo hace por caridad, de veras digo que es usted una santa.

—El pobrecito está enfermo y no puede valerse.

Y como el morito, acometido de violentísimas picazones en brazos y pecho, hiciera garras de sus dedos para rascarse con gana, la ribeteadora se acercó para mirarle los brazos, que había desnudado de la manga.

—Lo que tiene este hombre—dijo con espanto—es lepra... ¡Jesús, qué lepra, *señá Benina!* He visto otro caso: un pobre, del Moro también, mendigo él, de Orán él, que pedía en Puerta Cerrada, junto al taller de mi padrastro, y se puso tan perdido que no había cristiano que se le acercara, y ni en los santos hospitales le querían recibir...

—Picar, picar *mocha*—era lo único que Almudena decía, pasando las uñas desde el hombro a la mano, como se pasaría un peine por la madeja.

Disimulando su asco, por no lastimar a la infeliz pareja, Juliana dijo a Nina:

—¡Pues no le ha caído a usted mala incumbencia con este tipo! Mire que esa sarna se pega. Buena se va usted a poner, sí, señora; buena, bonita y barata... O es usted más boba que el que asó la manteca, o no sé lo que es usted.

Con miradas no más expresó Nina su lástima del pobre ciego, su decisión de no abandonarle y su conformidad con todas las calamidades que quisiera enviarle Dios. Y en esto, Antonio Zapata, que a su casa volvía, vio a su mujer en el grupo; llegóse a ella presuroso, y enterado de lo que hablaban, aconsejó a *Benina* que llevara al moro a la consulta de enfermedades dermatológicas en San Juan de Dios.

—Más cuenta le tiene—afirmó Juliana—mandarle para su tierra.

—*Luejos, luejos*—dijo Almudena—. *Dir* nos *Hierusalaim*.

—No está mal. «De Madrid a Jerusalén, o la familia del tío Maroma...» Bueno, bueno. A otra cosa, mujercita mía, no pegues y escucha. No he podido hacer tus encargos, porque..., te digo que no pegues.

—Porque te has ido al billar, granuja... Sube, sube y ajustaremos cuentas.

—No subo porque tengo que volver a los carros de pateta.

—¿Qué dices, granuja?

—Que no va el carro grande por menos de cuarenta reales, y como me mandaste que no pasase de treinta...

—Tendré yo que verlo. Estos hombres no sirven más que de estorbo, ¿verdad, Nina?

—Verdad. ¿Y qué es? ¿Se muda la señora?

—Sí, mujer; pero ya no podrá ser hasta mañana, porque este marido tonto, que me ha dado Dios, salió antes de las ocho a tomar la casa y avisar el carro, y ya ve usted a qué hora se descuelga por aquí, con todo ese cuajo, sin haber hecho nada.

—Bastante he corrido, chica. A las nueve entraba yo en casa de mamá con el contrato para que lo firmara. Ya ves si ganábamos tiempo. ¿Pero tú sabes el que he perdido con Frasquito Ponte, que nos ha dado una tabarra tremenda? Como que tuvimos que llevarle a su casa Polidura y yo con grandísimo trabajo. ¡Dios, cómo está el hombre, y qué barullo tiene en la cabeza desde el batacazo de ayer!

Igualmente interesadas *Benina* y Juliana en la buena o mala suerte del hijo de Algeciras, oyeron atentas lo que Antonio les refirió de las consecuencias funestísimas de la caída del jinete en el camino del Pardo. Cuando le vieron en tierra, despedido por el jaco, pensaron todos que en aquel crítico instante había terminado la existencia mortal del pobre caballero. Pero al levantarle, recobró Frasquito, como quien resucita, el movimiento y la palabra y asegurando no haber recibido golpe en la cabeza, que era lo más delicado, y, palpándose en distintas partes del cráneo, les dijo:

—Nada, nada, señores; tóquenme y no hallarán el más ligero chichón.

De brazos y piernas, si al principio pareció haber salido con suerte, pues hueso roto seguramente no tenía, a poco de echar a andar cojeaba horrorosamente de la pierna izquierda, efecto, sin duda, del violento choque contra el suelo. Pero lo más extraño fue que, al ser puesto en pie, rompió en una charla incoherente, impetuosa, roja la cara como un tomate, vibrante y entrecortada la lengua. Lleváronle a su casa en coche, creyendo que un reposo absoluto le restablecería; frotáronle todo el cuerpo con árnica, le acostaron, se fueron... Pero el maldito, según les dijo después la patrona, no bien se quedó solo, vistióse precipitadamente, y, echándose a la calle, se fue a casa de Boto, y allí estuvo hasta muy tarde, *metiéndose con todo el mundo* y provocando con destempladas insolencias a los pacíficos parroquianos. Tan contrario era esto al natural plácido de Frasquito y a su timidez y buena educación, que seguramente había perturbación cerebral grave, por causa del batacazo. No se sabe dónde pasó el resto de la noche: se cree que estuvo alborotando en las calles del Mediodía Grande y Chica. Ello es que a poco de llegar Antonio y Polidura a la casa de doña Francisca, entró Frasquito muy alborotado, el rostro encendido, brillantes los ojos, y con gran sorpresa y consternación de las señoras, empezó a soltar de su boca, un poco torcida, atroces disparates. Combinando la maña con la fuerza, pudieron sacarle de allí y volverle a su casa, donde le dejaron, encargando a la patrona que le sujetara si podía y que hiciera por darle de comer. Entre otras tenacidades monomaníacas, tenía la de que su honor demandaba pedir explicaciones al moro por el inaudito agravio de suponer, de afirmar en público, que él, Frasquito, hacía la corte a *Benina*. Más de veinte veces se arrancó hacia la calle de Mediodía Grande, procurando ver al señor de Almudena, decidido a entregarle su tarjeta; pero el africano escurría el bulto y no se dejaba ver por ninguna parte. Claro: se había ido a su tierra, huyendo de la furia de Ponte...; pero él estaba decidido a no parar hasta descubrirle y obligarle a cumplir como caballero, aunque se escondiese en el último rincón del Atlas.

—Si *venier mi galán bunito*—dijo el moro riendo tan estrepitosamente, que los extremos de su boca se le enganchaban en las orejas—, dar mí él *patás mocha*.

—¡Pobre don Frasquito..., cuitado, alma de Dios! —exclamó Nina cruzando las manos—. Yo me temía que parara en esto...

—¡Valiente estantigua!—dijo la Juliana—. ¿Y a nosotros qué nos importa que ese viejo pintado se chifle o no se chifle? ¿Sabéis lo que os digo? Pues que todo eso proviene de las drogas que se pone en la cara, lo cual que son venenosas y atacan al sentido. Ea, no perdamos el tiempo. Antonio, vuélvete a la calle Imperial, diles que preparen todo, y yo iré *al carro* a ver si lo arreglo para esta tarde. Nina, vete con Dios, y cuidado no se te pegue..., ¿sabes? ¡Ay, hija, se te pegará, por mucho aseo que tengas! ¿Ves?, ya empiezas a sufrir las consecuencias del mal paso..., por no hacer caso de mí. Doña Paca me dijo que te permitiera ir allá. Quiere verte; ¡pobre señora! Yo le di mi conformidad, y hoy pensaba llevarte conmigo..., pero ya no me atrevo, hija, ya no me atrevo. Habiendo de por medio esta pestilencia, no puedes rozarte... Yo había determinado que fueras todos los días a recoger la comida sobrante en casa de la que fue tu ama...

—¿Y ya no...?

Sí, sí: la comida es tuya..., pero... verás lo que debes hacer... Te llegas al portal a la hora que yo

te fije, y mi prima Hilaria te la bajará y te la dará...,
acercándose a ti lo menos que pueda... Ya comprendes..., cada una tiene su escrúpulo... No todos los
estómagos son como el tuyo, Nina, a prueba de
bomba... Conque...

—Comprendo..., señora Juliana. Quédese con Dios.

Capítulo 40

Las adversidades se estrellaban ya en el corazón de *Benina* como las vagas olas en el robusto cantil. Rompíanse con estruendo, se quebraban, se deshacían en blancas espumas y nada más. Rechazada por la familia que había sustentado en días tristísimos de miseria y dolores sin cuento, no tardó en rehacerse de la profunda turbación que ingratitud tan notoria le produjo; su conciencia le dio inefables consuelos: miró la vida desde la altura en que su desprecio de la humana vanidad la ponía; vio en ridícula pequeñez a los seres que la rodeaban, y su espíritu se hizo fuerte y grande. Había alcanzado glorioso triunfo; sentíase victoriosa, después de haber perdido la batalla en el terreno material. Mas las satisfacciones íntimas de la victoria no le privaron de su don de gobierno, y atenta a las cosas materiales, acudió, al poco rato de apartarse de Juliana, a resolver lo más urgente en lo que a la vida corporal de ambos se refería. Era indispensable buscar albergue; después trataría de curar a Mordejai de su sarna o lo que fuese, pues abandonarle en tan lastimoso estado no lo haría por nada de este mundo, aunque ella se viera contagiada del asqueroso mal. Dirigióse con él a Santa Casilda, y hallando desocupado el cuartito que antes ocupó el moro con la Pedra, lo tomó. Felizmente la borracha se había ido con Diega a vivir en la Cava de San Miguel, de-

trás de la Escalerilla. Instalados en aquel escondrijo, que no carecía de comodidades, lo primero que
hizo la anciana alcarreña fue traer agua, todo el
agua que pudo, y lavarse bien y jabonarse el cuerpo; costumbre antigua en ella, que siempre que podía practicaba en casa de doña Francisca. Luego se
vistió de limpio. El bienestar que el aseo y la fres-
cura daban a su cuerpo se confundían en cierto
modo con el descanso de su conciencia, en la cual
también sentía algo como absoluta limpieza y frescor
confortante.

Dedicóse luego al arreglo de la casa, y con el poquito dinero que tenía hizo su compra, y le preparó
a Mordejai una buena comida. Pensaba llevarlo a la
consulta al día siguiente, y así se lo dijo, mostrándose el ciego conforme en todo con lo que la voluntad de ella quisiese determinar. Mientras comían,
le entretuvo y alentó con esperanzas y palabras dulces, ofreciéndole ir, como él deseaba, a Jerusalén
o un poquito más allá, en cuanto recobrara la salud.
Mientras no se le quitara el sarpullo, no había que
pensar en viajes. Se estarían quietos, él en casa, ella
saliendo a pedir sola todos los días para ver de
sacar con qué vivir, que seguramente Dios no les
dejaría morir de hambre. Tan contento se puso el
ciego con el plan concebido y propuesto por su inteligente amiga y con sus afectuosas expresiones, que
rompió a cantar la melopea arábiga que ya le oyó
Benina en el vertedero; pero como al huir de la
pedrea había perdido el guitarrillo, no pudo acom-
pañarse del son de aquel tosco instrumento. Después propuso a su compañera que echase el sahume-

rio, y ella lo hizo de buena gana, pues el humazo saneaba y aromatizaba la pobre habitación.

Salieron al día siguiente para la consulta; pero como les designaran para esta una hora de la tarde entretuvieron la primera mitad del día pordioseando en varias calles, siempre con mucho cuidado de los guindillas, por no caer nuevamente en poder de los que echan el lazo a los mendigos, cual si fueran perros, para llevarlos al depósito, donde como a perros les tratan. Debe decirse que el ingrato proceder de doña Paca no despertaba en Nina odio ni mala voluntad, y que la conformidad de esta con la ingratitud no le quitaba las ganas de ver a la infeliz señora, a quien entrañablemente quería, como compañera de amarguras en tantos años. Ansiaba verla, aunque fuese de lejos, y llevada de esta querencia, se llegó a la calle de la Lechuga para atisbar a distancia discreta si la familia estaba en vías de mudanza o se había mudado ya. ¡Qué a tiempo llegó! Hallábase en la puerta el carro, y los mozos metían trastos en él con la bárbara presteza que emplean en esta operación. Desde su atalaya reconoció *Benina* los muebles decrépitos, derrengados, y no pudo reprimir su emoción al verlos. Eran casi suyos, parte de su existencia, y en ellos veía, como en un espejo, la imagen de sus penas y alegrías; pensaba que si se acercase, los pobres trastos habían de decirle algo o que llorarían con ella. Pero lo que la impresionó vivamente fue ver salir por el portal a doña Paca y a Obdulia, con Polidura y Juliana, como si fueran a la casa nueva, mientras las criadas elegantes se quedaban en la antigua, disponiendo la recogida y transporte de las menudencias y de toda la morralla casera.

Turbada y confusa, Nina se escondió en un portal para ver sin ser vista. ¡Qué desmejorada encontró a doña Francisca! Llevaba un vestido nuevo; pero de tan nefanda hechura, como cortado y cosido de prisa, que parecía la pobre señora vestida de limosna. Cubría su cabeza con un manto, y Obdulia ostentaba un sombrerote con disformes ringorrangos y plumas. Andaba doña Paca lentamente, la vista fija en el suelo, abrumada, melancólica, como si la llevaran entre guardias civiles. La *niña* reía, charlando con Polidura. Detrás iba Juliana *arreándolos* a todos y mandándoles que fueran de prisa por el camino que les marcaba. No le faltaba más que el palo para parecerse a los que en vísperas de Navidad conducen por las calles las manadas de pavos. ¡Cómo se clareaba el despotismo hasta en sus menores movimientos! Doña Paca era la res humilde que va a donde la llevan, aunque sea al matadero; Juliana, el pastor que guía y conduce. Desaparecieron en la Plaza Mayor, por la calle de Botoneras... *Benina* dio algunos pasos para ver el triste ganado, y cuando lo perdió de vista se limpió las lágrimas que inundaban su rostro.

—¡Pobre señora mía!—dijo al ciego en cuanto se reunió con él—. La quiero como hermana, porque juntas hemos pasado muchas penas. Yo era todo para ella y ella todo para mí. Me perdonaba mis faltas y yo le perdonaba las suyas... ¡Qué triste va, quizá pensando en lo mal que se ha portado con la Nina! Parece que está peor del reuma, por lo que cojea, y su cara es de no haber comido en cuatro

días. Yo la traía en palmitas, yo la engañaba con
buena sombra, ocultándole nuestra miseria y poniendo
do mi cara en vergüenza por darle de comer conforme
me a lo que era su gusto y costumbre... En fin, lo
pasado, como dijo el otro, pasó. Vámonos, Almudena,
na, vámonos de aquí, y quiera Dios que te pongas
bueno pronto para tomar el caminito de Jerusalén,
que no me asusta ya por lejos. Andando, andando,
hijo, se llega de una parte del mundo a otra, y si
por un lado sacamos el provecho de tomar el aire y
de ver cosas nuevas, por otro sacamos la certeza de
que todo es lo mismo y que las partes del mundo
son, un suponer, como el mundo en junto; quiere
decirse, que en dondequiera que vivan los hombres,
o, verbigracia, mujeres, habrá ingratitud, egoísmo,
y unos que manden a los otros y les cojan la voluntad.
luntad. Por lo que debemos hacer lo que nos manda
la conciencia y dejar que se peleen aquellos por
un hueso, como los perros; los otros por un juguete,
como los niños, o estos por mangonear, como los
mayores, y no reñir con nadie, y tomar lo que Dios
nos ponga delante, como los pájaros... Vámonos
hacia el Hospital y no te pongas triste.

—Mí no triste—dijo Almudena—; estar *tigo contentado*...;
tentado...; tú saber como Dios cosas *tudas*, y yo
quierer ti como *ángela bunita*... Y si no *quierer* tú
casar *migo*, ser tú *madra* mía y yo niño tuyo *bunito*.

—Bueno, hombre; me parece muy bien.

—Y tú *com palmera D'sierto granda, bunita*; tú
com zucena branca..., llirio tú... Mi *dicier* ti *amri*;
alma mía.

Mientras iba la infeliz pareja camino del Hospital,
doña Paca y su séquito, en dirección distinta, se apro-

ximaban a su nueva casa, calle de Orellana: un tercero limpio, con los papeles y estucos nuevecitos,
buenas luces, ventilación, cocina excelente y precio
acomodado a las circunstancias. Parecióle muy bien
a doña Francisca, cuando arriba llegó, sofocada de la
interminable escalera; y si le parecía mal, cuidaba
de no manifestarlo, abdicando en absoluto su voluntad y sus opiniones. El flexible, más que flexible,
blanducho carácter de la viuda se adaptaba al sentir
y al pensar de Juliana; y viendo esta que se le metía
entre los dedos aquella miga de pan, hacía bolitas con
ella. No respiraba doña Paca sin permiso de la tirana,
quien para los más insignificantes actos de la vida
tenía no pocas órdenes que dictar a la infeliz señora. Esta llegó a tenerle un miedo infantil; se sentía
miga blanda dentro de la mano de bronce de la ribeteadora, y en verdad que no era solo miedo, pues
con él se mezclaba algo de respeto o admiración.

Descansaba la dama del ajetreo de aquel día, ya
metidos todos los muebles, trastos y macetas en la
nueva casa, y atacada de una intensísima tristeza
que le devoraba el alma llamó a su tirana para decirle:

—No me has explicado bien por el camino lo que
hablasteis. ¿Qué historias cuenta Nina de su moro?
¿Es éste bien parecido?

Dio Juliana las explicaciones que su súbdita le
pedía, sin herir a Nina ni ponerla en mal lugar, demostrando en esto finísimo tacto.

—Y quedasteis... en que no puede venir a verme,
por temor a que nos contagie de esa peste asquerosa. Has hecho bien. Si no es por ti me vería expues-
ta, sabe Dios, a que se nos pegara la pestilencia...

Quedasteis también en que recogería las sobras de la comida. Pero esto no basta, y yo tendría mucho gusto en señalarle una cantidad, por ejemplo, una peseta diaria. ¿Qué dices?

—Digo que si empezamos con esas bromas, señora doña Paca, pronto volveremos a *Peñaranda*. No, no: una peseta es una peseta... Bastante tiene la Nina con dos reales. Así lo he pensado, y si usted dispone otra cosa, yo me lavo las manos.

—Dos reales, dos..., tú lo has dicho... y basta, sí. ¿Sabes tú los milagros que hace Nina con media peseta?

En esto llegó Daniela muy alarmada, diciendo que llamaba a la puerta Frasquito; y Obdulia, que por la mirilla le había visto, opinó que no se abriera, a fin de evitar otro escándalo como el de la calle Imperial. Pero ¿quién le había dicho las señas del nuevo domicilio? Sin duda fue Polidura el soplón, y Juliana hizo juramento de arrancarle una oreja. Ocurrió el contratiempo grave de que mientras Ponte llamaba con nerviosa furia, decidido a romper la campanilla, subió Hilaria de la calle y abrió con el llavín, y ya no fue posible cortar el paso al intruso, que se precipitó dentro, presentándose ante las asustadas señoras con el sombrero metido hasta las orejas, blandiendo el bastón, la ropa en gran detrimento y manchada de tierra y lodo. Se le había torcido la boca y arrastraba penosamente la pierna derecha.

—Por Dios, Frasquito—le dijo doña Paca suplicante—, no nos alborote. Está usted malo y debe meterse en cama.

Y salió también Obdulia declamando enfáticamente:

—Frasquito: ¡una persona como usted, tan fina, de buena sociedad, decirnos esas cosas!... Tenga juicio, vuelva en sí.

—Señora y *madama*—dijo Ponte desencasquetándose el sombrero con gran dificultad—, caballero soy y me precio de saber tratar con damas elegantes; pero como de aquí ha salido la absurda especie, yo vengo a pedir explicaciones. Mi honor lo exige...

—¿Y qué tenemos que ver nosotras con el honor de usted, so espantajo?—gritó Juliana—. ¡Ea, no es persona decente quien falta a las señoras! El otro día eran para usted emperatrices y ahora...

—Y ahora...—dijo Ponte temblando ante el enérgico acento de Juliana, como caña batida del viento— y ahora... yo no falto al respeto a las señoras. Obdulia es una dama; doña Francisca otra dama. Pero estas señoras damas... me han calumniado, me han herido en mis sentimientos más puros, sosteniendo que yo hice la corte a la *Benina*... y que la requerí de amores deshonestos para que por mí y conmigo faltase a la fidelidad que debe al caballero de la Arabia...

—¡Si nosotras no hemos dicho semejante desatino!

—Todo Madrid lo repite... De aquí, de estos salones salió la indigna especie. Me acusan de un infame delito: de haber puesto mis ojos en un ángel, de blancas alas célicas, de pureza inmaculada. Sepan que yo respeto a los ángeles: si Nina fuese criatura mortal, no la habría respetado, porque soy hombre... Yo he catado rubias, morenas, casadas, viudas y doncellas, españolas y parisienses, y ninguna me ha resistido, porque me lo merezco... Belleza permanente que soy... Pero yo no he seducido ángeles ni los se-

duciré... Sépalo usted, Frasquita; sépalo, Obdulia:
la Nina no es de este mundo..., la Nina pertenece al
cielo... Vestida de pobre ha pedido limosna para
mantenerlas a ustedes y a mí..., y a la mujer que
eso hace yo no la seduzco, yo no puedo seducirla,
yo no puedo enamorarla... Mi hermosura es humana
y la de ella divina; mi rostro espléndido es de carne
mortal y el de ella de celeste luz... No, no, no la he
seducido, no ha sido mía, es de Dios... Y a usted
se lo digo. Curra Juárez, de Ronda; a usted, que
ahora no puede moverse de lo que le pesa en el
cuerpo la ingratitud... Yo, porque soy agradecido, soy
de pluma y vuelo..., ya lo ve... Usted, por ser ingrata, es de plomo y se aplasta contra el suelo..., ya
lo ve...

Consternadas hija y madre, gritaban pidiendo socorro a los vecinos. Pero Juliana, más valerosa y ex-
peditiva, no pudiendo sufrir con calma los impertinentes desvaríos del desdichado Ponte, se fue hacia
él furiosa, le cogió por las solapas y, comiéndoselo
con la mirada y la voz, le dijo:

—Si no se marcha usted pronto de esta casa, so
mamarracho, le tiro a usted por el balcón.

Y seguramente lo habría hecho, si la Hilaria y la
Daniela no cogieran al pobre hijo de Algeciras, poniéndole en dos tirones fuera de la puerta. Presen-
táronse los porteros y algunos vecinos, atraídos del
alboroto, y al ver reunida tanta gente salieron las
cuatro mujeres al rellano de la escalera para explicar que aquel sujeto había perdido el juicio, trocán-
dose de la más atenta y comedida persona del mundo, en la más importuna y desvergonzada. Bajó Fras-

quito renqueando hasta la meseta próxima; allí se
paró, mirando para arriba, y dijo:

—Ingrata, ingrrr...

Quiso concluir la palabra, y una violenta contor-
sión denunció la inutilidad de sus esfuerzos. De su
boca no salió más que un bramido ronco, como si
mano invisible le estrangulara. Vieron todos que se
le descomponían horrorosamente las facciones, los
ojos se le salían del casco, la boca se aproximaba a
una de las orejas... Alzó los brazos, exhaló un ¡ay!
angustioso y se desplomó de golpe. A la caída de su
cuerpo se estremeció de arriba abajo toda la endeble
escalera.

Subiéronle entre cuatro a la casa para prestarle
socorro, que ya no necesitaba el infeliz. Reconocióle
Juliana, y secamente dijo:

—Está más muerto que mi abuelo.

Final

Ejemplo de los admirables efectos de la voluntad humana en el gobierno de las grandes como de las pequeñas agrupaciones de seres, era Juliana mujer sin principios, que apenas sabía leer y escribir, pero que había recibido de Naturaleza el don rarísimo de organizar la vida y regir las acciones de los demás. Si conforme le cayó entre las manos la familia de Zapata le hubiera tocado gobernar familia de más fuste, o una ínsula, o un estado, habría salido muy airosa. En la ínsula de doña Francisca estableció con mano firme la normalidad al mes de haber empuñado las riendas, y todos allí andaban derechos y nadie se rebullía ni osaba poner en tela de juicio sus irrevocables mandatos. Verdad que para obtener este resultado precioso empleaba el absolutismo puro, el régimen de terror; su genio no admitía ni aun observaciones tímidas: su ley era su santísima voluntad; su lógica, el palo.

A los caracteres anémicos de la madre y los hijos no les venía mal ese sistema, ensayado ya con feliz éxito en Antonio. Tal dominio llegó a ejercer sobre doña Francisca, que la pobre viuda no se atrevía ni a rezar un Padrenuestro sin pedir su venia a la dictadora, y hasta se advertía que antes de suspirar, como tan a menudo lo hacía, la miraba como para decirle: «No llevarás a mal que yo suspire un poquito.» En todo era obedecida ciegamente Juliana por su mamá política menos en una cosa. Mandábale que no estuviese siempre triste, y aunque la esclava respondía con frases de acatamiento, bien se echaba de ver que la orden no se cumplía. Entraba, pues, la viuda de Zapata en la normalidad próspera de su existencia con la cabeza gacha, los ojos caídos, el mirar vago, perdido en los dibujos de la estera, el cuerpo apoltronado, encariñándose cada día más con la indolencia, el apetito decadente, el humor taciturno y desabrido, las ideas negras.

A los quince días de instalarse doña Francisca en la calle de Orellano juzgó la mandona que más eficaz sería su poder y mejor gobernada estaría la familia viviendo todos juntos: general y subalternos. Trasladóse, pues, y allá fue metiendo su ajuar humilde, y sus chiquillos, y el ama, para lo cual antes hizo hueco, echando fuera la mar de tiestos y tibores de plantas y poniendo en la calle a Daniela, que en rigor no servía más que de estorbo. A sus funciones de gran canciller agregó pronto las de doncella y peinadora de su suegra y su cuñada. Así todo se quedaba en casa.

Pero como no hay felicidad completa en este pícaro mundo, al mes, poco más o menos, de la mudanza, señalada en las efemérides zapatescas por la desastrosa muerte de Frasquito Ponte Delgado, empezó a resentirse Juliana de alteraciones muy extrañas en su salud. La que por su lozana robustez había hecho gala de compararse a las mulas, daba en la tontería de padecer lo más contrario a su natural perfectamente equilibrado. ¿Qué era ello? Embelecos nerviosos y ráfagas de histerismo, afecciones de que Juliana se había reído más de una vez, atri-

buyéndolas a remilgos de mujeres mimosas y a tras-
tornos imaginarios, que, según ella, curaban los maridos con *jarabe de fresno*.

Comenzó el mal de Juliana por insomnios rebeldes: se levantaba todas las mañanas sin haber pegado los ojos; a los pocos días del insomnio empezó
a perder el apetito, y, por fin, al no dormir se agregaron sobresaltos y angustiosos temores por las noches y de día una melancolía negra, pesada, fúnebre.
Lo peor para la familia fue que con estos alifafes
enojosos no se atenuaba el absolutismo gobernante
de la tirana, sino que se agravaba. Antonio le proponía sacarla a paseo y ella a paseo le mandaba con
cien mil pares de demonios. Hízose displicente y
también mal hablada, grosera, insoportable.

Por fin, sus monomanías histéricas se condensaron
en una sola, en la idea de que los mellizos no go-
zaban de buena salud. De nada valía la evidencia
de la extraordinaria robustez de los niños. Con las
precauciones de que les rodeaba y los cuidados pro-
lijos y minuciosos que de su conservación ponía, les
molestaba, les hacía llorar. De noche arrojábase del
lecho asegurando que las criaturas nadaban en sangre, degolladas por un asesino invisible. Si tosían,
era que se ahogaban; si comían mal, era que les
habían envenenado.

Una mañana salió precipitadamente, con mantón
y pañuelo a la cabeza, y se fue a los barrios del Sur
buscando a *Benina*, con quien tenía que hablar.
Y por Dios que no gastó pocas horas en encontrarla,
porque ya no vivía en Santa Casilda, sino en los
quintos infiernos, o sea, en la carretera de Toledo,
a mano izquierda del Puente. Allí la encontró des-

pués de enfadosas pesquisas, dando vueltas y rodeos
por aquellos extraviados caseríos. Vivía la anciana
con el moro en una casita, que más bien parecía
choza, situada en los terrenos que dominan la carretera por el Sur. Almudena iba mejorando de la
asquerosa enfermedad de la piel; pero aún se veía
su rostro enmascarado de costras repugnantes; no
salía de casa y la anciana iba todas las mañanitas
a ganarse la vida pidiendo en San Andrés. No sorprendió poco a Juliana el verla en buenas apariencias de salud y, además, alegre, sereno el espíritu
y bien sentado en el cimiento de la conformidad con
su suerte.

—Vengo a reñir con usted, *señá Benina*—le dijo
sentándose en una piedra, frente a la casucha, junto
a la artesa en que la pobre mujer lavaba, a respetable distancia del ciego, echadito a la sombra—. Sí,
señora, porque usted quedó en ir a recoger la comida sobrante en nuestra casa y no ha aparecido
por allí ni hemos vuelto a verle el pelo.

—Pues le diré, señora Juliana—replicó Nina—.
Puede creerme que no ha sido desprecio; no, señora,
no ha sido desprecio. Es que no lo he necesitado.
Tengo la comida de otra casa, con lo cual y lo que
saco nos basta; y así, bien puede usted dárselo a
otro pobre, y para su conciencia es lo mismo... ¿Qué
quiere usted saber? ¿Que quién me da la comida?
Veo que le pica la curiosidad. Pues debo esa bendita
limosna a don Romualdo Cedrón... Le he conocido
en San Andrés, donde dice la Misa... Sí, señora: don
Romualdo, que es un santo, para que lo sepa... Y ya
estoy segura, después de mucho cavilar, que no es
el don Romualdo que yo inventé, sino otro que se

parece a él como se parecen dos gotas de agua. Inventa una cosas que luego salen verdad, o las verdades, antes de ser verdades, un suponer, han sido
mentiras muy gordas... Conque ya lo sabe.

Declaró la ribeteadora que se alegraba mucho de
lo que oía referir; y que puesto que don Romualdo
la favorecía, doña Paca y ella darían sus sobrantes
de comida a otros menesterosos. Pero algo más
tenía que decirle:

—Yo estoy en deuda con usted, *Benina*, pues *dis-
puse* que mi madre política, a quien gobierno con
hebra de seda, le señalaría a usted dos reales diarios... Como no nos hemos visto por ninguna parte,
no he podido cumplir con usted; pero me pesan,
me pesan en la conciencia los dos reales diarios, y
aquí se los traigo en quince pesetas, que hacen el
mes completo, *señá Benina*.

—Pues lo tomo, sí, señora—dijo Nina gozosa—;
que esto no es de despreciar... Vienen a mí estas
pesetillas como caídas del cielo, porque tengo una
deuda con la *Pitusa*, calle de Mediodía Grande, y
lo arreglamos dándole yo lo que fuera reuniendo, y
peseta por duro de rédito. Con esto llego a la mitad
y un poquito más. Pedradas de estas me vengan
todos los días, señora Juliana. Sabe que se le agradece, y quiera Dios dárselo en salud para sí y para
su marido y los nenes.

Con palabra nerviosa, afluente y un tanto hiperbó-
lica, aseguró la chulita que no tenía salud; que pa-
decía de unos males extraños, incomprensibles. Pero
los llevaba con paciencia, sin cuidarse para nada de
su propia persona. Lo que la inquietaba, lo que hacía
de su existencia un atroz suplicio era la idea de que

enfermaran sus niños. No era idea, no era temor: eran seguridad de que Paquito y Antoñito caían malos..., se morían sin remedio.

Trató *Benina* de quitarle de la cabeza tales ideas; pero la otra no se dio a partido, y despidiéndose presurosa tomó la vuelta de Madrid. Grande fue la sorpresa de la anciana y del moro al verla aparecer a la mañana siguiente muy temprano, agitada, trémula, echando lumbre por los ojos. El diálogo fue breve, y de mucha sustancia o miga psicológica.

—¿Qué te pasa, Juliana?—le preguntó Nina tuteándola por primera vez.

—¿Qué me ha de pasar? ¡Que los niños se me mueren!

—¡Ay, Dios mío, qué pena! ¿Están malitos?

—Sí..., digo, no: están buenos. Pero a mí me atormenta la idea de que se mueren... ¡Ay, Nina de mi alma, no puedo echar esta idea de mí! No hago más que llorar y llorar... Ya lo ve usted...

—Ya lo veo, sí. Pero si es una idea, haz por quitártela de la cabeza, mujer.

—A eso vengo, *señá Benina*, porque desde anoche se me ha metido en la cabeza otra idea; que usted, usted sola, me puede curar.

—¿Cómo?

—Diciéndome que no debo creer que se mueren los niños..., mandándome que no lo crea.

—¿Yo?...

—Si usted me lo afirma, lo creeré, y me curaré de esta maldita idea... Porque... lo digo claro: yo he pecado, yo soy mala...

—Pues, hija, bien fácil es curarte. Yo te digo que

tus niños no se mueren, que tus hijos están sanos y robustos.

—¿Ve usted?... La alegría que me da es señal de que usted sabe lo que dice... Nina, Nina, es usted una santa.

—Yo no soy santa. Pero tus niños están buenos y no padecen ningún mal... No llores..., y ahora vete a tu casa, y no vuelvas a pecar.

FIN DE LA NOVELA

Madrid, marzo-abril de 1897.

Indice